DEMAIN, DÉJÀ

Paru dans Le Livre de Poche :

ARTHUR OU LE BONHEUR DE VIVRE

C'EST ARRIVÉ HIER

LES FRANÇAISES

HISTOIRES (PRESQUE) VRAIES

LEÇONS PARTICULIÈRES

LOU. HISTOIRE D'UNE FEMME LIBRE

ON NE PEUT PAS ÊTRE HEUREUX TOUT LE TEMPS

PROFESSION JOURNALISTE

LES TACHES DU LÉOPARD

UNE FEMME HONORABLE

FRANÇOISE GIROUD

Demain, déjà

Journal 2000-2003

FAYARD

2000

JANVIER

Lundi 3 janvier

Étrange début d'année, partagé entre les séquelles impressionnantes de la tempête – 270 millions d'arbres déracinés – qui balafrent la physionomie du pays, où les lignes téléphoniques ne sont pas encore rétablies, celles de la marée noire qui ravage la côte atlantique, la stupéfaction heureuse du non-effet « bug », en tout cas sur une échelle catastrophique – il semble aujourd'hui que seule la Grèce, mal préparée, essuie de sérieuses complications –, tout cela mêlé au retour de confiance en l'avenir et à une nouvelle chanson à la mode : l'anticapitalisme ! Ce n'est pas spécialement ma tasse de thé, le capitalisme, et je ne me ferais pas tuer pour lui. (Savoir pour quoi l'on se ferait tuer est une bonne manière de savoir quelles valeurs on privilégie.) Mais le nombre d'imbécillités que l'on peut entendre et lire aujourd'hui à ce propos est effarant. On a envie de renvoyer tout ce petit monde à la lecture de Marx d'abord, ce qui lui apprendrait des choses fort bonnes à savoir sur le capital – dont un bon auteur peut écrire aujourd'hui qu'il a ce caractère particulier d'avoir fabuleusement enrichi l'humanité sans rendre en même temps les hommes heureux. Pourquoi, comment, pourquoi est-ce qu'en ce moment il s'emballe ? peut-on le calmer, l'amender, freiner sa course, ou bien mène-t-elle fatalement à une énorme crise mondiale façon 1929 ?

L'économie, c'est imprévisible. Il y a trop de paramètres, trop d'agents qui entrent en jeu. C'est après les crises, jamais avant, que les économistes sont capables d'en faire l'analyse. Tout de même... après une année de profits exceptionnels dans l'histoire de la Bourse (1999), certains ont frissonné en apprenant aujourd'hui que Wall Street avait perdu cinq points. Toutes les places sont d'ailleurs en repli prononcé. Simple « correction », comme disent les boursiers, à cause de l'excessive effervescence des valeurs informatiques, sous-capitalisées, ou annonce d'un coup de torchon ? Je ne suis pas compétente... Le certain est que l'année sera turbulente sur tous les fronts.

J'ai écrit dans *Le Figaro magazine* quelques mots sur la mode dans le siècle, mettant Yves Saint Laurent à sa place, la première après ses grands prédécesseurs Poiret, Chanel et Dior. Avec lui, Paris a continué de faire la mode dans le monde. C'est fini. Il est vrai que plus personne d'autre ne la fait. C'est une longue histoire un peu triste où se mêlent sociologie (les répercussions de Mai 68 abolissant la soumission à l'autorité d'où qu'elle vienne, même celle des couturiers pour dire la hauteur des ourlets ou la largeur de la carrure !) et économie (les industriels français ayant perdu le marché du prêt-à-porter, entièrement confisqué par les Italiens). Avant que le désastre ne soit sensible, Saint

Laurent en a reculé l'échéance en introduisant le pantalon et le smoking dans la garde-robe des femmes avec une intuition fulgurante de son époque. Je me remémore quelques-unes des robes qu'il m'a faites, dans lesquelles j'ai dansé, rêvé, travaillé, aimé... Un grand artiste français dont on ne voit le successeur ni ici, ni ailleurs, même si certains sont doués...

Il m'envoie cent roses.

Jeudi 6 janvier

Lu à peu près tout ce que la presse a publié dans le genre bilan du XXe siècle. Je ne vois rien sur la fermeture Éclair. C'est pourtant l'invention – géniale – la plus symbolique du siècle. Elle conjugue deux de ses traits les plus marquants : l'abolition de l'effort et la vitesse.

Déjeuner très agréable avec Jacques Attali. Il a toujours la tête pleine d'étincelles qui fusent sur tous les sujets et leur donnent une lumière originale... Nous remarquons qu'à ma génération et à la suivante, un jeune brillant faisait Normale sup ; à la génération suivante, Polytechnique ; aujourd'hui, son projet est d'être millionnaire, et il le devient en faisant une start-up.

Vendredi 7 janvier

Florence Malraux vient déjeuner. Menue, fragile, elle sort d'une opération sévère, mais sans avoir rien perdu de sa vivacité ni de ce jugement si sûr, sans trace de malveillance, qu'elle porte sur les choses et les gens – y compris sur elle-même.

Voilà quelqu'un qui n'occupe aucune position professionnelle ou sociale remarquable – en soi, être la fille de Malraux n'est pas plus qu'une carte de visite –, mais qui rayonne et retient les cœurs par la seule finesse de son intelligence et de sa sensibilité.

Dimanche 9 janvier

Pronostics de Raymond Barre : la croissance est durable, pas de krach à redouter ; grâce à l'innovation technique, nous entrons dans une période favorable tant à l'économie réelle qu'à l'économie financière. Il est formel. Le chômage va continuer de baisser et repassera probablement au-dessous des 10 %. Les 35 heures ? Une mauvaise loi, mais la façon dont l'utilisent les Français, en y introduisant de la souplesse, la rend bonne.

Ironique, moqueur, exhibant des éditoriaux du *Monde* pour en faire rire, se moquant du tiers comme du quart, il est, pendant une heure de télévision, joyeusement insupportable, comme le sont seulement les gens libres... Il votera contre son parti, l'UDF, la réforme de la magistrature !

Lundi 10 janvier

Mon ordinateur est toujours à l'hôpital pour un temps indéterminé, tous les ateliers de réparateurs sont débordés. Les appareils se sont tellement et inutilement compliqués ! Il y a dix ans, on n'avait pas d'ennuis avec eux... Bref, je suis privée de mon outil de travail. En soupirant, j'en ai acheté un autre – un petit portable – de secours. Pendant dix jours, tout va très bien, et puis crac ! son système bafouille... J'essaie tous les remèdes, il reste sourd à mes supplications.

Me voilà donc en train de taper mon article pour l'*Obs* sur une portative mécanique des années cinquante. Bien heureuse encore d'en avoir déniché une ! Ne pas s'énerver... Ce sont les délices de la civilisation de l'informatique. Se rappeler qu'il ne faut jamais faire du malheur avec une contrariété.

Pierre B. m'apporte des États-Unis un nouvel anti-inflammatoire non encore en vente ici, souverain, me dit-on, contre la sciatique. Il faut le prendre pendant quatre-vingt-dix jours. Aucune indication sur sa composition. Ce n'est sûrement pas très sérieux d'absorber durablement quelque chose d'inconnu. Mais j'avalerais de l'arsenic, s'il pouvait me soulager !

Mardi 11 janvier

J'ai un genre de grippe, un virus, je ne sais quoi, mais je fais un effort pour recevoir convenablement Françoise de Panafieu à déjeuner. Elle me raconte un peu son parcours du combattant dans la conquête de la mairie de Paris. Faut-il y aller ? Faut-il se déclarer ? Risque-t-elle de se fracasser ? Toute cette affaire est colossale, tant celui qui tiendra Paris aura du pouvoir, comme on l'a vu quand c'était Jacques Chirac. Les appétits sont énormes. Les concurrents seront féroces. Mais elle sait exactement où elle met les pieds, elle réfléchit bien, elle analyse froidement la situation, l'avantage – c'est devenu un avantage ! – d'être une femme, les appuis qu'elle aura ou qu'elle n'aura pas... Je crois qu'elle est prête au combat, avec son ravissant sourire.

Les *hackers* ont attaqué. Les pirates de l'informatique ont bloqué pendant quelques heures deux des principaux serveurs, Yahoo et Amazone, en les accablant d'appels. Apparemment, ils n'ont pas fait d'autres dégâts, bien qu'ils en soient hautement capables. Mais ces dégâts-là ont déjà semé la consternation et fait tomber la cote des actions des deux sociétés à Wall Street. Vulnérables, trop vulnérables, ces vitrines d'Internet !... Et, semble-t-il, il n'est pas question de retrouver la trace des coupables, bien que toutes les polices soient sur le coup. Ils peuvent être n'importe où, au Mexique, en Inde, en Finlande... Qu'ont-ils dans la tête ? On ne sait pas. Peut-être s'amusent-ils, tout simplement. C'est la version optimiste. Peut-être s'attaquent-ils aux plus voyants symboles du capitalisme exubérant, et vont-ils le déstabiliser ? On verra.

Mercredi 12 janvier

Le *Sartre* de B.-H.L. est très bien accueilli. Je tremblais pour lui. Je craignais qu'il ne se livre à quelque excentricité qui compromette la sortie de ce livre. J'avais peur que ses adversaires, qui sont nombreux et agressifs, ne le matraquent. Ils le feront peut-être, mais maintenant ce sera sans importance. D'ailleurs, il *faut* avoir des adversaires !

Son *Sartre* est excellent à tous égards. D'abord, il est d'une certaine façon modeste. Il ne parle pas du haut d'une tribune. Ensuite, il est plein de sympathie et même davantage pour son héros. Il l'aime. Il l'aime trop à mes yeux, mais c'est plus sympathique que s'il s'était servi du grand homme pour lui donner des leçons. Disons qu'il discerne très bien ce qui est admirable chez Sartre, et reconnaît ce qui ne l'est pas, mais avec une indulgence qu'on peut ne pas partager.

Son livre est construit comme un policier où il serait le détective, fouillant chaque œuvre, de la jeunesse à la fin, pour y déceler la trajectoire d'un esprit, comment il a évacué Gide, puis Bergson, puis s'est heurté à Heidegger. Tout cela, nullement pédant : on s'y retrouve, même si on ne comprend pas grand-chose (c'est mon cas) à Heidegger... Et puis, à la fin, cette crise bizarre de judaïsme...

Fallait-il s'interdire une plus grande réserve sur la période philosoviétique ? Quand on pense au nombre de gens qui ont été bernés parce que Sartre les entraînait... Quand on pense à son attitude à l'égard de Camus, de Merleau-Ponty, et combien ceux-ci en ont souffert... Peut-être faut-il avoir vécu cette période-là pour comprendre quel terrorisme la « bande de Sartre » faisait régner... N'empêche : le livre est superbe.

Dimanche 16 janvier

Libération a découvert des choses incroyables au sujet du bateau *Erika* qui s'est échoué au large de la

Bretagne et dont la cargaison a envahi les côtes... On ne sait toujours pas à qui il appartient ! Shell, qui l'avait affrété une ou deux fois, le jugeait dangereux et ne s'en servait plus. Etc, etc. Et c'est ce vieux rafiot rouillé que Total a fait naviguer, plein à ras bord de pétrole...

Lundi 17 janvier

Fayard m'annonce qu'un nouveau tirage d'*Histoires presque vraies* est en cours, alors que le livre est en vente depuis moins de quinze jours. *Music for my ears*, comme on ne dit pas en français...

Arkan, le chef des milices serbes, ignoble bonhomme, sadique et tortionnaire, a été abattu par un inconnu dans un hôtel de Belgrade. Selon une version non confirmée, il aurait été liquidé sur ordre de Milosevic parce qu'il en savait trop. Le dictateur fait le ménage avant de négocier son sort... Arkan aurait dû comparaître devant le Tribunal international. On aurait aimé qu'il ait à endurer son procès. C'est trop bon pour lui, cette mort...

Au lycée technique de Longwy, deux adolescents torturaient un camarade avec les outils de l'atelier de soudure, « pour s'amuser ». Les autres élèves étaient au courant, mais ne bronchaient pas. On y serait encore si un garçon de quinze ans, découvrant le martyre du jeune supplicié, n'avait alerté le proviseur. L'image d'une société banale est toute dans cette histoire : deux petits salauds, une masse lâche et inerte, et celui qui dit non. Exemplaire !

Mardi 18 janvier

Londres n'en finit pas avec Pinochet. Est-il, comme on le dit, sénile et incapable de tenir sur ses jambes ? Le diagnostic des médecins appelés à l'examiner est secret. Joue-t-il la comédie ? Tout cela finit par être pénible à observer, qu'il s'agisse de manœuvres diplomatiques entre la Grande-Bretagne, l'Espagne et le Chili pour se débarrasser au mieux d'un paquet encombrant, ou d'une réelle compassion pour un gâteux qui est venu se jeter dans la gueule du loup... Le feuilleton a été en tout cas sans effet sur les Chiliens qui se sont donné tranquillement un nouveau président – socialiste.

Le Premier ministre a rejeté le projet d'incorporer *Arte* à la holding du service public. C'était une folie du plus pur esprit bureaucratique, je l'ai écrit en termes très vifs, je le confesse, dans l'*Obs*, la semaine dernière. Et cela n'a pas été, me dit-on, sans effet. Plaisir de servir à quelque chose... Cela arrive quelquefois quand on dispose d'une tribune. Encore faut-il aboyer à bon escient.

AOL avale Time-Warner. Officiellement, c'est une association. Dans les faits, le pouvoir passe chez AOL, serveur d'Internet. CNN (Ted Turner), Time-Life et encore bien d'autres supports devraient nourrir AOL. Tout cela met en jeu des sommes colossales, mais on s'habitue à ne plus entendre parler qu'en milliards de dollars, sans d'ailleurs avoir vraiment conscience de ce que cela représente. Tout de même, le retentissement de cette information, la prééminence affirmée du pôle Internet sur le pôle imprimé, en dépit de ses titres prestigieux, et sur le cinéma : tout le monde a compris que, cette fois, quelque chose a basculé...

En France, plus modestement, Lagardère sort sept milliards pour entrer dans le capital de Canal Satellites. Il rêvait de renouer avec la télévision depuis son douloureux échec avec la première *Cinq*. Il est sympathique, Lagardère. Il a un bon physique, j'ai dit souvent qu'il ressemblait à d'Artagnan, il vieillit bien et il est astucieux, comme en témoigne sa carrière. Il n'est pas né avec une cuiller d'argent dans la bouche, ni avec un diplôme de l'ENA en poche. Il est simplement ingénieur de l'École d'électricité. C'est avec ça qu'il a fait son chemin jusqu'au sommet de Matra et d'Hachette. Des broutilles ! Dans la corbeille, il a trouvé aussi *Europe 1*. On peut se demander simplement comment se passera la collaboration avec Pierre Lescure (*Canal Plus*). Deux crocodiles mâles dans le même marigot, c'est toujours difficile à gérer.

Mercredi 19 janvier

Invitation privée pour inaugurer les nouvelles installations de Beaubourg, le musée. Pas de grands changements, mais le tout est remis à neuf, les travées élargies ; c'est superbe. Un bel espace, vraiment !

L'accrochage : je connais à peu près tout ce qui se trouve exposé, ce n'en est que plus agréable de circuler parmi ces merveilles, au milieu de gens sympathiques, de surcroît, et peu nombreux. Le rêve !... C'est la société Saint Laurent qui a été le mécène de cette rénovation. C'est-à-dire, pratiquement, François Pinault. Il est là, d'ailleurs, discret et laconique, comme toujours. On sait qu'il aime la peinture. Mais que ne finance-t-il pas, en ce moment, dans l'ordre culturel ? Ce ne doit pas être désagréable d'être milliardaire, quelquefois...

Lundi 24 janvier

Le scandale allemand autour d'Helmut Kohl a pris des proportions effarantes. Non seulement Kohl a touché, au bénéfice de son parti, la CDU, des sommes faramineuses pendant des années – et il continue obstinément à refuser de livrer les noms des donateurs –, mais il apparaît maintenant qu'à sa demande, et sur instructions de François Mitterrand, Elf, alors nationalisée, a racheté la raffinerie Leuna, située dans l'ex-Allemagne de l'Est. Un ancien colonel des services secrets français aurait touché 96 millions au passage.

D'autres chiffres volent, sur des histoires de chars vendus à l'Arabie Saoudite, de blanchiment d'argent sale... Il doit quand même y avoir encore des gens non corrompus quelque part, mais où ?

Mercredi 26 janvier

Dîner chez Caroline avec la commissaire de Bruxelles à la Culture, à la Jeunesse et aux Sports. J'ai oublié son nom et n'ai retenu que son prénom, Viviane. Elle est tout à fait sympathique, intelligente, passionnée par sa tâche. Luxembourgeoise, elle parle évidemment quatre langues et raconte comment, reçue aujourd'hui par le Sénat français, elle a tenté d'expliquer à ses interlocuteurs qu'il fallait que dans tous les pays qui composent l'Europe les enfants apprennent au moins deux langues, outre leur langue maternelle. On lui a souri poliment et elle ne comprend pas que... la France ne comprenne pas ! Je lui explique notre lourd passé, des siècles pendant lesquels il suffisait de parler français pour être compris partout, où le français était langue diplomatique, où la littérature française rayonnait sur le monde... C'est difficile de renoncer à cette souveraineté de bon gré, nos gènes sont rebelles.

Sur le fond, je suis entièrement d'accord avec elle. Il faudrait enseigner aux enfants, dès leur plus jeune âge, deux langues étrangères. Car si l'on n'en choisit qu'une, ce sera évidemment l'anglais. Et il dominera alors complètement.

Insouciance, aveuglement, on ne sait ce qui l'emporte chez ceux qui auraient pourtant le pouvoir d'instituer l'enseignement obligatoire des langues étrangères, comme dans les pays scandinaves ou aux Pays-Bas.

Viviane réussira peut-être, à force de conviction, dans son combat.

Elle raconte qu'elle a assisté au dernier discours de François Mitterrand au Parlement de Strasbourg. Elle ne l'aimait pas, mais alors pas du tout ! Mais il a commencé à parler, longuement, de l'Europe, de l'état du monde, de celui des peuples, de l'action des hommes, et quand il en a eu terminé, elle était en larmes, bouleversée, les autres parlementaires aussi : ils pleuraient. Ça, il savait faire, Mitterrand ! Chirac ne risque pas de la faire pleurer, cette charmante femme.

Jeudi 27 janvier

Dîner avec un couple d'amis très sympathiques qui ont adopté un tout petit enfant vietnamien. Ils sont allés le chercher sur place. Le récit de leurs tribulations pour arriver à une adoption pleine et régulière est épique, leur joie émouvante. Il faut dire que ce petit Vietnamien est irrésistible. En le regardant jouer avec mes gourmettes, je me dis qu'il a, quelque part, une mère qui, pour une raison quelconque, l'a abandonné. Et cela fait un peu mal : pour la mère, pour ce petit bout d'homme... Mais il est bien tombé. Son entrée au foyer de mes amis, qui ont environ trente-cinq ans, a complètement bouleversé leur façon de vivre. Ils m'expliquent comment ils vont l'élever. Très-très bien ! Cette découverte du plus vieux sentiment du monde est belle...

Coca-Cola, en pertes sèches, liquide sept mille employés. Il semble que la France ne sera pas touchée, mais c'est spectaculaire ! Le géant américain Coca-Cola, l'emblème, le mythe ! L'année leur a été néfaste, avec l'affaire des canettes empoisonnées qui a affecté la consommation partout, l'interdit que le ministre des Finances a mis au rachat d'Orangina, et quelques autres babioles. Je ne pleure pas sur ses malheurs, et j'ai même horreur de cette boisson poisseuse dont je déteste que les enfants se gavent, mais comme tout est donc fragile, menacé : même un tel empire...

On est en train de découvrir que la prison, c'est dégoûtant... Incroyable ! Depuis le temps que des gens se battent pour le faire entendre ! Après la guerre, il y avait eu un petit miracle. Des gens « très bien » avaient connu la détention sous l'Occupation, ils avaient constaté et subi l'horreur des locaux, des conditions de vie... L'un d'eux fut garde des Sceaux et réussit à ce que quelques aménagements soient apportés. Peu de chose par rapport à l'ampleur du problème. Il est vrai que le surpeuplement pénitentiaire n'arrange rien.

La presse se réveille d'un coup à cause de la publication d'un livre écrit par Véronique Vasseur, médecin-chef à la Santé, qui donne froid dans le dos. Enquêtes, sondages, détenus plus ou moins célèbres interrogés sur leurs souvenirs... Réaction de l'ensemble de la population : il y a 18 % des Français pour trouver que les prisonniers sont « trop bien traités » et 30 % pour penser qu'ils sont « traités comme il faut ». Il y en a tout de même 44 % pour dire qu'ils ne sont pas « assez bien traités ». Mais ce n'est pas un sujet populaire, et il exige, pour être abordé sérieusement, de l'argent. C'est pourquoi je crains que cet intérêt subit ne soit un feu de paille.

I

FÉVRIER

Mercredi 2 février

On se demande qui est Jörg Haider comme si on espérait des réponses rassurantes. Qui il est, c'est assez clair : un national-socialiste comme maman et papa, raciste, xénophobe, qui a déjà laissé échapper des propos éloquents. Physiquement, un côté voyou qui le rend plutôt sympathique, du charisme, du talent. Il veut le pouvoir, il va l'avoir. On ne sait pas s'il a quelque chose dans la tête : les avis divergent. La vraie question, c'est : que peut-il faire du pouvoir dans ce pays riche et sans chômeurs ? Il ne va pas envahir l'Europe avec ses forces armées, plutôt créer un laboratoire de fascisme scientifique appliqué, une espèce de ferme modèle... En attendant, c'est un abcès au sein de l'Europe.

Avant Haider, les Autrichiens se plaignaient de s'ennuyer. Il ne va pas rester longtemps sans leur donner quelques distractions !

Jeudi 3 février

Élections primaires au New Hampshire, aux États-Unis. On sait que les résultats de ce tout petit État font figure de révélateur national. Ce sont les deux gagnants qui recevront l'investiture de leur parti respectif. Le plus souvent c'est vrai ; pas toujours : il y a eu erreur avec Clinton. Que disent cette fois les électeurs, qui met les journalistes en transe ? Ils donnent la préférence, chez les républicains, à John Mac Cain, vétéran du Vietnam où il fut prisonnier, figure plutôt austère, sur George Bush Jr, gouverneur du Texas, héritier un peu dandy. Mais Bush a environ trois fois plus d'argent que Cain pour poursuivre sa campagne, il croule sous les dons. Ce handicap paraît insurmontable. Du côté démocrate, Al Gore est en tête devant un ancien champion sportif populaire, Bill Bradley, mais ce n'est pas joué. Al Gore, vice-président de Clinton, est curieusement dépourvu de charme.

Tout cela a-t-il de l'importance ? Forcément ! Le président des États-Unis a moins de pouvoir qu'on ne le croit généralement, il est tenu en lisière par le Congrès où il ne dispose pas forcément d'une majorité, la direction des affaires économiques et financières appartient au directeur de la banque fédérale, immense puissance. Néanmoins, quand il éternue, le monde se mouche...

Cette fois, il semble que les Tchétchènes aient abandonné Groznyï, qui n'est plus qu'une ruine. On dit que leur chef est gravement blessé. Les versions les plus folles circulent sur la façon dont les attentats de Moscou, prétexte de l'attaque russe, ont été organisés.

Maintenant, il est clair que les combattants tchétchènes ne vont pas rentrer sagement à la maison. D'ailleurs, ils n'ont plus de maison ! C'est probablement une guérilla qui va commencer, une interminable guerre d'embuscades.

Des milliers de réfugiés sont sur les routes. Cette semaine, on a pu enfin avoir accès à eux au Daguestan, à la frontière. L'ACF [1] organise quotidiennement des distributions de vivres substantielles, vitales. Il est assez difficile de travailler. Il faut bien dire que les Tchétchènes sont les spécialistes des enlèvements, à l'aide desquels ils exercent ensuite leur chantage. Il arrive aussi qu'ils tuent. Très difficile de leur faire comprendre que ce procédé barbare les dessert... En attendant, il faut se protéger, se signaler partout par radio. L'humanitaire n'est jamais une partie de plaisir...

Vendredi 4 février

Raout fort gai chez les Sabouret : quantité de gens sympathiques quc j'ai plaisir à voir. Jean-Claude Trichet, gouverneur de la Banque de France, membre de la Banque centrale européenne, est encore sous le coup de l'émotion après que la hausse des taux d'intérêt, contrairement aux prédictions, a été bien accueillie par le marché, comme on dit. C'est un homme fin, de grande culture, avec lequel on peut parler de tout autre chose que d'argent !

Un petit groupe se forme pour dénoncer les méthodes employées par la presse sous couvert d'investiga-

1. Association contre la faim.

tion, pour s'insurger contre certains titres racoleurs... Un vieux procès, mais que de nombreux exemples illustrent ces jours-ci, en particulier au détriment de D.S.-K....

Quelque chose me frappe : trois des grosses « affaires » que nous traînons – Dumas, Elf avec ses appendices, la MNEF – ont été déclenchées par une lettre anonyme adressée à un juge d'instruction. Une triste spécialité française...

Que faire du côté de la presse, même celle dite « sérieuse », pour éviter les débordements qui vous fusillent quelqu'un avant même qu'il soit inculpé ? L'un dit : « Il faut que la profession fasse sa propre police, qu'elle ait une déontologie... » Difficile, sinon impossible, en matière d'information, de tracer la frontière théorique entre le bien et le mal... Un autre dit : « C'est une affaire de direction. C'est au stade de la direction d'une rédaction qu'on doit savoir se conduire de façon responsable. Interdire certaines choses... » Mais un bon connaisseur, bien placé, répond : « Vous voyez un directeur de journal capable aujourd'hui de donner un ordre et d'être obéi ? C'est exclu ! L'autorité, c'est fini ! Chacun fait ce qu'il veut. Celui qui veut "se faire" D.S.-K. ou tout autre se le fera ! » Je crains que ce ne soit pas faux. Et que ce que j'appelle le journalisme de délation ait donc de beaux jours devant lui.

... Un peu plus tard dans la soirée, on chante. J'ai contribué à répandre ce divertissement collectif à Paris. Il y faut seulement un pianiste, et bon nombre de livrets contenant le texte d'une cinquantaine de chansons : Piaf, Brassens, Trenet, Barbara, Gainsbourg, Prévert... On s'engouffre dans le tunnel des souvenirs et tout le monde s'y met, parce que c'est physiquement délicieux de chanter ! Dans les chansons d'amour, les plus nombreuses, on s'alanguit, on met du sentiment, de la nostalgie, des accents déchirants. C'est drôle à observer. Et si, fugitivement, on est un peu ridicule, c'est tous ensemble, donc sans importance ! Moi, pour chanter les airs de Piaf, j'ai un cœur de midinette...

Samedi 5 février

Le Monde a fait sensation, hier, avec une manchette dénonçant le montant de la véritable « cagnotte » de Bercy, c'est-à-dire de l'excédent fiscal dont dispose le gouvernement pour l'année. Se fondant sur un document auquel il aurait eu accès, le journal chiffre cette « cagnotte » à 66 milliards alors qu'elle est officiellement évaluée à une trentaine de milliards.

Intriguée, j'appelle C.A., bon expert en la matière. Il est formel – et furieux : le chiffre avancé par *Le Monde* est invraisemblable. C'est un mensonge grossier !

Bizarre, cette histoire... C'est énorme, de lancer un pavé pareil sans être sûr de ce que l'on fait.

Cet après-midi, *Le Monde* présente ses excuses à ses lecteurs. Le journal s'est trompé dans ses additions.

De mémoire de journaliste, je n'ai jamais vu une bourde pareille dans un journal ! Il faut espérer que les responsables des « additions » n'ont pas été mutés aux services comptables...

Lundi 13 février

Malade comme un vieux chien. Un virus grippu à longue queue a pris ses quartiers chez moi, et me ravage.

Samedi, effort colossal pour aller déjeuner chez les Decaux, à Chantilly, propriété de l'Institut dont Alain est le... je ne sais s'il faut dire chancelier, ou curateur, n'importe ! C'est grossier, de se décommander au dernier moment. Et puis, je ne savais où joindre Michel Rocard qui devait passer me prendre, m'attendre devant ma porte. Et puis... et puis je suis têtue comme une mule et j'avais décidé que je n'étais pas malade... Suis rentrée décomposée, grelottante, liquidée. J'ai été naturellement incapable de participer à la visite des collections du château, le plus beau musée de France après le Louvre. Ah, ce n'est pas mal du tout, Chantilly, comme résidence secondaire !

Qu'est-ce que j'ai, on ne sait pas. Une grippe à la mode, comme il en court. J'ai mal partout, je ne peux rien avaler, et j'ai dû m'accrocher à mon fauteuil, hier, pour écrire mon article hebdomadaire. Joyeux week-end !

Vadim est mort. Il n'était pas très âgé : 72 ans, portait encore beau et était adoré par sa cinquième épouse, Marie-Christine Barrault. Il épousait, il épousait toujours, mais il savait, comme les chats, choisir ses paniers. Il y avait eu Bardot, Jane Fonda, Catherine Deneuve, Annette Stroyberg, la somptueuse Danoise, la piquante Catherine S., héritière d'une dynastie de sidérurgistes (je cherche en vain son nom sur Internet, mais on ne trouve jamais ce qu'on cherche sur Internet), Marie-Christine, enfin. En général, cela durait cinq ans. Ce n'est pas mal ! Pas don Juan pour un sou, Vadim ! Il avait une âme de mari, glissait de l'une à l'autre sans drame, mélangeant les enfants, les accumulant, adorant les réunir, père au cœur innombrable, amant soyeux...

Et le cinéma, dans tout cela ? Ce n'était pas vraiment son talent, même s'il a réussi un coup avec *Et Dieu créa la femme*, où il révéla la vraie Bardot, symbole d'une sexualité joyeuse explosant sans entraves... Une vraie bombe à fragmentation dans la société encore guindée de l'époque. Le talent de Vadim, c'était d'aimer les femmes et de s'en faire aimer. C'est plus rare que de savoir goupiller une mise en scène.

Mercredi 16 février

Un étrange personnage passe en ce moment devant la cour d'assises. Un jeune homme qui, avec son ami, a assassiné une femme pour la décapiter et envoyer ensuite sa tête à une petite amie. Horrible ! Il s'exprime bien, abondamment, assure sa défense lui-même, tient tête à ses interrogateurs, raconte avec aisance que son ambition était de devenir un *serial killer*, ambition puisée en particulier dans un film, *Seven*. Il parle de l'infirmité qui a humilié son enfance et sa jeunesse, une incontinence pathologique, comme d'une souffrance absolutoire, il n'exprime ni regrets ni remords... Manifestement, les experts ne savent que penser de ce client pas ordinaire.

Et puis il a ce mot terrible : « On ne peut pas vivre quand on n'est rien. »

Tuer pour être : le dérèglement total !

Il va probablement être retiré pour longtemps de la circulation.

Long et bel article de Jacques Attali sur Giordano Bruno, le philosophe italien aux intuitions fulgurantes, martyrisé par l'Inquisition en février 1600. Brûlé. J'y retrouve une phrase de Bruno que je cherchais depuis longtemps : « Sache que l'universel me déplaît, que je hais le vulgaire ; que la multitude me contrarie. » Cette apostrophe s'adressait aux Anglais de l'époque, aussi obscurantistes que les sorbonnards.

Bruno est récupéré ces jours-ci par tout ce que l'on compte de gens qui se jugent bridés dans leur liberté d'expression. Y en a-t-il vraiment ? Y a-t-il aujourd'hui dans le monde un grand esprit novateur, subversif par rapport aux vérités reçues, dérangeant comme Bruno qui affirmait : « Il y a mille soleils... » – y a-t-il de tels esprits qui se heurtent aux institutions, au conformisme, à la pensée conventionnelle ? C'est possible. Je ne sais pas. Dans le domaine scientifique, peut-être... On pense à ce savant français ridiculisé parce qu'il attribue de la mémoire à l'eau...

Vendredi 18 février

J'émerge de mon trou noir. L'actualité me donne envie d'avaler trois pilules et de dormir à n'en plus finir. C'est rarement joyeux, l'actualité, mais il y a des degrés... Horreur au Kosovo, horreur en Tchétchénie, peste brune en Autriche...

Comment peut-on refuser à Bernard Kouchner les

hommes qu'il demande désespérément pour tenter de tenir en respect ceux qui veulent en découdre des deux côtés ? Et qui tuent dans une sorte de vertige sans fin, en spirale. Apparemment, le ministre de l'Intérieur, dont le cœur bat du côté des Serbes (c'est son droit), juge inutile d'envoyer des renforts de police à Kouchner. « Ils sont plus utiles à Roubaix », a-t-il déclaré. La France n'est donc pas capable d'envoyer cent hommes et au Kosovo et à Roubaix ? Mais alors, de quoi on se mêle quand on intervient dans la politique internationale ?

En Russie, soyons justes, on n'intervient pas. Mais alors, pas du tout ! C'est que ce Poutine, voyez-vous, ce boucher qui va être élu tsar de Russie, a des armes atomiques au bout du doigt. Qu'est-il capable de faire si on le chatouille ? Prudence, prudence, fermons les yeux ! Il ne reste plus tellement de Tchétchènes, l'ordre est donné de massacrer ou de mutiler tous les hommes... Et ouf, après, on n'en parlera plus, et même on oubliera : il y a eu bien d'autres atrocités dans l'histoire de la Russie, dans l'Histoire tout court ; s'il fallait vivre en pensant à tout ça...

Ce discours, on l'entend à mi-voix. Les gens sont fatigués du malheur. La télévision les en gave.

Quant à Haider, il n'a pas encore aboyé...

Grandes manœuvres autour du pétrole. Le passé montre que c'est toujours dangereux. Le baril est à 30 dollars, prix très élevé qui entraîne fatalement de l'inflation chez les consommateurs, mais enchante la Russie et l'Algérie, gros producteurs. S'il atteint des sommets en ce moment, c'est parce que les pays de l'OPEP ont décidé de limiter leur production. On ne comprend pas très bien le jeu qui se joue. Les États-Unis ont menacé d'ouvrir leurs réserves, qui sont fabuleuses, pour faire tomber les prix, mais c'est là un fusil à un coup... Ces réserves sont beaucoup trop précieuses, dans l'éventualité d'un conflit, pour les entamer sérieusement.

Je ne peux plus entendre le mot « Internet » sans tirer mon revolver ! On a l'impression qu'il n'y a plus rien d'autre dans le monde qui mérite intérêt, que c'est à la fois l'Eldorado, la clef du pouvoir et celle du bonheur, que l'on doit s'extasier devant toute fusion entre un fabricant français de contenu et un allemand – mais lequel des deux fait un enfant dans le dos à l'autre ? On s'inquiète ; on dirait que les créateurs de start-up sont des paladins en quête du Saint Sépulcre ! Certes, ils seront nombreux à tomber au champ d'honneur du Net – huit sur dix –, mais ceux qui survivront, quelle griserie ! Ils se construiront des maisons en or, comme Bill Gates, et leurs bébés naîtront en sachant consulter Internet avant leur premier biberon.

Des pirates s'amusent à pénétrer les ordinateurs et cassent tous les programmes. Panique : ils connaissent le numéro de nos cartes de crédit ! Mais oui, madame, on n'arrête pas le progrès, ils connaissent aussi votre groupe sanguin, la date de votre premier rapport sexuel, enfin, ces petites choses de votre vie privée qui sont désormais enregistrées partout...

Internet, tu nous berces, tu nous enrichis en dormant, tu es le plus grand ! En un mot comme en dix, nous sommes en train de retomber en enfance...

Roland Dumas va être, selon toute vraisemblance, renvoyé devant le tribunal correctionnel. L'ancien ministre des Affaires étrangères n'est sûrement pas un saint. Mais, dans le réquisitoire du procureur de la République qui demande à le voir comparaître, on trouve un grief extraordinaire que personne, à ma connaissance, n'a relevé : « Roland Dumas a démontré tout au long de l'instruction une volonté délibérée de dissimulation » ! Depuis quand un inculpé doit-il contribuer à sa propre perte et s'interdire de mentir à un juge d'instruction ? Voilà qui est original...

Que de petites vengeances sordides vont se vider à travers ce procès ! Dumas a eu beaucoup de pouvoir, autrefois. Il va payer. C'est moche, de finir comme ça...

Lundi 21 février

Les Bourses baissent partout. Cela ne sent pas le krach, mais une sérieuse « correction », comme disent les spécialistes. L'ennui, avec la Bourse, c'est qu'on ne sait jamais à quel moment les gens vont paniquer. Et alors, krach !

Immense manifestation, hier, à Vienne, organisée par les Autrichiens eux-mêmes, ceux qui sont hostiles à Haider et qui ne pardonnent pas leur trahison aux conservateurs. Il y aura eu trois cent mille personnes dans la rue. Seul un état lamentable m'a retenue d'y aller... Dostoïevski nous l'a dit : chacun de nous est responsable de tout devant tous.

L'Iran vote réformateur... Situation assez extraordinaire, très tendue, dont on ne sait ce qu'elle porte. Ce sont les jeunes et les femmes qui se sont révoltés contre les ayatollahs.

Mardi 22 février

Peut-on s'acheter la présidence des États-Unis ? C'est la question qu'en sont à se poser beaucoup d'Américains devant l'étrange campagne électorale dont ils sont témoins et dont un journaliste célèbre, Bob Woodward, a pu dire : « George Bush a trois arguments pour lui : un, l'argent ; deux, l'argent ; trois, l'argent. »

L'argent, c'est-à-dire essentiellement toutes les formes de publicité, mais surtout les télévisions, littéralement submergées par Bush. Pour le moment, le problème de Bush n'est pas de battre le candidat démocrate Al Gore, dont la cote est bonne par ailleurs (sauf qu'il lui faudrait un grand coup d'épaule de Clinton, le Clinton qui a fait la prospérité, le Clinton dont il ne faut pas oublier qu'il est un grand politique, capable d'inspiration). Si cela doit venir, ce sera plus tard. L'urgence, pour Bush, c'est l'investiture de son parti, donc d'écraser son seul rival, John Mac Cain, héros du Vietnam, conservateur sans aucun doute, austère mais pas bigot. On verra ce soir, dans la primaire du Michigan, s'il tient le choc. Pour le battre, Bush a léché les tapis, les semelles des religieux les plus fanatiques, dont les lobbies sont puissants ; il a fait des déclarations éhontées en y fourrant tous les dix mots le nom de Dieu...

Je parle de tout cela pendant une heure au téléphone avec un ami surexcité qui m'appelle de Washington. C'est un très bon analyste politique, fin, informé. À la fin, tout de même, j'en ai un peu assez et lui dis : « Vous savez, Pierre, ce que vous me racontez là, tout le monde s'en fiche en France... » Il est outré.

Jeudi 24 février

Déjeuner avec Bernard Fixot, qui vient de créer sa propre maison d'édition après avoir passé beaucoup d'années chez les autres. Je le connais depuis longtemps, mais peu. Il a une bonne présence, quelque chose de solide, de vigoureux, une sorte de force vitale. Je comprends comment il séduit les auteurs. Il en a quelques-uns qui se vendent beaucoup et qu'il suit ligne à ligne, comme un vrai « pro ». C'est un beau métier d'être éditeur, je l'ai vu de près, du temps où Alex vivait : une passion. Mais que restera-t-il demain des livres ?

Dimanche 27 février

Rien, me dit Marin Karmitz, il ne restera rien des livres, et rien non plus du cinéma. Ils sont mourants, ils sont morts.

C'est bizarre, je ne sens pas les choses comme ça. Ni le livre ni le film ne vont mourir, parce que rien ne meurt où il entre une part d'esprit. Ils vont changer, se transformer, mais ils auront une autre vie... Ce qui est dur, c'est de vivre ce changement, mais c'est le mouvement même de la vie, même s'il est aujourd'hui un peu accéléré... Le tout est d'avoir encore la force de s'y insérer.

Lundi 28 février

Grand ramdam dans le Landerneau politique d'où s'élèvent de hauts cris. En voyage officiel à Jérusalem, Lionel Jospin a dit que les hezbollahs étaient des terroristes – ce que chacun sait. Hurlements des Palestiniens extrémistes qui lui ont organisé une conduite de Grenoble [1] à la sortie d'une université, l'ont lapidé – il a eu quelque peine à rejoindre sa voiture (blindée, heureusement).

Du coup, Chirac est sorti du bois pour condamner sévèrement son Premier ministre, et tout cela devient une affaire franco-française...

Reste un point obscur : Jospin a-t-il eu la langue trop longue, ou sa petite phrase était-elle délibérée ?

Ce qu'il a dit, personne ne l'ignore, mais la France, qui continue depuis des années à nourrir d'attendrissantes illusions sur ses capacités d'intervention diplomatique dans le chaudron du Moyen-Orient, caresse tout le monde dans le sens du poil. Jospin a rompu avec ces faux-semblants, et il n'est pas homme à s'en excuser.

1. Faire à quelqu'un une conduite de Grenoble : le chasser à coups de bâton, le huer.

AVRIL

Mardi 18 avril

Le genou blessé de Ronaldo et l'exploit de Calais (club amateur qui s'est projeté en demi-finale de la Coupe de France en battant Strasbourg) occupent toutes les émissions, toutes les ondes : *France Info* ouvre ses bulletins là-dessus... S'en exaspèrent ceux qui, ces jours-ci, ont plutôt les yeux fixés sur Wall Street...

Cette situation d'euphorie, où chacun commençait, en France aussi, à voir la fortune à ses pieds sans trop se fatiguer, ne pouvait pas durer. Dommage ! Il y avait là-dedans quelque chose de gai, d'optimiste et de totalement original.

Après avoir lu attentivement les grands journaux américains et les opinions de deux Français généralement lucides, il me semble que les Américains auront pris individuellement de grands coups sur la tête, mais qu'aucune panique ne s'en soit ensuivie, qu'on peut parler d'une « purge » du marché où se sont effondrées des valeurs fantômes, mais où le reste résiste bien. Nous ne sommes pas en 1929, de sinistre mémoire.

La suite ? Pronostic impossible ; même les plus

malins se dérobent. Tous ceux qui ont un peu d'autorité dans le secteur financier, les gourous – parmi lesquels plusieurs femmes, curieusement –, s'efforcent de calmer le jeu et, apparemment, y parviennent.

Jeudi 20 avril

Pierre Nora remet la rosette à Jacques Julliard devant quelques amis. Le soleil illumine le jardin de la maison où nous sommes réunis, à Bourg-la-Reine ; doux climat de printemps, effluves d'amitié qui embaument, car nous nous connaissons presque tous et sommes heureux de nous retrouver. La densité de matière grise au mètre carré doit être élevée ! Il y a là la crème d'une certaine gauche, et Alain Touraine est incontestablement le plus beau sociologue de France.

Mais, bien que Pierre et Jacques soient universitaires avant d'être éditeurs et journalistes, ils ont eu l'esprit de l'oublier dans leurs discours respectifs, improvisés et pleins de verve. Généralement, ces cérémonies où tu me passes la rhubarbe et je te passe le séné sont rasantes, d'autant plus qu'on doit les subir debout. Ici, ce fut un plaisir.

En regardant tous ces hommes et ces femmes bourrés de connaissances, pétris de culture, âgés de soixante ans ou davantage, j'ai eu un pincement au cœur : aucun d'eux ne fera demain une start-up. Et qui est-on désormais sans sa start-up ?

Dimanche 23 avril

Je ne m'étais même pas aperçue que Pâques était là.

J'ai dû perdre quelques précieux neurones, car j'écris sensiblement moins vite mon papier pour l'*Obs*. Je l'ai remarqué depuis quelques semaines, et aujourd'hui c'est manifeste...

Bon. Ce n'est pas dramatique. La machine fonctionne encore. Mais j'ai eu du mal, aujourd'hui, pour parler de Nourissier à propos de son passage chez Pivot.

Le livre de Nourissier a un titre superbe : *À défaut de génie*, rigoureusement dans la ligne de son œuvre d'autodénigrement. Lui appelle ça « une méthode d'autoconstruction utilisée pour me bâtir ». Je le connais depuis longtemps. Tout ce que j'aurais pu avoir de dur à dire sur lui, lui-même l'a déjà dit. Alors, ne nous répétons pas.

Qui a du génie, et comment en décider quand on relit les jugements portés au XIXe siècle par la critique ?... Mis à part Victor Hugo, je ne connais pas un nom de ceux qui furent mis alors au pinacle, alors que Balzac, Flaubert, Stendhal, Baudelaire étaient dédaignés.

Mais quand Nourissier dit, par son titre : « Je n'ai pas de génie... », il veut dire en vérité : « Je suis moins grand qu'Aragon ». Et il en souffre. Et il va mourir – maladie de Parkinson, ça peut traîner –, il ne parvient plus à écrire sur sa machine qu'avec ses deux index, il sait qu'il ne va pas tirer maintenant un chef-d'œuvre de sa gibecière...

Tout cela le rend assez pathétique, d'autant plus qu'il vit l'épreuve de sa maladie avec élégance. Mais il n'y a pas de meilleur remède à la douleur que le succès...

Mercredi 26 avril

La déliquescence du football français est spectaculaire. Les joueurs sont tellement médiocres que les « grands » clubs se font battre par les petits... Tout cela serait anecdotique si les raisons de cette déliquescence n'étaient pas éclatantes. Il y a de bons, de très bons joueurs français, comme on l'a vu au moment de la Coupe du monde. Mais ils jouent... dans des clubs étrangers qui les paient à prix d'or, dans des pays qui les exonèrent d'impôts. Comment les retenir ? En les payant mieux ou au moins autant ? Les clubs français ne sont pas riches, parce que le football a très peu de spectateurs en France, contrairement à ce que l'on pourrait croire. C'est la télévision qui en a. Les stades, eux, sont vides.

Les choses ont pris cette année des proportions qui exigeraient des mesures d'urgence.

Jeudi 27 avril

La campagne électorale pour Paris a pris un tour burlesque. Sont en lice à droite : Philippe Séguin, Françoise de Panafieu, Édouard Balladur. En lice pour postuler à la candidature ! L'un des trois doit être désigné par Michèle Alliot-Marie pour porter les couleurs du RPR. C'est déjà une curieuse procédure dans laquelle la présidente du parti s'est enfermée, car c'est elle qui portera le chapeau si les choses tournent mal. En attendant, les trois postulants se livrent une bataille effrénée... « d'image ». Panafieu circule à rollers le dimanche avec ses enfants, comme si elle n'avait fait que ça toute sa vie ; Séguin s'est acheté un vélo pour plaire aux écoles, mais des photographes malveillants ont décelé dans sa poche un paquet de cigarettes. Quoi ! Il fume, le traître ? Pollution, pollution ! Balladur se résigne à serrer des mains et encore des mains sans porter de gants. Mais Paris vaut bien une messe, comme disait quelqu'un qui en voulait lui aussi !

Vendredi 28 avril

La bataille autour de la fiscalité relative aux stock-options s'est achevée dans des conditions convenables par l'adoption de dispositions fiscales un peu compliquées. C'est un problème qui ne concerne évidemment pas la totalité de la population, mais auquel une partie du PS était hypersensibilisée. Elle aurait trouvé excellent, derrière Henri Emmanuelli, que les salariés détenteurs d'actions de leur société et les revendant avec bénéfice paient 80 % d'impôts. L'ennui est que l'objectif des stock-options, c'est de retenir en France les grandes pointures, pas de les faire filer ailleurs, comme les footballeurs.

Il faut reconnaître qu'il n'est pas facile, aujourd'hui, d'avoir sa morale de gauche dans une poche et l'économie dans l'autre. Laurent Fabius paraît visiblement décidé à paraître celui qui serait capable de faire la synthèse.

Samedi 29 avril

Première spectaculaire à l'hôpital Necker : une équipe de médecins français a appliqué une « thérapie génique » à deux « enfants bulles », ces enfants atteints d'un déficit immunitaire – toujours des garçons –, contraints de vivre sous une bulle stérile sous peine de mort. Opération réussie. Un an après le traitement, ces deux enfants vivent chez eux normalement.

Du côté de la médecine, le progrès galope. Mais la politique des laboratoires est telle qu'en des pans entiers de la maladie, la recherche de remèdes est nulle ou négligée. Pas rentable... C'est avec le Viagra qu'on gagne de l'argent !

Dimanche 30 avril

Les beaux quartiers se sont vidés, comme toujours lors d'un week-end allongé, et les commerçants maugréent. C'est une véritable frénésie, cette bougeotte, même si elle a fait 91 morts à Pâques. Mais on n'en dit rien, ou très peu. La bagnole, c'est sacré, depuis qu'elle appartient aussi au peuple qui a le droit de se tuer comme tout le monde. C'est à peu près ce que répondait Georges Pompidou au ministre qui voulait limiter drastiquement la vitesse.

Pierre Bourdieu lance un appel pour « un mouvement social européen ». L'objectif est ambitieux, puisqu'il s'agit de créer un contre-pouvoir international qui affronte partout les forces économiques établies et parvienne à les réduire. « Une utopie réaliste », écrit-il. En le lisant, on pense à la phrase de Napoléon : « Une révolution, c'est une opinion qui cherche des baïonnettes. » C'est à peu près là qu'en est le mouvement de Bourdieu. Son développement est imprévisible.

MAI

Lundi 1er mai

Le passeport de Taoufik ben Brick a été confisqué. Se doutait-on, à Tunis, de la mèche qu'on allumait ? Ben Brick est journaliste, correspondant de *La Croix*. Son frère est en prison pour « agression contre les forces de l'ordre ». Il exige sa libération et, dès lors que celle-ci est refusée, entame une grève de la faim. L'affaire commence à faire du bruit. Un bruit rampant à Tunis où le président, Ben Ali, qui est pour le moins autoritaire, n'aime pas cela du tout. Du vacarme à l'étranger où l'on fustige les méthodes peu démocratiques du régime tunisien...

Pourquoi fait-on éternellement semblant de croire que la normale, c'est l'État démocratique, et qu'il faut faire les gros yeux aux autres ? Ce n'est pas normal du tout, la démocratie, c'est un miracle qu'elle règne ici ou là, même source permanente de mécontentement !

Un moment de détente et de rire : la vidéo que Bill Clinton a fait réaliser sur lui-même. Il a fait un tabac.

Les chaînes du monde entier ont diffusé ce petit bijou d'autodérision où un président se moque de lui-même. Clinton, désoccupé, cherchant à qui parler dans une Maison Blanche vide, et répondant au téléphone : « Laissez votre message sur la boîte vocale... » Clinton assis devant la machine à laver qu'il regarde tourner ; courant derrière Hillary, qui part en voiture, pour lui donner son petit déjeuner ; lavant sa voiture ; conférencier devant un seul auditeur qui somnole... D'une cruauté délectable ! Il en devenait sympathique, ce chenapan...

Un ami veut m'emmener au cinéma. Projection privée. On dit que le film est excellent. Je voudrais bien, mais j'ai un article à finir avant ce soir. « Mais pourquoi travaillez-vous comme ça ! s'écrie G. Vous avez le droit de vous reposer un peu ! »

Souvent, j'entends dire cela. Mais ce n'est pas une question de droit. Écrire, c'est existentiel. Rien ne m'interdit, en effet, d'écrire moins longtemps dans la journée, de renoncer à ma chronique dans l'*Obs*, de refuser les articles qu'on me demande ici et là... Mais qu'est-ce que je ferais du temps ainsi récupéré ? La vraie vie, c'est le travail et l'amour. L'amour n'est plus dans mes cordes.

Devrais-je devenir une vieille dame qui joue au golf le matin, au bridge l'après-midi, court chez sa couturière et son coiffeur entre-temps ?... J'en connais qui vivent très bien ainsi. Ce sont des femmes qui n'ont jamais travaillé. Mais quand on a passé toute sa vie à « faire », au rythme effréné du journalisme, par exemple, on se meurt de ne plus « faire ».

Vous me direz : il y a des activités de remplacement.

C'est vrai. Mais je ne peux plus exercer aucun sport, je dois rouler en voiture (celle des autres), le moins longtemps possible, ma famille est terriblement occupée, et l'affection, réelle, je crois, qu'elle me donne ne peut pas se manifester dans la journée. Nous nous voyons donc plutôt le soir. Les enfants ne sont plus des enfants ; ils sont charmants et affectueux, eux aussi, nous sommes toujours heureux de nous voir, mais ils ont leur vie, heureusement ! Je n'ai jamais traîné chez les couturières quand il y en avait encore, ni dans les magasins. J'achète rapidement, dans des endroits que je connais et où on me connaît. Il m'arrive d'accompagner une amie qui adore ça, faire des courses. Quand je la vois saisir, enfiler, retourner, chercher le prix, demander si on a sa taille à propos d'un vêtement dont je sais pertinemment qu'elle ne l'achètera pas, cela me rend hystérique. Elle peut y passer des heures !

Alors, ni sport, ni cartes, ni courses, ni obligations familiales : avec quoi voulez-vous que je remplisse mes journées ? Ne me répondez pas : il y a les expositions. Les gens qui disent cela sont ceux qui ne mettent jamais les pieds devant un tableau. Il n'y a pas vingt expositions par mois, et chacune vous occupe rarement plus d'une heure. J'y vais.

Mes compagnons, ce sont les livres. J'en lis beaucoup... la nuit. Vous comprenez pourquoi je travaille « tellement », comme vous dites ?

G. s'est tu un instant, puis m'a dit : « J'ai besoin que vous veniez à cette projection avec moi. Je vous expliquerai. C'est un service que je vous demande...

– Ah bon ! Dans ce cas, donnez-moi cinq minutes, le temps d'un coup de peigne, et j'arrive. »

Service rendu avec reconnaissance : le film, *Code inconnu*, était un chef-d'œuvre. J'ai eu le temps, en rentrant, de finir mon article. D'ailleurs, je ne suis jamais en retard pour remettre un article. C'est comme une maladie, une sorte d'exactitude pathologique.

Mercredi 3 mai

Suis en train d'écrire un livre avec lequel je me débats depuis plusieurs semaines. J'ai abandonné au bout de cinquante pages un projet de roman qui était trop ambitieux. Pourtant, c'est le bonheur absolu, le roman, la liberté de convoquer deux cent mille personnes à une manifestation, ou deux brigades de gendarmes s'ils sont nécessaires à l'action. Aucun metteur en scène n'a cette liberté illimitée. Inventer des personnes, leur donner vie, c'est grisant... J'aurais dû peut-être persévérer, mais quelque chose m'a manqué... La certitude d'avoir un talent de romancière à la hauteur de mon projet.

J'hésitais, malheureuse, lorsque l'un des meubles à tiroirs, où sont entassées mes archives, s'est trouvé mal. Il s'est penché, deux tiroirs se sont ouverts et leur contenu s'est répandu sur la moquette. Des centaines de photos.

Elles ont fait office de détonateur pour le récit sur lequel je travaille maintenant.

Jeudi 4 mai

On emporte sa petite caméra, ses vêtements légers, de bonnes chaussures, une carte bleue, quelques dollars, on part en Asie faire du tourisme, se laver le cerveau, et on se retrouve cerné de fusils, entre les mains de barbares qui vous laissent crever de soif sous une tente, rebelles à leur gouvernement qui se servent de vous comme otage pour faire céder ce même gouvernement et/ou obtenir une rançon.

Cette fois, c'est aux Philippines, pays chrétien s'il en est, que ça se passe, et il y a onze otages de toutes nationalités. Le chef rebelle, islamiste, Abu Sayyaf, s'est déjà servi d'Internet pour se donner une notoriété internationale. Il y a neuf jours que ça dure. Abu Sayyaf a menacé d'en décapiter deux. Je ne sais pas où en est cette affaire aujourd'hui. La télévision étant sur place (comment ? on trouve ça tout naturel !), on voit que certaines femmes sont en train de craquer, qu'il y a deux malades, qu'on les balade d'un point à un autre en les forçant à marcher... C'est malheureusement un scénario qui peut se reproduire dans beaucoup de pays.

Samedi 6 mai

Gifle pour Tony Blair : un vieux gauchiste anglais à l'accent cockney, Ken Livingstone, lui a pris sous le nez la mairie de Londres, dont il sera le premier titulaire. Le candidat de Blair est arrivé troisième. Ce Livingstone, expulsé du parti travailliste, a un grand talent, il est très populaire, et, pendant la campagne, il a promis : « Quand je serai élu, il ne pleuvra plus sur Londres : ni le jour ni la nuit ! » Joli, comme promesse électorale...

Lundi 8 mai

Otages aussi, 500 soldats de l'ONU ! En Sierra Leone, un bled que je vous recommande, ravagé par une interminable guerre civile, où les deux camps puisent dans les énormes réserves de diamants que recèle le pays.

Mais que l'ONU se retrouve dans cette posture ridicule paraît incroyable ! Kofi Annan appelle au secours. En attendant, dans les deux camps, on tranche la main ou le bras de son adversaire... qui est souvent un enfant en armes. L'horreur !

Tous les progrès ont des effets pervers. Avec l'informatique, ça n'a pas traîné et c'est saisissant : on ne compte pas les millions de dollars, plus les ennuis sans nombre que le dernier virus faufilé dans les ordinateurs a coûté, et ce dans le monde entier.

Il porte un joli nom : *I love you*. C'est le message qu'il ne fallait pas ouvrir si on le trouvait dans sa boîte aux lettres électronique : il déclenchait une contamination en chaîne.

Le plus préoccupant, ce ne sont pas ces dégâts, bien qu'ils soient énormes : des programmes entiers ont été partout détruits. C'est qu'il n'y a aucune raison pour que le ou les fabricants de virus s'en tiennent là si on ne les arrête pas. Et même si on arrête l'auteur d'*I love you*, qui pourrait être, dit-on ce soir, un Philippin ou un jeune étudiant allemand, même si on le met hors d'état de nuire, il y en aura un autre demain...

La vulnérabilité de l'informatisation généralisée éclate. Cela fait peur, mais, en même temps, il y a quelque chose de satisfaisant dans cette résistance que la vie oppose à la technique...

Près de quatorze millions de spectateurs – record absolu – ont regardé la finale de la Coupe de France de football entre Nantes, champion en titre, et Calais. Calais, club d'amateurs, s'est faufilé, de petite victoire en petite victoire, battant ensuite Strasbourg, pulvérisant Bordeaux, jusqu'à la demi-finale. Un tel parcours ne s'était pas vu depuis 1918 ! Et le port du Nord a soudain pris aux yeux du public une signification symbolique : les petits contre les gros, les pauvres contre les riches... En l'occurrence, ça ne tenait pas debout, mais n'importe ! C'est ce qui a mobilisé les foules devant la télé et rempli le Stade de France. Dans un climat quasi religieux, Calais a très bien joué. L'ambiance au Stade de France était mystique, comme si on célébrait le « corps pur » du football avant... le Veau d'or ! À la télévision, plus de 13 millions de spectateurs haletaient. Mais, à la 90e minute, Nantes a bénéficié d'un penalty. Arbitrage indiscutable, heureusement, sinon l'arbitre se serait fait tuer...

Jeudi 11 mai

C'est la nouvelle du jour : Chirac est pour le quinquennat. *Amen !* Il se rend donc aux objurgations de Giscard qui a déposé un projet de loi dans ce sens avec un machiavélisme parfait. La vengeance est décidément un plat qui se mange froid ! Il n'a jamais pardonné à Chirac sa conduite alors que celui-ci était son Premier ministre. Maintenant, VGE le met en situation d'approuver le principe du quinquennat alors qu'il avait exprimé un avis contraire et qu'il comptait bien en reprendre pour sept ans.

Mais on lui a fait remarquer dans son entourage qu'il aura soixante-dix ans au moment de l'élection et que sept ans, cela paraîtra peut-être excessif aux électeurs. Néanmoins, Giscard le prend à contre-pied dans la mesure où Jospin s'était déjà déclaré lui aussi favorable au quinquennat... D'ailleurs, les socialistes ont applaudi Giscard à tout rompre à l'Assemblée où il s'est montré féroce, avec cette ironie froide qu'il manie en maître.

La suite ? Une seule chose est sûre : Chirac et Jospin ne peuvent faire une campagne présidentielle en se déclarant d'accord !

Mais il peut se passer tant de choses, en deux ans... y compris des municipales et des législatives dont le résultat favorisera forcément l'un ou l'autre pour le match suivant.

Je me demande si, pour l'heure, les Français prêtent la moindre attention à ces consultations électorales. La réponse est non ; pas encore, en tout cas. Peut-être les Parisiens s'intéressent-ils un peu à l'élection du maire, parce qu'elle a son mélodrame : l'éviction forcée de Tibéri, et son suspense : pour la première fois, Paris risque d'être perdu par la droite.

Lundi 15 mai

Les insurgés philippins ont laissé des journalistes s'approcher des otages. Spectacle navrant, éprouvant. Les deux Français, un homme et une jeune femme, obligés de parler anglais pour dire deux mots à leurs familles, étaient dignes mais visiblement épuisés. En même temps, telle est la capacité d'adaptation humaine qu'on les sent presque « habitués » à cette situation hors du commun où ils ont tout à craindre.

La femme allemande dont on demande en vain la libération parce qu'elle est carrément malade risque de mourir entre les mains de son mari.

Et aucune négociation n'aboutit, aucune démarche... Les geôliers réclament maintenant une partie du territoire des Philippines. Les otages leur servent à empêcher l'armée d'intervenir.

Jeudi 18 mai

Peux tout de même pas payer les tickets d'autobus avec une carte de crédit ! Ou un chèque ! Même chose ou presque pour les taxis. Et au marché, les commerçants n'ont plus de monnaie... La banque m'en a donné un peu, au compte-gouttes.

Je ne sais si la grève des convoyeurs de fonds affecte toute la France, ou seulement la région parisienne. Ils ont raison d'être exigeants sur leur sécurité. Sur leurs salaires, je ne sais pas ; ce matin encore, ils refusaient les augmentations proposées. Un métier à risques, assurément.

Ma conclusion ne sera pas originale, mais, une fois

de plus, on constate combien c'est fragile, une société moderne, combien ça se détraque vite, combien nous dépendons les uns des autres !

Divine surprise : Tony Blair a fait son marché sur le continent ! Et pas un peu : missiles air-air et cargos Airbus, il en a pour 54 milliards. Autant que l'industrie américaine n'aura pas, malgré l'insistance de Clinton auprès du Premier britannique ! Blair a joué la carte de la défense européenne. Ce n'est pas une décision insignifiante. On peut s'en réjouir.

En Sierra Leone où cinq cents Casques bleus sont toujours retenus en otages et où les atrocités vont de plus belle, on signale des livraisons d'armes substantielles venant... d'Ukraine !

Vendredi 19 mai

Quinquennat ou septennat ? La classe politique et la presse sont en ébullition. L'argument le plus souvent avancé en faveur du quinquennat, c'est qu'en faisant coïncider l'élection présidentielle avec les législatives on a le maximum de chances d'éviter une nouvelle cohabitation.

Mais, dans l'ensemble, les Français ont apprécié la cohabitation, probablement parce qu'elle rend, par force, les relations beaucoup plus feutrées entre le chef de l'État et le Premier ministre, chef de la majorité.

C'est possiblement très ennuyeux, ce que j'écris là-dessus. Mais, un jour, les historiens écriront peut-être : « C'est en mai 2000 que la décision a été prise en

France d'en finir avec la constitution taillée pour de Gaulle. » Alors je consigne ce jour...

Il faut bien dire que c'est une manie française de changer de constitution. Il y en a eu une bonne dizaine depuis la Révolution. Ça n'arrive pas ailleurs...

Balladur retire sa candidature à la mairie de Paris par un communiqué très dur sur l'organisation du comité qui devait théoriquement désigner le candidat du RPR. Une mise en scène de « MAM » pour dissimuler qu'elle avait déjà choisi Philippe Séguin. Choqué, Balladur a mangé le morceau. On ne peut pas dire que tout cela soit du meilleur effet.

Lundi 22 mai

Cette fois, c'est Françoise de Panafieu qui déclare forfait pour les mêmes raisons que Balladur, mais exprimées en termes plus feutrés.

Mercredi 24 mai

Israël évacue en catastrophe le Sud-Liban, occupé depuis longtemps par son armée et celle qu'il a formée avec des Libanais. Il s'était engagé à cette évacuation, mais en juillet.

C'est le mouvement extrémiste palestinien Hamas, qui n'a jamais accepté la politique d'Arafat ni les fameux accords d'Oslo, qui occupe maintenant le Sud-Liban à la frontière d'Israël. Le Liban est également occupé, il faut s'en souvenir, par la Syrie.

On a l'impression que si on jette une allumette là-dessus, ça va exploser et ce sera de nouveau la guerre. Mais j'ai rencontré, à une vente de livres, M. Primor, un Israélien qui a longtemps été en poste ici à l'ambassade, et je l'ai harcelé de questions ; il s'est montré optimiste. « Bien sûr, dit-il, ce départ, c'est une humiliation pour nous. Mais le Syrien est un homme sage et méfiant. Il n'engagera jamais une guerre qu'il n'est pas sûr de gagner. Alors, calmons-nous et reprenons le processus de paix avec Arafat... » Ainsi soit-il !

Cette expression, « processus de paix », on ne peut plus l'entendre tant elle a été prononcée et suivie de graves accidents de parcours !

Vendredi 26 mai

Il y a maintenant une affaire Chevènement : le ministre de l'Intérieur a fait un commentaire pour le moins surprenant sur une proposition de travail du ministre allemand des Affaires étrangères, Joschka Fischer. Il a dit en substance : « Les Allemands ne sont pas guéris du nazisme. » Ce qui est particulièrement mal venu, s'agissant de Fischer, et quelque peu délirant si l'on considère sa proposition de travail qui consiste essentiellement à introduire du fédéralisme intelligent dans l'Europe ; il rejoint en fait Jacques Delors et Giscard d'Estaing sur ce sujet.

Chevènement reconnaît qu'il a « trop contracté sa pensée ». En somme, il ne contrôle pas son verbe. Embêtant, quand on est au gouvernement.

Samedi 27 mai

Je m'aperçois que je suis devenue négligente avec ce journal. Pourtant, j'y tiens ! Le tome V, année 1999, *C'est arrivé demain*, vient de sortir et il est très bien accueilli. Néanmoins, ma discipline s'est relâchée.

Ainsi n'ai-je pas noté que Tony Blair a eu un bébé nommé Leo. Mais il en a fait une telle campagne de publicité – bébé dans les bras du père attendri, télévision, photos, etc. – qu'on en est hérissé. Perpétuelle imitation de John Kennedy... Mais l'autre était le premier à exhiber ses enfants, et il le faisait mieux...

J'avais remarqué aussi, sans l'avoir noté, un phénomène intéressant : en Espagne, une femme est devenue présidente du Sénat, une autre présidente de l'Assemblée ; en Allemagne, une femme a pris la succession d'Helmut Kohl à la tête des chrétiens-démocrates, poste politique de première importance ; en France, c'est une femme qui tient avec plus ou moins de bonheur, on le verra, les rênes du premier parti de droite, le RPR. Une femme est président du Parlement européen... Ce qui frappe, dans ces promotions groupées, c'est qu'elles sont toutes au bénéfice de femmes de droite. Et là, il y a vraiment quelque chose de changé quand on pense à l'ostracisme dans lequel toutes les droites ont toujours tenu les femmes qui prétendaient entrer en politique.

Les pessimistes vous diront que c'est le signe même de la décadence de la politique...

Mardi 30 mai

Jacques Dominati, sénateur, premier adjoint au maire de Paris, est accusé d'avoir inscrit sur les listes électorales un certain nombre de gens qui n'avaient rien à y faire.

L'histoire n'est pas neuve, mais elle s'est traduite hier par une mise en examen de quinze personnes, dont Dominati lui-même et ses deux fils. Tout cela se rapproche dangereusement de Tibéri et, il faut bien le dire, de Chirac quand il était maire de Paris.

Le prétexte donné par Dominati pour justifier ces inscriptions illégales : des amis qui voulaient le soutenir ! On croit rêver... Les scrutins auraient été truqués en 1989 et 1995. Le pot aux roses a été découvert en 1995, après que plusieurs arrondissements eurent été gagnés par les socialistes. En prenant possession des lieux, ils ont trouvé un ordinateur ; et dans l'ordinateur, une liste comportant 495 noms d'électeurs « hors arrondissement ». Aujourd'hui, l'enquête de gendarmerie relève 800 faux électeurs dans le 3e arrondissement. Savoir comment tout cela va tourner...

Le jugement de Giscard sur Chirac : « Il va finir comme Kohl ! »

Mercredi 31 mai

On ne voudrait pas être à la place d'Élisabeth Guigou. C'est à elle qu'il revient de décider, en qualité de garde des Sceaux, s'il faut ou non accorder la liberté conditionnelle à Patrick Henry, incarcéré depuis 1977, condamné à la perpétuité pour l'assassinat d'un petit garçon. L'affaire avait bouleversé la France qui réclamait pour le meurtrier la peine de mort. Celle-ci était encore dans nos mœurs. Mais un avocat génial, qui a fait du combat contre la peine de mort *son* combat, arracha à un jury d'assises une condamnation à perpétuité. C'était Robert Badinter.

Aujourd'hui, toutes les conditions techniques requises pour une libération conditionnelle sont réunies : Patrick Henry a passé en prison une licence de mathématiques, il a une possibilité d'emploi, la chancellerie déclare que son dossier est « bon », qu'il n'y a pas lieu de redouter une récidive... Mais que c'est donc une décision difficile ou de le remettre en liberté ou de condamner cet homme de quarante-six ans à la prison à vie !

JUIN

Jeudi 1er juin

Le chômage est passé sous la barre psychologique des 10 %.

Le patronat en réclame le crédit exclusif – il n'y est d'ailleurs pas étranger –, mais il se trouve que cette embellie se produit sous le gouvernement Jospin. Le Premier ministre en est donc crédité dans l'opinion.

Après trois ans, sa cote demeure très forte. Il n'inspire pas des sentiments exaltés ni des déclarations lyriques. Il inspire confiance essentiellement parce qu'il a montré du caractère et du sang-froid dans les situations de crise.

Mais la baisse du chômage, comme il est normal, entraîne des revendications, des exigences, des turbulences. C'est fatigant mais sain : signe que les gens sont sortis de leur torpeur, de leur déréliction.

En revanche, un nombre de Français que je ne saurais chiffrer, mais qui saisit toutes les occasions de s'exprimer, distille une véritable haine envers ce qu'on appelait autrefois « les élites ». Intéressant, à cet égard, de lire le courrier que publient certains journaux ! On a l'impression qu'une armée d'occupation accapare le toit du pays et asphyxie la population !

La « fracture » n'est pas neuve ; c'est l'agressivité qu'elle génère qui est devenue frappante.

Vendredi 2 juin

L'Élysée annonce que Chirac parlera lundi soir au sujet du quinquennat. Il y souscrirait à condition qu'il soit renouvelable. En somme, il en veut pour dix ans !

Mais attendons lundi. Il dira peut-être tout autre chose...

Mardi 6 juin

En regardant Chirac, tout sourire, expliquer à deux journalistes pourquoi il a opté pour le quinquennat renouvelable sans limite, je me dis qu'on aurait bien tort de se séparer d'un tel homme. Il y a cinquante ans qu'on le connaît, il a toujours été là, en somme, dans les palais nationaux, trahissant l'un (Chaban), trahissant l'autre (Giscard), disant blanc lundi, bleu jeudi, non en février, oui en juin. En politique, il connaît tous les trucs, à force. Son chef-d'œuvre : avoir été, en 1977, chef du gouvernement et chef de l'opposition en même temps ! Ainsi a-t-il coulé VGE. Le coup de la dissolution en 1997 aurait anéanti ailleurs n'importe qui d'autre. Mais les Français sont ainsi faits qu'il en est devenu populaire. « Un brave type, sympathique, disent-ils, qui laisse le Premier ministre travailler. Ce n'est pas mal, ce système, ça empêche qu'il y ait trop de pouvoir à l'Élysée. » Bien vu ! Mais le quinquennat est en route, qui devrait réduire les occasions de cohabitation en faisant coïncider l'élection du président avec celle des députés. Il se peut que les Français n'apprécient pas.

Rien de plus hasardeux qu'un référendum dans notre beau pays. Les électeurs, à supposer qu'ils se dérangent, ne répondent jamais à la question posée. Ils s'en servent pour dire autre chose.

On va bien voir. En tout cas, prisonnier de la seringue où Valéry Giscard d'Estaing l'a coincé en exhumant un quinquennat qui dormait tranquille depuis vingt-sept ans, Jacques Chirac a fait ce qu'il a pu pour dédramatiser l'affaire. Que le *oui* ou le *non* l'emporte, il s'en lave les mains !

Mercredi 7 juin

L'accueil des médias à l'intervention de Chirac est franchement détestable. Quant au public, en un mot comme en dix, il s'en moque !

Jeudi 8 juin

Dîner chez Marie-Claude Pileni, une femme chimiste très calée qui a trouvé avec son laboratoire quelque chose à quoi je ne comprends rien, tant mon ignorance est grande en ce domaine, mais qui lui fait grande réputation dans le monde scientifique. Elle est drôle, originale, provocante, elle parle de sa Corse natale avec un mélange de passion et de répulsion assez répandu... L'assistance était sympathique, le chien aussi. Une soirée plaisante.

Samedi 10 juin

Hafez el-Assad, le dictateur qui régnait depuis trente ans sur la Syrie à la suite d'un coup d'État, est mort samedi. Il était très malade et préparait méticuleusement sa succession. Son fils préféré étant mort dans un accident d'auto, il en avait désigné un second. Mais il n'est pas évident que les choses se passeront en douceur, ni que ce fils-là, Bachar, ait l'envergure du père, ce grand renard féroce et rusé.

L'avenir de la région dépend de la Syrie. Le Liban tremble, Israël s'interroge. Assad était capable de tout, même de faire la paix, mais c'est sur un écheveau compliqué de haines et d'ambitions que son successeur arrivera au pouvoir.

Frédéric Dard est mort. C'était un bonhomme adorable. Profondément gentil, généreux, traînant une mélancolie dont son fabuleux succès ne l'a jamais guéri. Il laisse une œuvre et, ce qu'il y a de plus rare, un personnage.

Dimanche 11 juin

L'équipe de France bat le Danemark par trois buts à zéro. C'est la première rencontre de l'Euro 2000. Les Danois ont été coriaces, et, au début, c'était mal parti. Et cela m'inquiétait. Et je me disais : « Mais enfin, qu'est-ce que ça peut te faire, que le Danemark nous batte ? » Eh bien, ça me faisait !... Cette équipe de France, riche de joueurs noirs, face à cette série de grands blonds, il fallait qu'elle gagne.

Roland-Garros s'est aussi achevé par une victoire française, celle de Mary Pierce sur une rude Espagnole, Conchita Martinez. La Française est parfois agaçante, avec cet air d'être offensée lorsqu'elle rate une balle. Mais là, chapeau ! Il paraît qu'il y a un nouvel amoureux là-dessous, qui lui a donné des ailes. Rien de tel !

Autre spectacle populaire (mais est-ce que Roland-Garros est populaire ? Je ne sais pas. Grâce à la télévision, peut-être...), autre spectacle, gratuit, qui a attiré une foule compacte sur l'esplanade du Champ-de-Mars : Johnny Hallyday. Les uns ont compté quatre cent mille personnes, les autres en ont vu un million, debout pendant trois heures pour voir et écouter leur idole. C'était impressionnant. Depuis le temps qu'on l'aime, ce Johnny qui a tout de même 57 ans aujourd'hui ! Les générations se succèdent, la flamme ne faiblit pas. Il est le fils, le copain, l'amant, le père, le rayon de soleil d'une population hétéroclite qui communie dans l'amour.

Lundi 12 juin

Si l'on s'intéresse à la place présente et future de l'islam dans le monde – et comment ne pas s'y intéresser ? –, il faut lire le livre de Gilles Kepel, *Jihad*, ouvrage majeur. L'auteur examine pays par pays l'état des forces, la tactique suivie par les différents courants, les raisons du succès iranien et de son échec à se propager, le cas de l'Algérie, de l'Afghanistan, de la Turquie, de l'Arabie Saoudite, du Soudan, de l'Indonésie... Ce qui, de loin, ou à travers des informations parcellaires, paraît à la fois menaçant et confus, devient tout à coup intelligible. Au terme de cette analyse minutieuse, Gilles Kepel conclut au déclin de l'islamisme après quelques années d'expansion, et augure que les sociétés musulmanes vont entrer de plain-pied dans la modernité selon des modes de fusion inédits avec le monde occidental.

C'est tout à fait passionnant, éclairant et instructif.

Mardi 13 juin

Le photographe français Brice Fleutiaux, pris en otage par un gang tchétchène il y a neuf mois, a été libéré sans que les conditions de cette libération soient très nettes. Versement d'une rançon ? Peut-être. En tout cas, Poutine s'en arroge tout le crédit. Il y a eu une forte pression internationale déclenchée par « Reporters sans frontières ». Mais qui a cédé à la pression ? L'histoire n'est pas claire. Innocent de tout cela, Fleutiaux est apparu sympathique, ne jouant pas les martyrs, bien qu'il ait beaucoup enduré, follement heureux de retrouver sa famille.

Les otages des Philippines, eux, sont carrément sortis de l'actualité. Pas un mot sur eux depuis des jours et des jours...

Mercredi 14 juin

Si l'événement se confirme, il est considérable. Trois centrales syndicales, la CFDT, la CGC et la CFTC, ont accepté de signer un accord avec le patronat définissant l'avenir du régime d'assurance chômage. La CGT et FO ont refusé.

L'homme fort du patronat, Denis Kessler, a mené les négociations en agitant la menace de voir le Medef se retirer, en cas d'échec, de toutes les organisations paritaires.

Le contenu de l'accord trace un modèle social proche du modèle britannique, où le chômeur sera placé devant ses responsabilités : accepter ou refuser l'emploi qu'on lui propose, et subir la sanction s'il refuse à trois reprises.

Tout n'est pas fini. Le gouvernement a son mot à dire. Mais c'est un patronat dur, sûr de lui et résolu à « refonder » les relations sociales, qui mène le jeu...

Jeudi 15 juin

Édouard et Jean de Ribes en garde à vue ? Ciel, dit la vicomtesse, dans quels temps vivons-nous ! Les Ribes, très représentatifs de ce qu'on appelle encore les « gens du monde » et néanmoins richissimes banquiers (la banque Rivaud), n'avaient pas la réputation d'être blancs-bleus. En 1996 était même sortie une sombre affaire de blanchiment d'argent, de fraude fiscale, enfin bref, des petites choses comme ça...

Jacqueline de Ribes tient beaucoup à sa réputation d'élégance. Quel tailleur met-on pour aller voir son mari et son fils en prison ? *Match* nous le dira si cette affligeante nécessité se présente.

En tout cas, que les Ribes aient quelques difficultés avec la justice, c'est le signe que cette justice a beaucoup changé.

Tapis rouge pour Bouteflika, le président algérien. On l'honore énormément, non sans raison. Il est, semble-t-il, sur le fil du rasoir. La situation économique de son pays est mauvaise, malgré la hausse du pétrole ; le terrorisme a à peu près disparu des grandes villes, mais il n'est pas éradiqué ; et surtout l'armée, après l'avoir soutenu, a entrepris une campagne de critiques. On sait comment l'armée s'est à chaque fois débarrassée du président en fonction. Parfois par l'assassinat.

Bouteflika, qui a brillamment gagné son référendum il y a quelques mois sur le thème de la réconciliation nationale, est donc en perte de vitesse à un point alarmant. Il est capable, fort intelligent, c'est un vieux lutteur, mais un coup de main des investisseurs étrangers, singulièrement français, lui serait d'un grand secours... Ils ont paru décidés à le lui donner.

Goussinski, le puissant patron du groupe de presse Mediavost, le seul à avoir soutenu les adversaires de Poutine lors de la campagne présidentielle, est au trou. Le chef de l'administration présidentielle lui avait proposé cent millions de dollars en échange de sa neutralité pendant la campagne. Il avait refusé. Il est arrêté sous des prétextes qui ne sont pas limpides. Un front de protestation est en train de se former entre oligarques, qui se sentent tous menacés si les mœurs soviétiques sont restaurées, et intellectuels choqués.

Poutine, lui, prétend qu'il n'était pas au courant de cette arrestation.

Vendredi 16 juin

Patatras... L'accord Medef/syndicats est menacé ! Une troisième centrale, celle des cadres, a rejoint la CGT et FO pour s'y opposer après l'avoir accepté. La CFDT ne peut faire seule tout le travail... D'autant moins que certaines des critiques adressées à l'accord ont été reprises au niveau politique et rendraient difficile l'indispensable aval du gouvernement.

Cela paraît très ennuyeux, ces histoires, très technique. Mais quand on demande aux Français : « Est-ce que vous seriez d'accord pour qu'un chômeur qui refuse trois fois de suite un emploi soit sanctionné ? » – c'est-à-dire perde tout ou partie de ses allocations –, les gens répondent pratiquement tous : « Oui. C'est normal. »

Il est vrai qu'on peut présenter les choses autrement. Dire que si le chômeur est obligé d'accepter l'emploi qu'on lui propose, ce sera pour un salaire de misère, et qu'il s'agit en somme de reconstituer une main-d'œuvre à bas prix.

Il y a presque toujours deux façons de raconter la même histoire. Sinon, les conflits n'existeraient pas.

Les négociations Medef/syndicats ont repris. Date butoir : 30 juin. Après, on casse ; le vieux système paritaire français réglant les relations sociales aura vécu.

Lundi 19 juin

Achat mirobolant de Vivendi. Jean-Marie Messier se paie Seagram, le groupe canadien de whiskies, vins et spiritueux qui possède, lui, Universal, grosse firme cinématographique. Seagram fait de beaux bénéfices. Universal perd de l'argent, mais dispose d'un fonds énorme : films, musique, etc. Vivendi a déjà gobé *Canal Plus*. Autrement dit, Jean-Marie Messier a réussi à réunir dans une même corbeille des infrastructures de communication (téléphone, Internet, télévision) et les contenus les plus variés (images, sons, informations, services). Il a atteint cet objectif – devenir le deuxième groupe mondial de communication – en quatre ans. De tous les fauves en liberté, c'est probablement le plus dangereux, parce que le plus rapide. Il va peser sur le marché mondial.

Pierre Lescure a été nommé président de Columbia. Produire aux États-Unis, pour un Français, c'est grisant, même si l'on s'y casse toujours les reins. Voir MGM... Mais Lescure est avisé.

Pour le moment, la Bourse boude. Le marché, comme on dit, trouve que J.-M. Messier en fait trop et surtout s'endette trop... Sa stratégie est contestée, l'action Vivendi, secouée.

J'ai bien connu la fille du fondateur de Seagram, Phyllis. Charmante, fine, cultivée, mais c'était une fille, donc elle ne comptait pas au milieu des fils. Quand le père Bronfman décida de faire construire un building Seagram à New York, Phyllis exigea d'en avoir la responsabilité et elle choisit comme architecte Mies van der Rohe, probablement le meilleur du temps. C'était son enfant, ce building dont elle avait contrôlé chaque bouton de porte. Elle doit être une vieille dame, aujourd'hui, si elle vit encore. Si c'est le cas, je me demande quel effet cela lui fait de voir le célèbre building familial colonisé par une bande de Français.

Mardi 20 juin

Ils étaient clandestins. Pourquoi ces hommes et ces femmes – chinois, semble-t-il – ont-ils voulu quitter leur pays pour aller à Londres ? Parce que apparemment la seule chose qu'on ne puisse pas déraciner du cœur des gens, c'est l'espoir. Londres, c'était la perspective d'un emploi, d'une ville où aucun titre d'identité n'est exigé. Des salopards organisés en réseaux leur ont fait miroiter ce paradis en échange d'une somme substantielle, bien sûr : frais de voyage... Sur tout le trajet, il y a eu des relais. L'avant-dernière étape a conduit la dernière livraison connue de clandestins en camion à Douvres. Là, c'était dimanche, le camion a stationné vingt-quatre heures sous une grosse chaleur. Quand les douaniers de Douvres ont ouvert la porte arrière, ils ont découvert 58 morts dont le spectacle révélait une affreuse agonie... Le système de réfrigération avait été arrêté. Ces douaniers ont eu besoin d'un soutien psychologique pour reprendre leur travail. Deux rescapés, à l'hôpital, permettront peut-être de remonter la filière...

Que faire ? Il n'y a probablement rien à faire. Quand la cupidité est au service du désespoir, elle trouve toujours des clients. À Douvres seulement, on a arrêté mille clandestins depuis le début de l'année.

Mercredi 21 juin

Anne Sinclair vient déjeuner. Il y a longtemps que je ne l'ai pas vue. Elle a toujours son ravissant visage, elle a un peu maigri, tout va bien.

Au lieu d'essayer de prolonger un vedettariat dont elle avait épuisé les délices et les contraintes – cette conscience permanente de son image –, elle a eu l'intelligence de décrocher en ayant encore l'âge, l'énergie, l'appétit nécessaires pour entreprendre. *TF1* lui proposait de créer le secteur Internet de la chaîne. Il fallait tout apprendre, et d'abord l'informatique, puis tout inventer...

Aujourd'hui, elle a soixante collaborateurs et elle ne cesse d'imaginer quelque chose de nouveau. Elle n'a jamais autant travaillé.

Dépouillée de sa peau d'idole, elle n'a pas froid, quelquefois ? Non, pas du tout. On ne soupçonne pas combien c'est lourd. Elle est fière d'avoir su s'en dégager elle-même avant que la vie ne s'en charge. Et elle a raison. Il n'y fallait que ce qui lui manque le moins : du caractère.

Jeudi 22 juin

Pour faire plaisir à Sylvie Pierre-Brossolette, je vais enregistrer l'émission qu'elle fait chaque jeudi soir sur la Chaîne parlementaire. Je ne sais pas qui regarde cette chaîne tout juste née. J'y ai vu un très bon dialogue entre Martine Aubry et Philippe Sollers. Sylvie me propose comme interlocuteur Jean-François Deniau. Épatant ! En tout cas on s'amusera. Thème de la conversation : le courage en politique. Participaient aussi Roselyne Bachelot et un député chevènementiste dont je n'ai pas saisi le nom.

Eh bien, on s'est amusés ! Avec la liberté que donne – à tort, peut-être – l'idée que peu de gens vous regardent, nous avons tenu des propos proprement scandaleux ! Complètement réactionnaires au sens propre du terme : en réaction contre ce qu'il est convenu de penser aujourd'hui.

Ç'a été très gai.

Vendredi 23 juin

Cela me fend le cœur, mais je n'irai pas à Salzbourg cette année. C'est décidément impossible. Et je suis contente que Patrice Chéreau, dont l'absence sera plus sensible que la mienne, ait pris la même décision.

Le programme d'Aix-en-Provence ne m'allèche pas. Je vais essayer Verdi. Quatre jours à Vérone : le risque n'est pas grand.

Longue interview avec une journaliste suisse qui me fait bonne impression. À la fin, elle me demande : « Qu'est-ce que vous regrettez de ne pas avoir fait ?

– Beaucoup de choses ! En ce moment, tenez, je regrette furieusement de ne pas pouvoir faire du roller. C'est tellement joli, silencieux, élégant... Mais je n'ose même pas essayer. »

Je crois qu'elle m'a prise pour une folle.

Mardi 27 juin

Décidément, Chirac n'est pas un orateur. Et je ne comprends pas pourquoi on ne lui installe pas, quand il parle, des prompteurs miniatures comme ceux du président des États-Unis. Pourtant, le discours qu'il a fait à Berlin devant le Bundestag était bon, important, nécessaire. Et il a reçu bon accueil. Simplement, c'est vexant de le voir lire en parlant... Avec de Gaulle, Giscard et Mitterrand, nous avons été trop gâtés de ce côté-là...

Petit concert privé pour les amis de Pierre Bergé. En hommage à l'une de ses collaboratrices disparue l'an dernier, Danielle Cattand, il a prié José Van Dam de chanter, en allemand, *Le Voyage d'hiver* de Schubert. Mélancolie et recueillement dans ce théâtre de l'Athénée où je suis venue si souvent autrefois, du temps de Jouvet... Un joli théâtre plein de dorures et de velours rouge, comme il n'y en a plus. Je ne connais pas, dans une seule ville, un théâtre moderne qui soit accueillant. Sûrement pas l'Opéra Bastille ! Partout, entre verre, acier et marbre, on a l'impression d'entrer dans un frigidaire.

Jeudi 29 juin

Ils ont été très bien, les Français, contre une équipe portugaise brillante qui s'est malheureusement montrée mauvaise perdante, l'insulte à la bouche. Mais c'est un détail...

Menés longtemps zéro à un, on s'est demandé si les

Français allaient s'en remettre. C'était sous-estimer le degré de savoir-faire qu'ils ont atteint autour de l'étincelant Zidane, qui a l'air d'avoir des mains à la place des pieds. Quelle grâce, quelle vitesse, quelle habileté ! Moi, ça me fait plaisir quand les Français font quelque chose de très-très bien.

Reste la finale. Celui qui sera notre adversaire est en train, à cette heure, de jouer sa qualification : Italie ou Pays-Bas. Redoutables tous les deux, mais ça va être beau !

JUILLET

Dimanche 2 juillet

C'est la Saint-Bové. Le turbulent agitateur, promu au rang d'idole nationale depuis le succès de Seattle, passe en justice à Millau pour « saccage » d'un McDo. Quarante à cinquante mille personnes sont venues lui apporter leur soutien. Ce n'est pas rien. Il est d'ailleurs sympathique et dit des choses pertinentes au milieu d'autres qui le sont moins. Il cristallise des peurs, des refus, des nostalgies, des fantasmes qui habitent une part de la société française. Un récent sondage à son sujet montre que sa physionomie est populaire, mais, contrairement à une idée reçue, pas dans la jeunesse, essentiellement parmi les plus de 50 ans. Que va-t-il, que peut-il faire de cette popularité ? Tout et n'importe quoi, selon qu'il saura la gérer. Il fait parfois penser au Lech Walesa des débuts. C'est peut-être la moustache ?

Lundi 3 juillet

On est encore tout remué. Jamais vu une finale dans une telle dramaturgie. Les équipes s'affrontent depuis 90 minutes, les Italiens ont mis un but, tout est fini. On est malheureux... On entend à peine qu'il y a une prolongation pour arrêts de jeu : deux minutes, rien, et puis un rugissement monte du stade : Wiltord a mis un but dans la cage italienne ! Les choses ont été si vite qu'on n'est pas sûr d'avoir vu ce que l'on a vu.

Le second but nécessaire à la victoire sera vite bien fait, comme une simple formalité.

On est comme abasourdi par un retournement de situation aussi abrupt. Suffoqué, extasié !

Qu'est-ce qu'ils ont, les Français, pour jouer comme ça, c'est-à-dire comme les Anglais d'autrefois, sans jamais se concéder à eux-mêmes qu'ils peuvent perdre ?

À valeur égale, sur le terrain, ce qui l'emporte, c'est le caractère. En a-t-on vu, des équipes françaises commencer une partie en fanfare, faire une brillante entrée et sortir la queue entre les jambes ? Ces temps-là sont révolus...

Il faudrait être aveugle pour ne voir dans les succès de cette belle équipe qu'une conjugaison de chances. C'est pourquoi ils rendent si heureux.

Mardi 4 juillet

Le représentant de Coca-Cola au Mexique, Vicente Fox, est élu là-bas président de la République, fonction suprême que le PRI détenait depuis soixante et onze ans ! Fraude, corruption, népotisme, tous les maux qui attaquent les vieilles organisations humaines et singulièrement les vieux partis ont fini par excéder assez les Mexicains pour que Fox soit élu démocratiquement.

Riche de son pétrole, pauvre de ses pauvres, concentrés dans le Sud et les campagnes, le Mexique est un pays ensorcelant où l'ombre de la mort vous suit partout et où l'on ne cesse cependant de chanter.

Voilà qu'à en parler j'ai envie d'y faire un saut, histoire de revoir le musée d'Archéologie de Mexico dont le toit est suspendu au ciel par des anges... Sinon, comment tiendrait-il ? Personne ne peut l'expliquer.

Vendredi 7 juillet

Parfois, je vois à la télévision une publicité pour une voiture de marque étrangère. Rien d'extraordinaire : un homme monte dans ladite voiture et en descend, portant une plante. Cet homme n'est ni beau ni jeune, mais, pour une raison que je n'arrive pas à élucider, il me plaît, il me touche ; quand je le vois, quelque chose en moi fait *clic* quelque part.

À la cinquième ou sixième fois, je me suis dit : il faut que je sache qui est cet homme. C'est sûrement possible, par l'agence de publicité. Peut-être un acteur professionnel ?

Évidemment, je n'ai pas bougé. Parce que c'est ridicule et que j'en ai conscience.

Lundi 10 juillet

Un homme qui a du talent veut tourner une heure avec moi pour en faire un portrait télévisé. Une chaîne le lui a commandé. J'ai vu quelques-uns de ses travaux, ils sont bons. Mais j'essaie de le décourager, avec de bonnes raisons.

D'abord, un tel portrait a déjà été fait : par Christine Ockrent, par Bernard Pivot, autrefois dans la célèbre série de portraits de Pierre Schaeffer, *Un certain regard*...

J'étais la seule femme à laquelle il avait fait cet honneur ; Francis Jeanson m'interrogeait... Alors, est-ce que cela a un sens d'y ajouter ? Franchement, je ne crois pas.

Deuxième objection : mon visage est vraiment très abîmé. Je le vois bien, lorsque je suis obligée de faire un bout d'émission. Mes joues se sont creusées, parce que j'ai maigri. Il ne faut pas maigrir, quand on vieillit. Mais j'ai dépassé le stade où l'on souffre de ne plus se ressembler. Je suis indifférente à cette vieille dame qui s'est installée à ma place dans les miroirs. Aussi indifférente qu'il est possible de l'être à soi-même, je le suis. Mais pourquoi me donner en spectacle dans cet état-là ? Je trouve que, dans le genre « cinéma-vérité », j'ai fait le maximum avec le film de *Canal Plus* où je me suis photographiée moi-même, défigurée après un accident...

Il ne m'écoute même pas. Il dit : « Ce sera très joli, vous verrez ; vous serez très bien photographiée. » Tu parles !

La vérité est que je n'aurais pas dû le recevoir.

Ensuite, c'est difficile de se crisper sur un « non » avec quelqu'un d'agréable, de bien élevé, d'obstiné dans son projet.

En mettant les choses au mieux, je ne me ferai pas tort en tournant cette émission. Mais je ne me ferai pas non plus de publicité ! Les gens n'aiment pas les vieux.

Lundi 24 juillet

Je m'étais tant réjouie à l'idée de retrouver la mer tiède, le sable doux, le climat incomparable de l'île Maurice. Comme une imbécile – il n'y a pas d'autre mot –, j'ai oublié que l'été, là-bas, c'est l'hiver. Je n'ai pas trouvé le froid, non, mais du vent, de la pluie, une mer glacée, un soleil avare de sa présence, une humidité omniprésente... Et cela m'a complètement déprimée.

Une petite écorchure qui m'oblige à marcher pieds nus m'achève. Qu'est-ce que je fais ici ? Comme on n'est jamais plus furieux que contre ses propres sottises, j'enrage de mon étourderie.

De surcroît, j'ai voulu faire des économies – le voyage est à lui seul très coûteux –, et au lieu de descendre dans le très bel hôtel que j'aime, j'ai choisi, avec E.V., d'aller au Club Méditerranée. C'est un bon club, confortable, très bien tenu, avec un service parfait. Mais il y a au Club une tradition que j'avais oubliée : c'est la musique d'enfer quasiment du matin au soir. Les clients aiment. D'ailleurs, qui supporte le silence, aujourd'hui où l'on fourre de la musique jusque dans les ascenseurs ? Bien sûr, on peut s'éloigner, les plages sont longues où l'on peut aller marcher, mais mon pied écorché renâcle fort...

Bref, ces brèves vacances sont ratées en ce sens que j'en reviens, plus tôt que prévu, plus fatiguée qu'en partant. Du coup, j'annule le saut de puce que je comptais faire à Vérone pour entendre Verdi.

Mardi 25 juillet

Épouvantable accident à Roissy : un Concorde plein de passagers amorce son décollage et s'écrase dans les flammes. Cent douze morts. C'est la première fois en vingt-cinq ans que Concorde a un accident sérieux. La cause n'est pas encore élucidée.

C'est un bijou, Concorde, un bijou de grand luxe, puisqu'il n'est pas rentable et ne peut pas l'être, sauf à augmenter sensiblement le prix des places, qui est déjà élevé. Ça a toujours été le point faible du « plus bel oiseau du monde », ce qui a détourné les Américains de l'acheter, et d'ailleurs de s'engager eux-mêmes dans la construction d'un supersonique. Au lieu de quoi, on construit des appareils de plus en plus gros, des caravansérails volants, bien peu alléchants pour le voyageur, mais qui auront l'avantage de soulager le trafic.

Concorde a été l'un des rêves de De Gaulle – « la France le fera », tranchait-il quand des spécialistes essayaient de lui expliquer pourquoi le supersonique ne serait jamais rentable, donc jamais acheté, donc un gouffre d'argent et un échec cinglant. Concorde a été tout cela, mais quiconque l'a pris, surtout quand le ciel est clair et que l'on peut par exemple voir tout entière la botte de l'Italie, quiconque n'a mis que trois heures et demie pour aller de Paris à New York (mal assis dans l'un des étroits fauteuils : pour qui se souvient des Caravelle, Concorde n'a même pas leur largeur !), quiconque a voyagé dans Concorde en a une fois ou l'autre été fier. La tragédie de Roissy lui donne une sinistre actualité. À quoi Il pense, Dieu, quand Il fait des choses comme ça ?... De quoi fallait-il punir ces touristes allemands, si heureux de partir en vacances ? C'est dégoûtant.

Jeudi 27 juillet

Bras de fer entre Jean-Marie Messier et Hervé Bourges au sujet de *Canal Plus*. Gagné par Bourges, président du CSA (Conseil supérieur de l'audiovisuel), que Messier, tout à l'ivresse de ses entrechats américains, avait pris pour un « petit machin de rien du tout ».

En bref, le nouveau montage du groupe Vivendi/Seagram allait enlever à *Canal Plus* sa principale richesse, c'est-à-dire son fichier d'abonnés. Plus de 4 millions. C'est une mine d'or, les abonnés, car on a beau regarder de moins en moins, voire plus du tout – ce qui est mon cas – une chaîne qui décline, le geste de se désabonner n'en est pas moins un geste lourd que l'on accomplit bien rarement. Bourges est intervenu en qualité de président du CSA chargé de veiller à l'indépendance des chaînes : celle de *Canal* n'était pas garantie. Messier l'a pris de haut. Bourges aussi ; il a menacé de retirer l'autorisation d'émettre à *Canal* en vertu d'une règle intangible : il est interdit à un actionnaire de détenir plus de 49 % d'une chaîne de télévision. Finalement, Messier a dû céder : *Canal Plus* conserve son fichier, la maîtrise de sa politique commerciale et tarifaire, et quelques autres petites choses nécessaires pour constituer une réelle entité économique.

Vendredi 28 juillet

Tout le monde n'a pas quitté Paris, le téléphone ne cesse pas de sonner.

Martine Aubry m'appelle au sujet de la révision de la loi sur l'IVG. Il s'agit essentiellement de porter de dix à douze semaines le délai légal de recours à l'avortement. On a beaucoup dit, écrit que Martine Aubry traînait les pieds. Dans certains milieux politico-féministes où l'on ne trouve pas que de saintes femmes et où elle est violemment jalousée, des propos insultants lui ont été dédiés. On a dénoncé la « fourberie » de Jospin ! Inquiète de la tournure que prenaient les choses, ainsi que des déclarations du professeur Nizan qui passait pour être le conseiller médical de la ministre et qui se mettait tout à coup à crier « Halte à l'eugénisme ! », j'ai moi-même écrit dans l'*Obs* : « Martine Aubry tergiverse. » C'est pourquoi elle m'appelle pour me dire : « Non, je n'ai pas hésité. Le Premier ministre non plus. »

J'en suis bien contente. C'est bien joli, de faire défiler des femmes en nombre sur les Champs-Élysées le 14 juillet, mais on voudrait quelquefois moins d'honneurs et plus de respect.

En tout cas, la décision est prise à Matignon : pilule

du lendemain et délai légal allongé seront au menu de l'Assemblée en octobre.

Ballet de portables de petit-fils en petit-fils : nous décidons d'essayer de nous retrouver chez leurs parents en Toscane la semaine prochaine. La maison est grande. Caroline pourra tous nous caser, dit-elle. Enfin du plaisir en vue !

Samedi 29 juillet

Gros remords vis-à-vis d'Éliane V. Nous étions ensemble à Maurice et elle a amputé son séjour de quatre journées pour rentrer avec moi parce que j'étais excédée... À Paris, je lui dis que je n'ai plus envie d'aller à Vérone et l'encourage vivement à s'y rendre sans moi, puisque toutes les réservations sont faites : hôtel, opéra... Mais elle ne veut pas. Et cela m'ennuie de la savoir seule à Paris jusqu'à ce qu'elle aille, comme chaque année, à Bayreuth.

Je ne sais comment analyser ce qui m'arrive. En nous observant, à Maurice, vaguement grelottantes et ratatinées au milieu de ces gens exubérants qui sautaient, qui dansaient, je me suis vue, je nous ai vues : deux petites vieilles bien propres qui n'avaient rien à faire dans ce décor, qui demandaient si l'on ne pouvait pas baisser légèrement le son – non, désolé, on ne peut pas ! J'ai éprouvé un profond sentiment de détresse.

C'est à ce moment-là que j'ai pensé : « Mais qu'est-ce que je fais là ? » et que je me suis rappelé la phrase d'Avicenne : « La vie est une monture qu'il faut savoir abandonner quand le trajet est accompli. »

Et maintenant, à Paris où j'ai retrouvé mes marques, mes amis, je n'arrive pas à évacuer cette image qui me poursuit. Et je vois bien que ma défection sur Vérone lui est associée.

Ce sont les enfants qui vont me guérir, la semaine prochaine. J'ai hâte de les retrouver.

AOÛT

Mardi 1er août

Que faut-il faire de la Corse ? « S'ils veulent l'indépendance, qu'ils la prennent ! » s'est écrié un jour, au grand scandale de quelques-uns, Raymond Barre, excédé.

Il n'est pas seul dans cette disposition d'esprit tant la Corse, si belle qu'elle soit, s'est attiré d'animosité par son terrorisme récurrent, ses attentats de toutes sortes, sa fraude institutionnalisée. Il y a trente ans que le pouvoir central, périodiquement défié par les nationalistes, cherche à reprendre la situation en main par quelques concessions et autres subsides... et se retrouve avec un préfet assassiné ! De gauche ou de droite, tous les gouvernements ont échoué, avec la Corse.

Je me souviens du gouvernement Chirac en 1975. Sa première tuile a été une tuile corse, et de taille !

Alors, on a envie de croiser les doigts pour Lionel Jospin qui a le courage de proposer à l'assentiment de l'Assemblée corse, réunissant toutes les tendances, un projet audacieux : ni indépendance ni autonomie, mais un certain transfert du pouvoir législatif. Et le fait est que cette Assemblée l'accepte, le vote, même si les plus turbulents ne sont pas dépourvus d'arrière-pensées.

Pour la première fois il se passe quelque chose de positif, on remise les fusils au vestiaire. Espoir ?

Le projet de loi, qui devra être soumis au Parlement français, fait hurler d'horreur tous ceux qui le considèrent comme un mauvais coup porté à la République. « On commence par la Corse, on continue par la Bretagne et le Pays basque », lit-on ici ou là. Et Jean-Pierre Chevènement, ministre de l'Intérieur, a immédiatement fait connaître son hostilité. Il doit s'exprimer à ce sujet ces jours-ci. Démission ? Ce n'est pas exclu. Se battre en France à propos de la Corse, c'est le bouquet !... Mais peu importe ce que pense celui-ci ou celui-là. En tant que citoyen, il faut savoir ce que l'on pense soi-même : si l'on approuve la démarche de Lionel Jospin ou si on ne l'accepte pas au nom de l'intégrité de la République et de sa Constitution...

Interrogée par *France Inter*, en conscience j'ai dit « oui » au Premier ministre. Mais une disposition du projet m'ennuie : c'est l'enseignement obligatoire de la langue corse dès la maternelle. C'est une mesure d'enfermement, de repliement sur soi. Outre que la langue corse à proprement parler n'existe pas, c'est un idiome sans grammaire, différent selon les régions, comme l'explique avec fougue le plus corse des Français, Angelo Rinaldi. Pour un peuple qui veut se développer, les nationalistes seraient mieux inspirés de rendre obligatoire la pratique de l'anglais !

Vendredi 4 au mercredi 9 août

Quelques jours délicieux en Toscane. Une maison que l'on perçoit à peine à travers les arbres, mais où nous sommes douze, chacun avec notre salle de bains, la mer lisse, le soleil affectueux, le silence total, un bateau et une grosse poignée de garçons de 15 à 23 ans : c'est le paradis, sans commentaires.

Ils sont épatants, ces garçons, les miens ; je veux dire : les fils de ma fille et leurs camarades. Pleins de projets, s'intéressant à tout, bien élevés, ce qui n'est pas courant...

Nous avons, pour un grand week-end, des invités : Jean Peyrelevade, le banquier (le Crédit Lyonnais), et sa femme. Au cours de sa carrière qui passe par Concorde et surtout par la mise en chantier d'Airbus en qualité de polytechnicien, ingénieur de l'aéronautique, il a tout vu, tout entendu, tout connu des conflits entre les gens en place, vécu toutes les crises qui ont culminé avec le scandale du Lyonnais. Et il les raconte avec une ombre à peine perceptible d'accent méridional qui ajoute encore à sa faconde. Les garçons sont fascinés. Assis autour de la table, après dîner, on l'écoute aussi longtemps qu'il veut bien parler. Quand je vois qu'il fait mine de s'arrêter, je lui jette un nom et hop, il repart...

Son obsession, aujourd'hui : l'effet de serre, le réchauffement de la planète, dont il serait grand temps de considérer la menace dans toute son ampleur.

Dans la journée, tout le monde navigue ; je n'ose pas m'y hasarder. Il faut sauter, enjamber, ne pas se prendre les pieds dans les filins... J'ai peur de moi, et d'encombrer.

Six jours, ce n'est pas beaucoup, mais ils m'ont un peu requinquée.

Mardi 22 août

Les Decaux m'ont entraînée pour quelques jours à Madère, que je ne connaissais pas. Alain y a séjourné il y a trente-neuf ans, et il a eu envie de revoir l'île portugaise, plantée au milieu de l'Atlantique. Va pour Madère où le climat est délicieux, un soleil très chaud atténué par la fraîcheur d'un petit vent de mer...

Je m'émerveille de ne rien faire. Alain et Micheline m'éblouissent : ils nagent longuement, se livrent à je ne sais quels exercices physiques avec des appareils sophistiqués pour perdre deux kilos. Moi, je fais semblant de lire Tocqueville : lecture totalement inappropriée au lieu et aux circonstances, à laquelle Micheline m'arrache pour faire des scrabbles... Je rêve de la battre, mais ce n'est pas demain la veille : elle est beaucoup plus forte que moi.

Alain Decaux est le compagnon de farniente le plus délicieux que l'on puisse imaginer. Avec lui, l'ennui ne peut jamais pointer : il a toujours une histoire à vous raconter, un souvenir, une anecdote, une curiosité historique, un mot de Sacha Guitry.

Nous ne savons rien de ce qui se passe en France, les journaux sont vieux de deux jours. Mais *CNN* nous renseigne en fin de journée sur l'état du monde. (*TV5* est en panne !)

En matière de catastrophes, on croit être blasé tant l'actualité en est pleine, mais l'histoire du sous-marin nucléaire russe revêt une dimension tragique particulière. Peut-être parce qu'on imagine la longue angoisse de ces hommes avant qu'ils ne succombent ; peut-être parce que c'est trop bête de laisser cent dix-sept jeunes gens mourir par vanité nationale, et que cela met en colère...

Mercredi 23 août

À Paris, encore tout vide, les journaux annoncent en manchette que « Chevènement défie Jospin », que « Chevènement est prêt à partir ». Motif : la Corse, évidemment.

Ce n'est sûrement pas négligeable, ni la Corse en soi, ni les conséquences d'une probable démission de Chevènement. Et, en même temps, j'ai honte de le dire, tout cela m'apparaît aujourd'hui comme lamentablement folklorique.

Lundi 28 août

On me fait une drôle de proposition : une émission régulière de radio... Je n'ai jamais accepté par le passé, parce que la radio se fait généralement le matin à des heures où je préfère dormir ! J'admire ceux qui, toute l'année, se lèvent pour cela à 5 heures...

Là, j'ignore de quoi il s'agit exactement ; je le saurai dans quelques jours.

Quelques otages sont libérés par les rebelles philippins ; pas tous. Toute cette histoire est opaque, fumeuse. Quand on en connaîtra les dessous, on constatera probablement qu'il ne s'agit pas d'une page glorieuse de la diplomatie. En tout cas, voilà Kadhafi remis en selle. Au prix où est le pétrole, il a de quoi acheter des otages par paquets de douze !

Mardi 29 août

Chevènement : *out* !

SEPTEMBRE

Vendredi 1er septembre

En claquant la porte encore une fois – c'est un tic, chez lui –, Chevènement ne sert pas, c'est évident, les intérêts du gouvernement. L'encens dont l'embaume la presse d'opposition est éloquent. Sert-il les siens ? En politique, on ne sait jamais ces choses à l'avance.

Le geste renforce sa physionomie d'homme qui n'obéit qu'à ses convictions et, pour une raison quelconque, cela paraît toujours respectable, quelles que soient les convictions. On estimera toujours davantage celui qui s'entête par aveuglement que celui qui varie par lucidité. Bizarre, non ?

Libre de sa parole, J.-P. C. peut attirer à lui des gens désorientés que les clivages, dans cette affaire de Corse, achèvent de troubler, et fortifier une popularité qui n'est pas nulle depuis son accident de santé...

En tout cas, c'est ce à quoi il va s'employer. Se retrouvera-t-il jamais en situation d'avoir la main sur l'Histoire ? C'est cela qu'il a toujours voulu, au fond : être Lénine ou rien. Je me souviens de lui du temps où s'élaborait, en 1980, le programme commun de la gauche. À l'époque, il était le théoricien de la rupture avec le capitalisme, de l'autogestion et de l'anticapitalisme, et il en mettait de telles louches que Mitterrand finit par l'accuser de vouloir faire du PS « un faux parti communiste avec de vrais petits-bourgeois ». C'était bien vu.

Aujourd'hui, il chevauche le cheval blanc de la République comme le général Boulanger le faisait concrètement dans les rues de la capitale sous les applaudissements... Et il y a un peu de pathétique dans ce changement de monture, mais aussi un genre de panache. Après tout, la politique n'en déborde pas.

Laurent Fabius a rendu, lui, sa copie à l'heure dite. Je ne suis pas orfèvre en fiscalité, mais il semble que les dispositions prévues sont dans l'ensemble positives, avec presque autant d'ampleur que la réforme fiscale allemande tant applaudie – orientée, c'est vrai, vers le consommateur plus que vers le producteur. Opération électorale, jacassent les perroquets de service. L'étonnant, c'est qu'ils ne trouvent rien à dire d'autre. Et à la télévision, grosse crise de mauvaise foi collective des journalistes politiques et économiques pour présenter le tout...

Complot ? Concertation ? Je ne crois pas. Paresse. Ils ont lu les premiers commentaires livrés par les journaux du matin, qui appartiennent tous ou presque aux forces économiques hostiles au gouvernement. Et ils n'ont pas pris la peine de réfléchir, ils ont répété.

Lundi 4 septembre

Malgré quelques petits problèmes pour marcher, je suis allée revoir l'exposition des sculptures de Picasso au Centre Pompidou. Pour le plaisir. C'est un spectacle impressionnant comme un tremblement de terre.

Mardi 5 septembre

La crise du pétrole est sérieuse, très sérieuse. De nombreuses pompes sont d'ailleurs fermées, dans toute la France, des barrages dressés. Mais le plus grave n'est pas là, même si les grévistes – c'est-à-dire patrons routiers et autres, assommés par l'augmentation du prix du carburant – font traîner les négociations. Le grave, c'est la situation sur le front du pétrole, qui atteint 32 dollars le baril !

Cela ressemble à la fameuse crise de 1973, où la hausse provoquée par les pays de l'OPEP en pratiquant brusquement la rétention de l'or noir fut à l'origine de la crise économique mondiale qui suivit.

Aujourd'hui, la production freinée, la consommation croissant, les cours sont à nouveau au plus haut.

Les pays producteurs ont le droit de jouer au yo-yo avec le pétrole. C'est *leur* pétrole. Cela n'interdit pas, au contraire, d'en avoir une gestion internationale avisée. On oublie parfois un peu vite que le pétrole est encore le maître du monde.

Jeudi 7 septembre

Grève terminée, mais le temps que les barrages soient levés et que les choses rentrent dans l'ordre, il y aura encore une belle pagaïe.

Il n'est rien de plus irritant que cette désinvolture avec laquelle une fraction de la population, quelle qu'elle soit, complique la vie de tout le monde.

Mais nous n'en avons pas fini avec le pétrole, même si l'OPEP a décidé d'augmenter un peu le nombre de barils qu'elle met sur le marché. La belle croissance risque d'en souffrir.

Vendredi 8 septembre

Vu quelque chose d'inattendu : *Bérénice* au cinéma, la *Bérénice* de Racine.

Fatiguée, je n'avais pas tellement envie d'y aller, et c'est plutôt par politesse que j'ai mis un pied devant l'autre.

Surprise : c'est très beau ! Les premières minutes sont difficiles, parce que nous ne comprenons plus cette langue et que les comédiens ne savent pas la parler, l'articuler, sentir la cadence des vers de douze pieds. Mais, dès que Depardieu apparaît, Titus déchiré entre ses deux amours, Rome et Bérénice, le miracle se produit. Il sait, lui, parler Racine. Alors s'exprime toute la beauté d'un texte sublime.

Depardieu est filmé sans maquillage ; chaque accident de la peau, chaque frémissement participe à l'expression de son amour, de sa douleur. C'est superbe, ce qu'il fait.

Dans tout l'éclat de sa beauté, sa partenaire, Carole Bouquet, parvient à exister en face de lui, ce qui n'est pas mal !

Les vers célèbres vous prennent à la gorge : « Que le jour recommence et que le jour finisse / Sans que jamais Titus puisse voir Bérénice... »

Quoi de neuf au cinéma ? Qui l'eût cru : *Bérénice* !

Samedi 9 septembre

Je ne sais pas ce qui se passe en ce moment, tout le monde a quelque chose à me demander. Un article pour ceci, un avant-propos pour cela, une déclaration à propos de, et aussi au sujet de, un titre pour un livre... Je passe pour savoir trouver des titres. Rumeur dangereuse qui rabat vers moi des auteurs angoissés. Généralement, je dis non, parce que dire oui suppose que je lise un manuscrit ! Et ça, non, non, non ! Quand on a lu cent dix-huit romans pour sélectionner le prix Femina, on ne peut plus en voir un pendant longtemps ! Mais là, il s'agit d'autre chose, et d'une personne que j'estime beaucoup.

Me voilà donc le nez dans un manuscrit...

Mercredi 13 septembre

Déjeuner Femina pour établir une première liste d'ouvrages sélectionnés. La moisson de l'année est très satisfaisante par rapport aux précédentes – 1999 en particulier, qui était consternante. Beaucoup de discussions, mais un bon climat. La fin de la course va être évidemment plus serrée, puisque nous avons retenu seize titres et qu'il faudra n'en garder qu'un !

Jeudi 14 septembre

Jospin en chute libre dans les sondages – effectués, il est vrai, en plein blocage pétrolier. C'est la première fois. Mais la conjonction de la Corse, de la démission de Chevènement, de la réforme fiscale et de la hausse du prix du carburant ne pouvait être que désastreuse.

Il est trop tôt pour savoir s'il s'agit d'un gros coup de mauvaise humeur ou de quelque chose de plus profond. Une chose est sûre : dans tous les sondages de l'été, les Français plaçaient en tête de leurs préoccupations le prix des carburants. Personne ne lit les sondages, à Matignon ?

En tout cas, ce n'est pas le vote sur le quinquennat qui va arranger les choses. Il ne faut pas faire de référendum en France ; les Français, nés malins, ne connaissent qu'une réponse aux questions qu'on leur pose par cette voie : « Cause toujours, tu m'intéresses ! » Il faut être suisse pour croire que le référendum est un instrument de gouvernement...

Mardi 19 septembre

Je regarde un peu les Jeux olympiques... Les Français ne sont pas brillants, jusqu'à présent, là où ils étaient pourtant bons à Atlanta. À part le cyclisme, nous nous écrasons. Un Hollandais de 17 ans bat tous les records du monde dans l'eau. Un spécialiste m'explique que la piscine est pour quelque chose dans tous les temps enregistrés. D'une part, grâce à je ne sais quel procédé, on lisse complètement l'eau, où il ne se produit plus le moindre frémissement ; d'autre part, le bassin a très peu de profondeur. Or il paraît que l'arrivée dans une eau profonde provoque un véritable malaise chez le nageur...

Jeudi 21 septembre

Christine Orban vient déjeuner. C'est une bien jolie personne, tout angoissée. Elle publie des romans (le dernier, *L'Attente*, était bon) et elle a le sentiment d'être cataloguée à Paris parmi les femmes du monde qui s'amusent à écrire. « On vous met dans une boîte, dit-elle ; comment s'en sortir ? Je ne suis pas une femme du monde, je reçois parce que cela fait partie du métier de mon mari, mais j'ai besoin d'écrire comme on respire ! Il faut que je sorte de cette boîte ! »

Je lui dis que nous sommes tous étiquetés et mis dans une boîte, que cela importe peu ; je lui cite Paul Valéry : « Le triomphe de l'adversaire, c'est de vous faire croire ce qu'il dit de vous ! » Je lui dis qu'elle doit se concentrer sur son travail, et pas sur son image...

Elle est très jolie et m'attendrit. J'aimerais l'aider, mais je ne puis. Quand elle aura cessé de chercher le succès littéraire, il lui viendra probablement.

Vendredi 22 septembre

Un pavé de taille est lancé dans la mare de Jacques Chirac par *Le Monde*. Le journal a eu communication du testament enregistré par le collecteur de fonds occultes du RPR, Jean-Claude Méry, pour « dire la vérité » après sa mort. C'est une bande vidéo où il dit tout et le pire : il a remis lui-même 5 millions en billets au collaborateur de Chirac, Michel Roussin, devant Chirac lui-même, dans son bureau à la mairie.

L'authenticité du document ne paraît pas contestable. D'ailleurs, personne ne la conteste. Il met à plat le système de financement du RPR par les entreprises, en échange de quoi elles obtenaient des marchés. Des choses que l'on savait, mais qui n'ont jamais été dites, avouées, reconnues, et qui sont là, noir sur blanc, de la bouche du cheval.

Pourquoi Méry n'a-t-il pas parlé quand il était encore vivant et que le juge d'instruction chargé de toutes ces affaires l'a interrogé, ce qu'il a fait plusieurs fois ? Apparemment, il avait peur et il y avait sûrement de quoi. Il a donc choisi le testament posthume.

Dimanche 24 septembre

À peine avait-on avalé cette histoire fantastique, *L'Express* en lance une autre. Un avocat qui a l'air d'un drôle de zigoto et qui connaissait bien Méry est venu raconter qu'il avait eu une copie de la bande vidéo et qu'il l'avait donnée à D.S.-K. en échange d'un petit service : sabrer dans les impôts – considérables – de son client, le couturier Karl Lagerfeld. D.S.-K aurait en somme payé d'une faveur à Lagerfeld de quoi faire chanter Chirac, le jour venu.

Là, on tombe dans le nauséabond. Les juges se sont emparés de D.S.-K. Mais il est avéré que la situation de Lagerfeld a été réglée de la façon la plus régulière. Alors, que reproche-t-on à D.S.-K. ? D'avoir effectivement eu cette cassette vidéo entre les mains et de l'avoir gardée au lieu de la remettre entre les mains de la justice, étant donné son contenu. À quoi il répond : « Je ne l'ai même pas regardée, cette cassette, je n'avais pas l'appareil du format nécessaire pour la projeter, et je ne sais pas ce que j'en ai fait... »

L'affligeant est que c'est sûrement vrai. Le péché mignon de l'ancien ministre a toujours été la légèreté. D'ailleurs, dans toutes ses tribulations, c'est toujours ce que l'on retrouve, et c'est un grave défaut pour un homme public. D.S.-K. a donc été léger d'accepter de prendre la fameuse cassette, et ensuite de l'égarer.

Mais que pèse cela, en face des révélations stupéfiantes de Jean-Claude Méry ?

Tout l'effort de l'Élysée, tous ses moyens d'influence sont mobilisés pour escamoter le vidéotestament de Méry derrière l'étourderie de D.S.-K.

Maintenant, tout peut arriver, y compris qu'il n'arrive rien, que les juges d'instruction saisis de toute l'affaire déclarent le testament de Méry nul et inexploitable, puisque son auteur est mort, et qu'aucune enquête ne soit diligentée sur les faits qu'il rapporte. Ni vu ni connu, je t'embrouille, Notre Père qui êtes à l'Élysée, restez-y !

Mais l'opinion n'est pas contente. Elle grogne respectueusement, mais elle grogne. Elle demande des explications.

Va-t-elle se laisser enfoncer la tête dans le sable ? On ne peut l'exclure...

Mardi 26 septembre

Eu l'occasion de parler quelques minutes avec Lionel Jospin pour lui dire ce que m'inspirait l'état de l'information donnée au public à propos de cette fameuse vidéocassette. Je lis toute la presse ou presque, et je regarde les journaux télévisés le plus possible. La hargne contre D.S.-K, accompagnée d'informations fausses, jamais rectifiées, est extraordinaire. On « se le fait », comme on dit. Presque tous sont tombés tête baissée dans le piège Karl Lagerfeld, le couturier étant devenu brusquement la vedette du scandale, dont le vrai motif a disparu.

Pour une raison que j'ignore – ont-ils peur de leurs patrons ? –, dans la plupart des moyens d'information on s'est gardé de reproduire les lignes les plus « chaudes » de la vidéo. Il n'appartient pas au Premier ministre d'intervenir dans les méthodes des médias, cela va de soi, mais il lui appartient d'organiser sans tarder une contre-offensive, une opération vérité.

Je crois que Lionel Jospin m'a entendue. Je crois...

Mercredi 27 septembre

Dîner très joyeux autour d'Alain Decaux, organisé à son insu par sa femme pour célébrer un nouveau grade dans la Légion d'honneur. Il doit maintenant être grand officier.

En fait, c'était un bon prétexte pour réunir quarante de ses amis dans un bon restaurant, et la salle fut plutôt huppée ! Je ne nommerai personne, c'était une fête privée, mais je ne vois pas qui d'autre, aujourd'hui, à Paris, pourrait se flatter d'avoir ces quarante amis-là.

Jeudi 28 septembre

Dans le tourbillon de ces derniers jours, le référendum sur le quinquennat a retenu l'attention à peine une soirée, avant de retomber dans les oubliettes dont il n'aurait jamais dû sortir. Il suffisait de le faire voter par le Parlement.

Quelle folie de faire un référendum en France sur un sujet qui n'intéresse personne, qui n'offre aucun enjeu et à propos duquel, de surcroît, le président de la République déclare aux électeurs : « Si vous dites oui, c'est bien ; si vous dites non, ça n'a pas d'importance » ? Ah, on se sentait stimulé pour aller voter !

Je suis allée dire oui, mais sans cesser d'enrager !

« Il faut faire davantage de référendums, a dit Chirac en conclusion. Des petits, des grands... Il faut consulter le peuple ! »

M'est avis qu'il vaudra mieux attendre un peu pour consulter le peuple, parce qu'il est teigneux, en ce moment. Si les consultations sont toutes aussi bien pensées, ce n'est pas 70 % d'abstentionnistes qu'il y aura, mais 90 %.

Vendredi 29 septembre

Capital, ce qui se passe en Serbie.

Le chef de l'opposition, un nationaliste très nationaliste mais, dit-on, modéré, Kustunica, a déclaré que l'élection de dimanche avait été gagnée dès le premier tour : les chiffres sont là.

L'opposition refuse en conséquence de participer à un second tour.

Ils ont du courage, ceux qui osent s'élever ouvertement contre Milosevic, manifester par milliers dans les rues...

Cependant, celui-ci persiste, s'incruste, exige un second tour que l'opposition se prépare à boycotter. L'armée ne paraît pas prête à intervenir. Personne n'ose prédire l'issue de cette situation sans précédent où plus de la moitié d'un peuple crie à son chef « Va-t'en ! » et où il répond : « Je reste ! »

Samedi 30 septembre

On en a tellement l'habitude qu'on ne les consigne même plus. Les troubles sanglants entre Israéliens et Palestiniens semblent appartenir à une affreuse routine. Cette fois, provoqués semble-t-il délibérément par une visite de Sharon à Jérusalem, entraînant des morts en Cisjordanie et à Gaza, ils se produisent dans une situation totalement détériorée où personne ne tient plus rien, ni Arafat, très affaibli sur son aile dure, ni le Premier ministre israélien, qui sera vraisemblablement renversé par la Knesset cette semaine.

Une fois de plus on va appeler le docteur Clinton. Mais il n'est pas là pour longtemps, lui non plus.

À la fin de la fameuse manifestation de Seattle, les participants s'étaient donné joyeusement rendez-vous pour recommencer la fête à l'occasion de la réunion du FMI et de la Banque mondiale. C'étaient les 26 et 27 septembre, à Prague.

Mais il n'y a pas eu de fête. Il n'y a rien eu du tout. Parce que quasiment personne n'est venu. Quant aux Pragois eux-mêmes, ils ont gentiment fait comprendre que leur ambition était de « consommer en paix ».

Curieusement, la presse est restée muette sur cet antiévénement.

NOVEMBRE

Mercredi 1er novembre

Un bon Goncourt – que nous espérions garder au chaud pour le Femina : *Ingrid Caven*, de Jean-Jacques Schuhl, écrivain qui n'a rien publié depuis vingt ans. Ingrid Caven, chanteuse allemande, dont Schuhl partage la vie, a eu auprès d'un public relativement étroit des admirateurs fanatiques, dont Yves Saint Laurent. Elle a été la femme et l'interprète de Fassbinder, étrange et talentueux réalisateur allemand dont les mœurs étaient assez particulières. Elle souffre d'une maladie de peau récurrente, elle a flirté avec le terrorisme, celui des Brigades rouges, bref, ce n'est pas une personne « correcte ».

Mêlant le vrai et la fiction, Schuhl a fait de son histoire un livre romantique, nostalgique, cosmopolite, bourré d'amour et d'humour, promis au succès.

Dans les années soixante, ce dandy, qui se dit « juif, protestant et snob », passait pour le Rimbaud de sa génération sans écrire, ou si peu : un roman, *Rose poussière*, succès d'estime ; un autre qui resta sans écho. L'année dernière, un éditeur n'aurait pas misé dix francs sur lui. Le voici sacré à 50 ans et sur le point d'être même furieusement à la mode.

Bon lauréat aussi pour le prix Renaudot : l'écrivain noir de langue française Ahmadou Kourouma. Il a 70 ans. Soldat dans l'armée française, il a vécu toutes les guerres, la décolonisation, il en a à raconter, et il le fait dans une langue savoureuse : sa langue à lui, pleine d'invention. Kourouma était aussi dans la liste du Femina, le préféré avec Jean-Jacques Schuhl. Les délibérations vont être chaudes, lundi.

Jeudi 2 novembre

Gore va perdre la Maison Blanche, indiquent les sondages. Il est idiot. Il fait semblant de ne pas connaître Clinton parce qu'il tremble de se voir contaminé par l'affaire Lewinsky, et il se prive du plus formidable *campaigner* que les États-Unis aient jamais eu.

Faire perdre la présidence au parti démocrate alors que l'administration Clinton laisse le pays sur des sommets économiques jamais atteints, il faut vraiment être Gore pour le faire !

L'autre... Autant j'avais de la sympathie pour George Bush père, bien qu'il fût républicain – il avait perdu son bras en France pendant la guerre –, autant le fils inspire de la méfiance. Et, malheureusement, on ne peut pas dire : « Le président des États-Unis, je m'en fous ! »

Lundi 6 novembre

Femina pour Camille Laurens, par 7 voix contre 5 : c'était prévisible, malgré l'ardeur des supporters de Laurent Mauvignier. Camille Laurens fera un succès. Son livre a déjà beaucoup d'acheteurs, ou plutôt d'acheteuses. Apparemment, celles-ci aiment qu'on leur parle des hommes pour dire à la fin qu'on ne peut pas s'en passer.

Mauvignier est dans un tout autre registre, beaucoup plus retenu, pour raconter l'histoire d'une femme dévouée à un homme odieux. Je lui trouve un grand talent.

Mon imprimante se casse. Il y avait longtemps ! J'avais presque oublié que tout ce matériel informatique n'est pas fiable. J'appelle la FNAC pour m'assurer, avant d'y aller, qu'il y a des Epson 747 en magasin. Réponse : Epson ne fait plus ce modèle.

Je me prépare un bel après-midi à courir derrière une imprimante compatible avec mon Macintosh, à me rompre les os pour la porter jusque chez moi, et à comprendre comment elle marche. Que M. Epson et sa quincaillerie aillent griller en enfer !

C'est pire que je ne croyais. J'ai fait le tour de Paris (avec un chauffeur de taxi adorable, heureusement) : il n'y a plus sur le marché d'imprimante compatible avec un Macintosh âgé de plus de deux ans. Une affaire de bidule nouveau pour établir les connexions.

Quelle est l'idée ? Vous faire acheter du nouveau matériel, évidemment. Comment faire autrement ?

L'ordinateur, l'imprimante sont mes outils de travail. Et c'est très cher, tout cela.

J'enrage !

Je dois donner un article ce soir, et je me félicite d'avoir encore dans quelque coin une petite machine à écrire mécanique qui a dû faire la guerre de Crimée !

Mardi 7 novembre

Élection américaine : je la suis sur *CNN* et *LCI*. Tard dans la soirée, *CNN* annoncc que Bush est élu. Bon. Physiquement, il n'est pas sans charme, avec son petit air de voyou bien né. Mais cette façon de collectionner les condamnés à mort dans son État, le Texas, et de les faire exécuter sans trop se soucier de leur dossier... C'est l'horreur !

Mercredi 8 novembre

Donc, Bush est élu avec une très faible majorité, les radios du matin le confirment. Gore lui a fait allégeance.

Deux heures après : Bush n'est pas élu. Gore conteste les résultats de la Floride dont le frère de Bush est gouverneur. La marge entre eux est très faible et, aux termes de la Constitution, il faut recompter les bulletins. À la main ! Et puis, il y a des milliers de votes par correspondance que la poste n'a pas encore acheminés...

C'est fou, cette histoire ! On n'a jamais vu ça, jamais !

Et puis, il y a des bulletins mal imprimés qui ont induit les électeurs en erreur. Ceux-ci se plaignent...

Jeudi 9 novembre

On ne peut s'empêcher de se passionner pour cette situation baroque, pour ces chiffres qui tombent et rétrécissent encore davantage la marge entre les deux hommes, mais Bush a encore, pour l'heure, trois cents électeurs de plus. Trois cents ! Devenir président de 250 millions d'Américains avec trois cents voix... !

C'est Ralph Nader qui a provoqué cette situation en se présentant. Il était sympathique autrefois, Nader, quand il se battait contre le consumérisme. Il serait devenu un vieil homme aigri, parce qu'il n'a plus d'audience. Il veut créer un parti d'extrême gauche. Il a fait 3 % des voix : échec cinglant, mais il les a prises à Gore.

D'où le pataquès.

Au milieu de toute cette agitation qui risque de se prolonger quelques jours, une femme apparaît de temps en temps sur l'écran, calme et rayonnante : Hillary Clinton, élue sénateur de New York alors que rien n'était moins sûr. Elle a beaucoup de partisans, mais aussi d'adversaires parmi les femmes, celles qui lui reprochent d'avoir soutenu son mari adultère au lieu de le jeter ! Quel exemple, dit l'une d'elles indignée, quel exemple pour les femmes américaines !

Mais Hillary a sauté tous les obstacles. On devrait la faire tout de suite président à la place de Bush-Gore...

Quant à Bill Clinton, il ne peut s'empêcher d'avoir

de la malice dans l'œil quand on lui demande de commenter la situation : il est manifeste qu'il s'amuse énormément.

Dans quel état le futur président peut-il sortir de cet imbroglio ? Pour le moment, c'est la Bourse qui est secouée, partout.

Mardi 14 novembre

Le feuilleton « vache folle » est moins drôle.

Une chaîne, *M6*, a passé en direct les derniers moments d'un jeune homme atteint par la maladie. Effroyable ! Les dirigeants de *M6* sont des gens décents, cependant, mais ils n'ont pas résisté devant le « coup » à faire.

Personne ne résiste plus, d'ailleurs.

Mercredi 15 novembre

Mon chat a dérobé un bouton de manchette et l'a caché, allez savoir où. Recherches vaines. C'est sa spécialité, à ce petit monstre. Il ne s'agissait pas d'un bijou de grand prix, juste deux anneaux d'argent achetés il y a bien longtemps chez Hermès.

Je passe chez Hermès où l'on acceptera peut-être de me vendre un seul anneau... Les bijoux occupent un rayon au premier étage. Il y a là une dizaine de tables auxquelles sont assis les clients. Toutes les tables sont prises. Toutes. Au rayon des bijoux ! Jamais vu ça.

Un monsieur s'approche, se confond en excuses

parce qu'on me laisse debout, mais ce ne sera pas long, ce ne sera pas long...

– Qu'est-ce qui se passe, aujourd'hui ? lui dis-je. Vous avez un autocar de Japonais ?

– Non, pas du tout. C'est tous les jours comme ça ! répond-il.

Il y a quelque chose comme un vent de folie qui souffle en ce moment sur le commerce de luxe...

Jeudi 23 novembre

Il ne s'agit même plus de savoir si l'on peut manger du bœuf sans redouter d'avoir dans dix ans la maladie de Creutzfeldt-Jakob. Il s'agit de savoir si l'on a envie de mettre dans sa bouche et dans celles de sa famille cette chose répugnante que l'on vous montre à la télévision entre deux carcasses sanguinolentes.

Le mélange de peur et de dégoût est en train de tuer l'élevage français, et comment ne pas comprendre l'attitude des consommateurs, même s'il entre une bonne part de démagogie dans l'attitude de ceux qui prônent les précautions ?

Dans le reste de l'Europe, on ne se casse pas la tête : on ne fait pas de tests sur les animaux. Comme ça, on est tranquille : il n'y a pas lieu d'annoncer tous les matins qu'un troupeau malade a dû être abattu. Seuls les Anglais, dont la responsabilité initiale est écrasante, sont vigilants, mais, selon l'un de leurs experts les plus écoutés : « Dans quinze ans, un Britannique sur deux sera mort. »

Tout cela n'est rien, naturellement, si grave que cela paraisse, à côté de ce qui se passe en Palestine et en Israël. Hubert Védrine dit que, lors des ultimes conversations, l'accord était tout près, tout près. Et puis... il y a eu cette stupide provocation de Sharon.

Maintenant, Arafat est cuit, semble-t-il. Il est prisonnier de ses troupes. Le rameau d'olivier ne peut plus venir que d'un médiateur extérieur. L'Égyptien ? Probablement. Ou bien, les États-Unis faisant défaut pour cause d'élections prolongées, Poutine, pourquoi pas ?

La radio égrène les attentats d'hier. Deux morts, cinq morts, trois morts... La routine, quoi. Affreux ! Aucune raison pour que ça cesse. En somme, le jeune Juif qui a tué Yitzhak Rabin triomphe. N'est-ce pas la paix qu'il voulait assassiner ?

Vendredi 24 novembre

Déluge de confidences dans *Le Monde* à propos de la torture pratiquée pendant la guerre d'Algérie. Pourquoi refait-elle surface ? Parce qu'un groupe coordonné par *L'Humanité* a demandé dans ce journal qu'elle soit officiellement reconnue et assumée par la France.

C'est devenu un sport national. Pas la torture, le *mea culpa* ! Il est sûrement malsain d'occulter les épisodes de l'Histoire qui sont à notre honte. Chaque pays a les siens. Il est bon de les élucider, de mettre les choses au clair au lieu de les laisser pourrir dans les mémoires. Il faut rendre hommage à Massu – eh oui, Massu ! – et au général Aussaresses qui déclarent aujourd'hui : « Oui, j'ai torturé... Oui, on aurait dû faire autrement. Mais quoi, comment ? Je ne sais pas. Oui, j'ai procédé à des exécutions sommaires... »

Ils auraient pu démissionner, comme Bollardière. Ils ne l'ont pas fait. Ni l'un ni l'autre n'impute au pouvoir politique la responsabilité de ces pratiques qui auraient été en quelque sorte spontanées.

La torture en Algérie a occupé une bonne partie de ma vie quand jc dirigeais la rédaction de *L'Express*. Témoignages, saisies du journal, procès, c'était notre pain quotidien. Comment aurait-on pu savoir – ce qui était notre cas – et ne rien écrire ? Des soldats français pratiquant la torture, était-ce pensable, acceptable ?

À chacun de dire s'il pense qu'il est bon, aujourd'hui, de curer ce vieil abcès par une véritable enquête confiée à des historiens capables d'établir par leurs recherches les faits et les responsabilités dans toute l'étendue de la vérité.

Je crois qu'il faut le faire. Mais, de grâce, que l'on nous épargne la farce de la repentance, cette purge ambiguë qui n'a jamais lavé un honneur souillé !

Lundi 27 novembre

Le feuilleton américain se traîne dans la médiocrité. En principe, il s'achèvera dimanche avec la décision de la Cour suprême, qui sera sans appel. Selon toute vraisemblance, c'est Bush qui l'emportera à 5 ou 600 voix près, glanées en Floride.

Contrairement à ce qui s'écrit et se raconte, ce n'est pas la première fois que la présidence se joue à une très faible majorité. Kennedy a été élu contre Nixon avec une marge très faible au niveau national, et son premier réflexe fut de contester ce résultat pour cause de fraude. Il se doutait en effet – ou même il savait – que dans trois États on avait organisé la tricherie. En tout cas à Chicago, le maire, Dailey. Pourquoi n'a-t-il rien dit ? Parce qu'il craignait qu'en retour Kennedy ne dénonce la tricherie de son rival dans trois autres États ! C'eût donc été de mauvaise politique, et mauvais pour l'avenir. Sain raisonnement, puisque Nixon fut le président élu suivant...

Les deux zigotos qui s'affrontent en ce moment ont l'air moins subtils !

Mardi 28 novembre

La Flûte enchantée de Mozart, j'ai bien dû la voir quinze fois en trente ans. Hier soir, à l'Opéra Garnier, ce fut un plaisir d'autant plus vif que l'on croyait la représentation annulée par suite d'un mouvement de grève. Mais les négociations frénétiques menées dans la journée ont abouti à temps pour qu'il y ait seulement suppression des décors. Ahurissants, ces spectateurs – des femmes, surtout – qui protestaient véhémentement contre ces suppressions et réclamaient le remboursement de leurs places ! Oui, ils sont vraiment étonnants, ces spectateurs qui oublient complètement combien ils sont privilégiés à Paris et que ce sont les contribuables qui financent leurs places...

Le prix de revient d'une place d'Opéra est en effet énorme. Au moins a-t-on une satisfaction, depuis deux ou trois ans : c'est le public. C'était éclatant, hier soir : il n'est ni chic, ni snob, ni seizième, ni septième, il est vêtu disons avec indifférence, et il aime la musique, voilà !

Il en a eu et de la meilleure, chantée en particulier par Natalie Dessay, sublime Reine de la nuit. Quoi de mieux que Mozart ?

L'entracte ne bruissait que d'une rumeur : un trio de taille, Pierre Boulez, Pierre Bergé et Jack Lang, unirait ses efforts pour que Hugues Gall, l'actuel directeur de l'Opéra, ne soit pas renouvelé, et pour faire nommer à sa place Gérard Mortier, en fin de contrat à Salzbourg. Lequel est un homme d'ailleurs très capable. Mais Gall aussi !

L'opération semblerait avoir échoué. Le contrat de Gall a été prolongé de trois ans, je crois, par le ministre de la Culture, Catherine Tasca, qui ne s'est pas laissé manipuler. Elle est intrépide. C'est que les fusils, dans le monde de la musique, ne sont pas en bois !

Jeudi 30 novembre

Philippe Sollers remet le ruban de la Légion d'honneur à Viviane Forrester devant une petite assemblée d'amis. Discours, naturellement, de part et d'autre.

Sollers est un mystère pour moi. L'homme est brillant, tout à fait agréable, il lui arrive de faire de très bons livres, mais quelquefois, à l'entendre, on se demande s'il est paranoïaque ou s'il joue à se faire peur. Cette description terrorisante du monde où nous sommes, de la société où nous vivons et de ce qui va infailliblement suivre, les menaces qui pèsent sur nous, sur la liberté déjà perdue – il voit la censure partout –, c'est un discours que, personnellement, je supporte très mal, comme d'ailleurs toutes les anticipations catastrophiques. Et cette vénération pour le pape au milieu de son éloge du libertinage... Quand joue-t-il la comédie ? En tout cas, il la joue, et c'est dommage. S'il avait une once de simplicité, on pourrait l'aimer beaucoup.

Viviane Forrester est aussi une décriveuse gourmande d'horreurs présentes et à venir. Mais elle est discrète et charmante, ne se pousse pas. Et le succès fabuleux qu'a connu son *Horreur économique* montre qu'elle a touché une zone très à vif de la sensibilité contemporaine.

DÉCEMBRE

Vendredi 1er décembre

La réunion de *Arte* où se décide tous les deux mois la participation financière de la chaîne aux films qui la sollicitent est gaie et animée, mais me laisse comme toujours dans l'anxiété. Il y a par force – les fonds ne sont pas illimités – beaucoup d'appelés et peu d'élus. Oublions ce qui est manifestement médiocre ou sans intérêt ; à chaque réunion, il reste une sélection d'une dizaine de titres parmi lesquels nous devons en choisir deux, trois, quatre au plus. Et, quelquefois, c'est déchirant. Derrière chacun de ces scénarios, il y a quelqu'un qui a travaillé, qui a rêvé, qui espère, parce qu'il sait qu'il ne montera pas son film sans aide et que les autres chaînes, obsédées par l'Audimat, l'ont récusé. Et si on rejette son projet, on va lui faire mal, très mal...

Bon. C'est inéluctable. *Arte* n'est pas une association humanitaire pour aide aux cinéastes en détresse. Mais, tout en étant stricte dans mes propres choix, et en les défendant énergiquement, j'ai toujours peur de me tromper. Heureusement, la responsabilité est partagée.

Mais une décision, en quelque sens que ce soit, cela s'arrache, quelquefois...

Dimanche 3 décembre

Le Conseil de l'Europe, qui se réunit à Nice à partir de samedi pour trois jours, est d'une extrême importance. Les enjeux sont lourds, les discussions seront dures ; Jacques Chirac a courageusement sillonné le continent, cette semaine, de l'Angleterre à l'Italie, des Pays-Bas au Portugal et à l'Allemagne, pour entraîner les dirigeants sur les chemins que préconise la France. S'il s'agissait d'un match de cross-country, il l'aurait assurément emporté. Mais il n'obtiendra jamais, à mon sens, que l'Allemagne renonce à peser davantage dans les décisions et les votes, arguant du poids de sa population qui a beaucoup augmenté depuis la réunification. Ainsi, l'égalité fondatrice, dans l'Europe, entre Allemagne et France, va disparaître...

L'acharnement de Chirac est d'autant plus remarquable – et, en un sens, pathétique – qu'il est entré d'autre part dans une zone de hautes turbulences. Les lycées de Paris, la corruption phénoménale à laquelle leur construction a donné lieu au bénéfice du RPR (mais pas seulement), tout cela lui éclate à la figure de façon inattendue. C'était connu, mais il semblait que les deux juges d'instruction chargés de l'enquête n'en sortiraient jamais.

Ils ont recueilli ces derniers jours de précieux aveux selon lesquels Jacques Chirac était évidemment au courant, et ils ont poussé l'impertinence jusqu'à incarcérer un de ses très proches collaborateurs à l'Hôtel de Ville,

Michel Roussin. Incarcération étonnante, voire choquante, s'agissant d'une personne qui n'est pas encore inculpée. Pas encore, en tout cas, et qu'on imagine mal prenant la fuite...

On est maintenant à l'intérieur d'une partie infernale où Chirac joue très gros, et il le sait.

Nul ne peut s'en réjouir, quelle que soit la tendance politique dont il est le plus proche. Un climat de fin de règne qui cependant n'en finit pas s'est instauré. Une sorte de nausée générale.

Si Chirac, dans ces conditions, réussit à 70 ans à devenir pour la deuxième fois président, il est très fort, vraiment très fort ! Mais ce n'est même plus vraiment le problème. Chirac ou un autre... C'est la confiance dans le régime démocratique qui est atteinte face à ce qu'il produit. On oublie que, sous un autre régime, on n'en saurait rien, et qu'en ce moment la grande lessive commence.

Lundi 11 décembre

Je me réveille sourde. C'est impressionnant. Médecin : c'est un virus. Cortisone. En attendant, le téléphone est pour moi muet. Je n'entends rien ni personne. Seul moyen de communication possible : le fax. J'atteins progressivement dans la journée un degré d'exaspération intense.

Plus gai : les élèves des collèges et lycées de Nanterre m'ont décerné un prix, le prix de la Nouvelle, pour un texte publié dans *Histoires presque vraies*. Jamais distinction ne m'a donné plus de plaisir. Ce lectorat que tout le monde déclare perdu pour cause d'Internet lit, donc...

J'aurais aimé les voir, ces jeunes juges, mais, d'éliminatoires en sélection, cela s'est passé en plusieurs étapes et achevé, hors leur présence, à la bibliothèque de Nanterre. Il y avait là un ou deux écrivains connus en compétition... J'étais fière, je ne vous dis pas !

Mardi 12 décembre

Le sketch qui se joue aux États-Unis autour de l'élection présidentielle devient franchement bouffon. On compte, on recompte, on ne compte plus, on re-recompte les bulletins de vote, le Conseil suprême (fédéral) a tranché : « Assez ! », le Conseil suprême de Floride a répondu : « On continue... » Un jour, il finira bien par y avoir quelqu'un à la Maison Blanche. Ensuite... Dans trois mois, les Américains peuvent avoir tout oublié. Ou, dans quatre ans, rien oublié, quel que soit l'élu.

Curieusement, la démocratie est bafouée là-bas alors qu'elle l'est simultanément en France, d'une autre manière.

Mercredi 13 décembre

Passé la matinée à envoyer des fax pour décommander des engagements divers auxquels je suis incapable, toujours sourde, de faire face.

Encore faut-il que je possède les numéros de fax. Je ne puis téléphoner à personne pour me renseigner, puisque je n'entends pas ce que l'on me dit ! Situation loufoque et assez éprouvante pour les nerfs.

Je n'ai pas pu prévenir Angelo Rinaldi, qui devait venir déjeuner. Il a dû hurler pendant une heure... Heureusement, avec les oreilles, je n'ai pas perdu la voix. J'ai pu lui recommander un ouvrage que j'ai trouvé passionnant sur l'utopie de Thomas More à Lénine, le besoin d'utopie. Parce qu'on ne mobilise jamais les imaginations sur de simples projets de réforme de la société, il y faut du rêve, l'illusion du paradis à l'horizon ! Toutes les utopies ont échoué ; la dernière s'est fracassée sur le mur de Berlin. Mais de nouvelles utopies surgissent toujours...

Un ouvrage d'histoire qui me conforte dans la conviction qu'il n'y a rien de changé sur la Terre depuis l'aube de l'humanité. Rien. D'ailleurs, la première utopie communautariste est... chez Platon ! Une fresque du Kremlin lui rend même hommage. On apprend, on apprend dans ce livre !

Vendredi 15 décembre

Pas de progrès, ou presque pas. J'ai l'impression d'être entrée dans les limbes où les justes de l'Ancien Testament attendaient la rédemption... Non que j'attende rien de tel, mais cet épais silence où je baigne, qui m'isole complètement du monde extérieur, me déstabilise. En soi, c'est agréable, l'absence de bruit, de tous bruits, et puis, insidieusement, l'angoisse s'installe... Quand s'estompe la perception dont on aurait besoin pour entendre sonner le téléphone, voilà aussi que la porte se dérobe. Au secours !

J'envoie un fax à Caroline pour lui demander assistance et lui dis : « Je suis en train de devenir folle. » Elle m'annonce sa visite, heure précisée pour que ma porte soit ouverte, et ajoute en P.-S. : « Avec les moyens de communication modernes, les sourds ne deviennent plus fous. »

Parce qu'ils se flinguent avant ? ou bien se résigne-t-on ? Vit-on dans les livres et les journaux ? Télévisions et radios deviennent inaudibles, même poussées à leur maximum. Gagne-t-on des ouvertures vers la spiritualité ? On devrait.

J'écris n'importe quoi. Je suis en prison.

Dimanche 17 décembre

Affaire de cortisone ou d'ange gardien revenu à ses devoirs, en me réveillant ce matin j'entends une vague sonnerie. Une sonnerie ! Donc, j'entends ! Je n'ose pas y croire. Je vérifie. Au téléphone, une rumeur un peu vague de voix me parvient. Mon médecin me dit : « C'est la preuve que c'était viral, et pas vasculaire. C'est une bonne nouvelle pour vous. »

J'ai récupéré l'oreille gauche, la droite reste très atteinte, mais enfin, je ne suis plus enfermée dans ce manteau de silence.

La tête marche à peu près. Je m'accroche à mon ordinateur pour écrire la chronique que je dois faxer à l'*Obs* demain matin.

Faute d'entendre la télévision, j'ai suivi l'actualité dans la presse et je sais les sujets dont je veux parler.

L'intervention de Chirac, naturellement. Très habile. Il a toujours eu un énorme avantage sur ses adversaires : c'est qu'ils s'obstinent à le sous-estimer. Mitterrand mis à part, Chaban, Giscard, Balladur, tous s'y sont trompés et l'ont cher payé... Cette fois, il a montré ses ressources. Ce « Je ne peux pas le croire » est une perle... Une crise morale en France ? Une crise politique ? Que nenni ! Bonne nuit, les petits.

Autre sujet sur quoi je réfléchis dans mon silence, et qui me tient à cœur : l'Europe, la réunion de Nice décrite comme un échec. L'Europe manque de souffle, dit-on. Elle manque probablement en ce moment de personnalités de grande envergure pour la porter devant le public, mais le problème n'est pas là. L'Europe a toujours été un projet « raisonnable », sans paillettes, sans strass, sans le fard grisant de l'utopie dont je parlais l'autre jour. Jamais ses pères fondateurs n'ont promis le paradis sur terre, la justice, l'égalité, l'éradication de la souffrance sociale, bref, tout ce que les utopistes, des premiers communistes aux derniers, ont annoncé. L'Europe n'a proposé « que » la paix, et un progrès certain, constant, inatteignable pour un seul pays, possible à plusieurs.

C'est pourquoi elle n'a jamais soulevé l'enthousiasme ni la passion militante. L'Europe, c'est la raison, le contraire de cette soif jamais apaisée à travers l'Histoire.

Je veux bien que l'on suffoque dans la raison, mais que l'on s'y tienne !

Lundi 18 décembre

Autre réflexion née du silence forcé et d'une dernière lecture des épreuves de mon livre qui sort dans les prochaines semaines.

La plus banale : qu'ai-je fait de cette vie, cette longue vie dont je raconte quelques épisodes inédits ? Quelque chose d'à peu près honorable, d'à peu près *excusable*, comme dit à peu près Montaigne.

J'ai mené de bons combats, jamais pour servir mes intérêts (ce qui n'est pas forcément faire preuve d'intelligence !), mais plutôt l'idée que je me faisais du bien et du mal.

Mais, en vieillissant, j'ai appris que la difficulté est de savoir où l'on se situe soi-même par rapport à des valeurs communément respectées par la société. Convient-il d'être « du bon côté » ? Bon côté de qui ? de quoi ? Celui des pouvoirs ? des académies ? des richesses ? Ou côté des opprimés ? des contestataires ? des rebelles ? Ou encore de la mode intellectuelle, si puissante ?

Dans ce champ de mines, il faut assurer sa sauvegarde, sa survie. Personne ne vous protège d'une démarche trop originale, d'une non-intégration affichée à aucun groupe. On ne peut pas vivre et travailler en société et se conduire en sauvage sans grands inconvénients.

Non, il faut être dans la vie mais, dans chaque circonstance qui suppose un engagement, une prise de position, une action, se rappeler qu'on est libre de chercher et de suivre sa petite lumière, celle qui indique le chemin.

On peut privilégier bien des choses : l'honneur

– mais il n'est pas en péril tous les jours ! –, la lutte contre tous les visages du fascisme, y compris le terrorisme intellectuel, la considération qu'on espère d'autrui, le bien de sa communauté, l'intérêt général, celui de sa famille, la sécurité physique, matérielle, les bons vieux impératifs de M. Kant, que sais-je, la liste est ouverte ! On devrait toujours l'avoir au complet dans un petit carnet, parmi les adresses utiles.

Mercredi 20 décembre

Une oreille toujours blessée, mais le plus dur est passé.

Vu et entendu sur la Chaîne parlementaire un débat surréel à l'Assemblée. Il s'agissait de faire voter l'inversion des dates prévues pour les prochaines législatives et l'élection présidentielle. Pour des raisons réellement tordues, Chirac et une partie de l'opposition veulent commencer par les législatives. Objet : les gagner, bien sûr, c'est-à-dire évacuer Lionel Jospin du gouvernement avant la présidentielle à laquelle il ne pourrait même plus se présenter. Bon. Mais il tombe d'abord sous le sens que personne ne peut prédire le résultat des législatives ; ensuite, qu'il est détestable à tous égards, pour le fonctionnement élémentaire des institutions, que ces législatives précèdent l'élection du président de la République. Quelques ténors éminents, qui n'ont dans cette affaire aucun intérêt personnel ou de parti, qui sont « au-delà » – Giscard, Barre, Rocard, pour ne citer qu'eux –, ont pris fermement position. Ainsi qu'une partie des centristes, tandis que la gauche plurielle se divisait.

L'ahurissant fut d'entendre les opposants, proférant des insanités, hurler : « Jospin nous tend un piège ! », faire un vacarme d'enfer pendant l'intervention de Giscard, furieux de cet accueil, et s'absenter carrément de l'hémicycle pendant que Barre parlait. Un spectacle indigne !

Pour finir, Jospin a obtenu une majorité.

On croit parfois que le monde politique est truffé de gredins et de vulgaires arrivistes. Ce n'est pas le cas. On y rencontre aussi des hommes et des femmes qui ont le sens et le respect du bien public. Mais, outre qu'ils sont très mal élevés quand ils se trouvent ensemble, ce qui peut paraître secondaire, ils peuvent devenir collectivement nuls, bornés comme des bûches !

Maintenant que cette Chaîne parlementaire thématique existe, son spectacle devrait être rendu obligatoire pour tout représentant du peuple. Qu'ils se voient ! Qu'ils s'entendent ! Un choc salutaire devrait alors se produire...

Jeudi 21 décembre

Dysfonctionnements graves au nouvel hôpital flambant neuf Georges-Pompidou.

Le *Charles de Gaulle* est toujours en pleine avarie.

Et la Très Grande Bibliothèque cloche de tous côtés.

Qu'est-ce qui se passe en France ? On ne sait plus faire ? C'est très préoccupant.

Je ne connais rien aux problèmes du *Charles de Gaulle*, mais je lis sous la plume de Maurice Druon, véhément, que c'est la faute de la « marxisation » de la France, qui a conduit à confier aux chantiers de

Brest, non adaptés, la construction du bateau. Immense scandale, selon lui. Renseignements pris – et très largement diffusés ces derniers jours par les techniciens en charge –, la vérité n'a rien à faire avec cette version abracadabrante des choses. Elle semble, pour ce que l'on y comprend, faite d'une série d'erreurs, d'approximations, d'insuffisances qui ne sont pas précisément rassurantes.

La TGB : dès le début, il a été éclatant que la conception de ce bâtiment, non sans beauté, n'était pas adaptée à sa fonction. Un somptueux ratage ! Un détail infime, aujourd'hui : vous travaillez à côté d'une autre lectrice ; vous partez et vous proposez de lui laisser votre place, parce que la lumière y est meilleure : c'est impossible ! Interdit. Il faut arpenter un couloir de cinquante mètres, reprendre une inscription et... et zut !

L'hôpital Pompidou : il est l'objet d'une campagne de dénigrement impressionnante, comme seuls les Français savent en faire à leurs propres dépens. Or, tout permet de dire qu'une fois passées les premières difficultés de fonctionnement de ce qui se présente comme une ville, l'hôpital Georges-Pompidou, selon mes amis médecins, sera un véritable bijou... Pour l'immédiat, il souffre d'une fâcheuse spécialité française : l'absence de services de maintenance chez les entrepreneurs. Panne électrique, informatique, n'importe laquelle : personne pour intervenir. Alors la panne devient un désastre. Autre handicap : se sont retrouvés à sa direction deux « patrons » qui se haïssent depuis trente ans ! Enfin, quelques cas de légionellose ont montré que l'établissement n'est pas à l'abri de cette saloperie qui court les tuyaux.

Néanmoins, on n'arrête pas le progrès. Un nouvel

Airbus est annoncé. On n'est pas obligé d'avoir envie de voyager compressé entre huit cents personnes odoriférantes, histoire d'attendre encore un peu plus ses bagages, mais enfin... Nul doute que le 380 sera un exploit technique.

Vendredi 29 décembre

On sait que le nouveau Tapie à la puissance 10, Jean-Marie Messier, mirobolant financier, est en train de saigner *Canal Plus*. De la boucherie ! Peut-être ces exécutions sont-elles nécessaires à la santé de Vivendi, je n'en sais rien. En tout cas, Pierre Lescure y a mis la main, lui qui fut le pilier de la chaîne des origines sous la présidence du fondateur, André Rousselet.

Tout ceci pour raconter une scène brève mais piquante qui s'est déroulée dans les salons du ministère de la Culture où la ministre décorait une personnalité du cinéma, Daniel Toscan du Plantier. Étaient invités parmi d'autres André Rousselet et Pierre Lescure. Rousselet s'approcha de Lescure, lui tendit la main et on entendit distinctement selon les témoins : « Bonjour, Laval ! »

Un froid s'en est suivi.

Incident baroque : ma banque a égaré un lot de carnets de chèques vierges. Le façonnier jure qu'il l'a envoyé, la banque ne l'a pas reçu. Volatilisé. Les chéquiers se promènent dans la nature. La directrice de l'agence est aux cent coups.

Samedi 30 décembre

J'ai à peu près retrouvé l'audition – à peu près, pas tout à fait. Mais le médecin m'a interdit de prendre l'avion. Alors, ces quelques jours dont je me faisais une fête, ces brèves vacances chez B.-H.L. et sa femme à Marrakech, ne sont plus que rêve envolé. J'en suis si triste que je ne sais que faire pour me secouer. Autour de moi, tout le monde est parti : famille, amis... C'est la première fois de ma vie, je crois bien, que je me retrouverai seule, le soir du 31 décembre. Heureusement, les symboles ne m'accablent pas. Il faut réagir, c'est tout.

J'ai fait hier le service de presse de mon livre. Bernard Pivot l'a déjà lu et m'a invitée pour le 19 janvier : voilà ce à quoi je dois penser.

Et à faire couper les griffes de ma chatte qui me laboure la figure, ce brave petit fauve. C'est la gardienne d'un immeuble voisin qui s'en charge. Je lui apporte une bouteille de champagne pour la remercier. Une autre bouteille pour ma gardienne. Blanche a emporté la sienne. Je distribue généreusement le champagne, parce qu'à cette époque de l'année j'en reçois et que je n'en bois guère. Alors je me fais plaisir en faisant plaisir.

Ce sera mon unique bonne résolution pour 2001 : « Me faire plaisir en faisant plaisir. »

2001

JANVIER

Jeudi 11 janvier

Après quelques jours délicieusement creux où Paris a été vide, le téléphone silencieux, mes journées solitaires, et où j'ai rattrapé un gros retard de lecture, le manège s'est remis à tourner. Et je m'aperçois que j'ai négligé de tenir ce journal. C'est pourtant la sixième ou peut-être bien la septième année que je m'y serai astreinte... à moins que je ne m'y dérobe, cette fois, en le résumant ? J'ai envie de dire, comme Voltaire interrogé sur son âge : « J'ai quatre-vingt-quatre ans et j'ai fait cent bêtises... »

L'inculpation de Jean-Christophe Mitterrand, à propos d'un trafic d'armes avec l'Angola, fait quelque bruit. Mis en examen et incarcéré à la Santé (c'est devenu une routine) sans aucun motif légal, il lui fallait verser cinq millions de caution pour être libéré. Il a commencé par refuser, mais sa mère, apparemment, l'a persuadé d'accepter de payer la « rançon », selon son expression. André Rousselet, ancien collaborateur de François Mitterrand, a réuni les fonds. En voilà un qui n'est pas ingrat ! C'est si rare qu'il faut le dire.

L'affaire peut prendre un virage bizarre, car des avocats qui s'y trouvent mêlés ont découvert que le juge d'instruction avait fait un faux ! Information confirmée : ce juge a antidaté un document ; donc toute la procédure devrait être annulée.

Tous les indicateurs de l'économie française sont bons, mais ceux de l'économie américaine sont inquiétants. Les pronostics des spécialistes, qui n'ont rien vu venir, vont du gris au noir. Le vent de folie qui portait la « nouvelle économie » est retombé avec la naïveté de ceux qui croyaient avoir résolu la quadrature du cercle. L'Europe ne devrait pas trop en souffrir.

Vendredi 12 janvier

Conférence de rédaction à l'*Obs* autour de Jean Daniel. Jacques Delors fait un développement brillant et implacable sur la façon dont sont conduites les affaires européennes.

Quelque chose m'étonne toujours : pourquoi ceux qui sont au pouvoir – aujourd'hui ou hier – ne consultent-ils jamais ceux qui ont l'expérience particulière d'un secteur donné, et qui n'étant plus dans le manège politique, sont donc plus sereins ? C'est vrai à propos de Delors sur l'Europe, de Robert Badinter sur la justice, et quand on songe que François Mitterrand n'a jamais consulté une seule fois Mendès France sur l'économie avant de faire de grosses sottises... Mais on n'écoute jamais que ce que l'on a envie d'entendre.

Mercredi 17 janvier

Un supplice : une émission sur *LCI*, avec Ruth Elkrief, que je n'ai pas voulu refuser parce que je l'estime beaucoup. Et puis, pour être honnête, mon livre *On ne peut pas être heureux tout le temps* est sorti, il démarre très bien, il faut prendre les occasions de le soutenir. Je le croyais, du moins.

Mais ce n'était pas en direct, j'ai donc eu l'occasion de me regarder, et ce fut un choc. Je ne savais pas mon visage détruit à ce point-là, ravagé par un mauvais éclairage, de surcroît. En fait de soutien, c'est raté ! Il faudrait toujours faire comme la comtesse de Castiglione qui, la jeunesse enfuie, avait fait voiler de noir tous ses miroirs...

Vendredi, je dois aller chez Bernard Pivot. Quelle horreur ! Je vais finir par lui faire plus de mal que de bien, à ce livre !

Allons ! il y a pour tout une « dernière fois ». Ce livre sera la dernière occasion où je m'exhiberai à la télévision – où « j'irai au bordel », comme dit Jean d'Ormesson.

Jeudi 18 janvier

Une organisation terroriste corse, qui s'exprime dans *Le Figaro*, fait savoir qu'elle s'apprête à frapper à Paris, puis à Strasbourg, si les assassins de son chef, tué le 7 août dernier, ne sont pas arrêtés. Chantage assez original, mais mœurs désormais banales.

Tous les dispositifs de sécurité sont déployés, mais c'est si facile, l'attentat terroriste...

Une polémique assez sotte s'est déployée à propos de la nomination par le président de la République de Dominique Baudis à la tête du CSA, pour succéder à Hervé Bourges en fin de mandat.

« Nomination politique ! » hurle-t-on à gauche.

Dominique Baudis, ancien maire de Toulouse et député européen, est plutôt, en effet, ce qu'on appelle un centriste. Mais ce n'est pas un excité, et à ce poste il faut surtout de la sagesse, de la diplomatie, et la force de résister aux pressions, d'où qu'elles viennent. Pourquoi ne pas faire à Baudis le crédit de penser qu'il en sera capable ?

Les places au CSA sont très convoitées. C'est la meilleure planque de la République. Des émoluments confortables, une voiture avec chauffeur, un travail assez ingrat mais pas écrasant, et les membres de l'organisme ne sont même pas exposés à la critique ou à la vindicte... On sait à peine leur nom. Mais le président, lui, est un roitelet qui aura, dans les mois et les années qui viennent, beaucoup de décisions à prendre (temps de parole des candidats aux élections, par exemple, et respect des règles établies ; surtout, luttes féroces entre les chaînes à propos de ce qu'on appelle le « numérique hertzien », car il n'y en aura pas pour tout le monde). D'énormes intérêts sont en jeu. Je ne crois cependant pas que Dominique Baudis poussera la reconnaissance envers Jacques Chirac pour sa nomination jusqu'à octroyer des faveurs à ses protégés. Mais tout cela est à la fois très compliqué et trop ennuyeux pour que je m'y attarde...

Samedi 20 janvier

Bouillon de Culture s'est plutôt bien passé, avec des partenaires très agréables. Je me suis prudemment gardée d'enregistrer l'émission, pour ne pas la voir. Ainsi éviterai-je une occasion d'affliction inutile. À quoi bon se faire mal ?

Il y avait, sur le plateau, un personnage qui m'a plu. Un écrivain américain très populaire, homosexuel déclaré, qui raconte dans *Une voix dans la nuit* une histoire très hitchcockienne. Il souffre d'avoir perdu celui qu'il aime, il a une longue liaison purement téléphonique avec un adolescent... L'étonnant, c'est qu'il y a tant d'amour, dans ce livre, que le lecteur – et même la lectrice – s'identifie à l'auteur. Un fameux talent ! Il se nomme Armistead Maupin, nom étrange dû à un ancêtre français.

Lundi 22 janvier

Le procès de Roland Dumas s'ouvre. Mes sentiments à son égard sont ambigus. Je l'ai toujours trouvé très séduisant, brillant, avec toute la grâce d'une désinvolture non affectée, et en même temps j'ai toujours flairé en lui le prestidigitateur capable de plus d'un tour. Il aimait trop l'argent.

J'ignore quels sont exactement ses méfaits, et même si l'on a vraiment trouvé à lui en imputer. Qu'un ministre triche avec ses impôts, cela hérisse et suffit à le disqualifier moralement. Mais le vrai personnage de toute cette histoire Elf est évidemment son Arlésienne, le fameux Alfred Sirven, toujours introuvable. Parce qu'on ne veut pas le trouver ? Quel « on » le protège pour que, chaque fois que la police l'approche, il ait le temps de fuir ? Des services secrets français ? Lesquels ? Pourquoi ? Parce qu'il paie ? Parce qu'on redoute ce qu'il aurait à raconter ? Y aura-t-il quelqu'un pour l'abattre avant qu'un policier plus futé que les autres lui mette la main dessus ? Roland Dumas n'est qu'une pièce rapportée dans l'extraordinaire aventure de cet aventurier.

Mardi 23 janvier

Les femmes tapent fort. C'est une Allemande qui a gagné le Paris-Dakar. Une course antipathique, mais il faut le faire !

On m'interroge ici et là sur l'opportunité de libérer Maurice Papon. Pourquoi faudrait-il avoir un avis sur tout ? En l'occurrence, je n'aimerais pas avoir la responsabilité d'en décider. Son sort ne me tire pas de larmes. Et je ne comprends pas pourquoi Robert Badinter s'est fait soudain l'avocat de cette libération. Il s'en est expliqué – sans conviction – dans *Le Monde*.

Sylvie P.-B. : elle s'est trompée ou je me suis trompée de mardi. Blanche lui trouve tout de même quelque chose à déjeuner.

Elle a fait quelques très bons articles dans *Le Figaro magazine*. L'une des premières parmi les journalistes, elle a saisi qu'il ne suffisait plus, pour déchiffrer l'actualité politique, de comprendre l'économie (ce que les journalistes ont mis quinze ans à comprendre), mais qu'il fallait aussi savoir se diriger dans les méandres du droit. Le domaine judiciaire est devenu aussi important, tant il y a d'« affaires » sur le feu...

Jeudi 25 janvier

Bernard Kouchner, que j'adore, piaffe en rentrant du Kosovo. Manifestement, ce fut dur.

Maintenant, il espère un « grand emploi ». Normal : il est très populaire. Mais ne voit-il pas un peu grand en convoitant les Affaires étrangères et en ne se gênant pas pour le dire ? Il aurait sans doute été plus habile de se déclarer à la disposition du Premier ministre pour toute tâche où il pourrait servir la France, plutôt que de chercher à lui forcer la main...

Mais Jupiter rend fou ceux qu'il veut perdre, cela est bien connu, les Grecs appelaient déjà cela l'*hubris*... Je voudrais beaucoup qu'il soit heureux où qu'il se retrouve, et que ses remarquables talents soient bien employés...

MAI

Lundi 21 mai

J'ai laissé passer beaucoup de temps sans écrire, et mon ordinateur a avalé dix pages, le traître ! Que s'est-il passé dont je me souvienne ?

Les inondations – et la mauvaise réaction de Jospin à Abbeville où les gens ont été persuadés, probablement par leur maire, que l'eau les a envahis parce qu'un robinet a été fermé à Paris de façon que la montée de la Seine épargne la capitale. Une sorte de folie s'est emparée des esprits avec toute la force de la rumeur. Il faut dire que la population a beaucoup souffert, mais tout de même, un tel dérèglement de la raison – l'eau aurait dû remonter sa pente pour se détourner vers Abbeville ! – donne froid dans le dos, avec sa charge de haine envers ces « messieurs de Paris » !

Aujourd'hui, plus de cinq semaines après, la Somme étant rentrée dans son lit, la rumeur s'est éteinte. Mais de bons observateurs politiques disent : « Jospin est là depuis quatre ans, c'est un phénomène très rare. Il a très bien gouverné, à quelques détails près. Son échec, c'est de n'avoir pas su empêcher la Seine de monter ! »

Il y a dans cette boutade quelque chose de profond. En politique, ce n'est jamais ce qu'on fait qui compte. C'est ce qu'on n'a pas fait.

Pour le reste, nous vivons sous le signe de *Loft Story* : *Le Monde* a consacré par quatre fois sa manchette – sa manchette ! – à ce phénomène, non sans soulever la colère d'une partie de ses lecteurs, mais l'attitude du public est extrêmement ambiguë dans cette affaire.

On sait que sept millions et plus de spectateurs suivent l'émission. Chiffre énorme ! Surtout des jeunes gens et des femmes (la fameuse ménagère de moins de 50 ans). Mais si la mesure d'audience est incontestable, les sondages autour de l'émission sont tout à fait douteux. Ça fait « chic », ça fait « cultivé » de mépriser *Loft Story*, on se distingue ainsi du peuple, toujours aussi grossier... Alors, quand on est interrogé à ce sujet, on ment.

Un phénomène inverse se produisait autrefois avec *Apostrophes*, l'émission de Bernard Pivot. Quand on demandait aux gens de citer leur émission préférée parmi trois ou quatre, ils plaçaient toujours *Apostrophes* en tête. Malheureusement, ils étaient infiniment moins nombreux à regarder l'émission.

C'est pourquoi, par expérience, je crois que les tonnes de mots déversées pour accabler *Loft Story* peuvent être suspectées d'une sorte d'élitisme, d'un jugement de classe auquel n'ont échappé que les spectateurs capables d'un peu de distance, outre la masse énorme de ceux qui ne se sont pas posé de questions.

Il y a naturellement des remarques à formuler sur ce que cette émission véhicule d'assez odieux, sur son sadisme. De là à l'interdire, au nom de l'ordre moral, comme le demande le P-DG de la *Une*, Patrick Le Lay, fou de rage qu'elle lui vole son public à l'heure de la diffusion, il faut avoir perdu la tête. Ressusciter la censure, il ne manquerait plus que ça !

Mardi 22 mai

Une bonne journaliste, Martine de Rabaudy, vient me poser des questions pour écrire un livre intitulé *Profession : journaliste*, dont je suis le sujet.

Comment lui dire que j'en ai par-dessus les oreilles de parler de moi ? Que j'ai déjà donné ? Que le temps qui me reste à vivre, j'aimerais vraiment penser à autre chose ?

Elle est charmante, obstinée, éditée chez Hachette par quelqu'un pour qui j'ai une vieille affection : Sylvie Pierre-Brossolette. Je sais dire « non », d'habitude. Là, j'ai calé.

JUIN

Dimanche 17 juin

Complètement négligé ce journal depuis le début du mois. Trop de travail, quatre choses à la fois : un feuilleton pour *France-Culture*, que m'a demandé Laure Adler, ça m'amuse ; les réponses aux questions substantielles que me pose chaque semaine Martine de Rabaudy ; mon article pour l'*Obs* ; un texte sur Mendès France pour le colloque à lui consacré où je suis intervenue vendredi, et je ne sais encore quoi... Et réfléchir un peu à ce que je vais dire à l'émission de Michel Drucker que l'on enregistre mardi.

C'est fou, cet emploi du temps ! Et Micheline me demande un petit texte sur Devos pour le film qu'elle tourne sur lui !

Mais si j'abandonne maintenant ce journal, je ne le reprendrai jamais. Alors, je vais essayer de ressusciter en vrac les impressions du mois.

La plus forte, à cause de ses conséquences possibles : l'affaire Trotski. En d'autres termes, Lionel Jospin a déclaré lui-même spontanément qu'il avait été trotskiste alors que, jusqu'à présent, il s'en défendait. En soi, c'est sans importance. Ce que l'on comprend mal, c'est pourquoi, chaque fois que la question lui était posée, il répondait : « Non, ce n'est pas moi, c'est mon frère... »

Autrement dit, il a menti sans que l'on comprenne bien pourquoi, si ce n'est que les trotskistes ont la religion du secret depuis le temps où ils se faisaient massacrer par les communistes staliniens, et que leurs relations avec les socialistes sont très compliquées...

Toute l'affaire est gouvernée depuis l'Élysée par Dominique de Villepin qui compte fermement dessus pour couler Jospin, mais, pour le moment, il n'est pas évident que les Français soient bouleversés par ces révélations ébouriffantes ! Trotski, ils ne savent pas qui c'est, et quand ils le savent, ils savent aussi que c'était le pire ennemi du parti communiste et que Staline l'a fait assassiner. Alors, on lui reproche quoi au juste, à Jospin ? D'avoir menti ? Mais si on se met à répertorier tous les mensonges proférés par les hommes politiques, y compris Jacques Chirac, où va-t-on ?

Il est néanmoins exact que ce mensonge, parce qu'on ne se l'explique pas, abîme un peu une image justifiée d'intégrité.

Sommet européen à Göteborg. Chefs d'État et de gouvernement flanqués pour l'occasion de George Bush. Les manifestations ont été si violentes – avec un mort et de nombreux blessés – que ces messieurs n'ont pas pu rejoindre le restaurant où ils devaient dîner. Les Suédois ont honte aujourd'hui de leur service d'ordre.

Pourquoi cette manifestation façon Seattle ? Ce sont

les mêmes opposants à la mondialisation – avec leur manière particulièrement stupide de la combattre –, auxquels se seraient mêlés des « casseurs ». La violence physique grandit partout et oblige à se poser des questions très désagréables sur la sorte de « décivilisation » dans laquelle nous sommes entrés.

Victoire de Tony Blair aux élections. Pour la première fois, un Premier ministre travailliste est reconduit pour un second mandat (moyennant beaucoup d'abstentions, cependant). Selon toutes les apparences, Blair récolte les fruits d'une complète maîtrise de la communication pour laquelle il dispose d'une cellule de grands professionnels. Un homme qui prétend conquérir ou garder le pouvoir aujourd'hui, et qui n'est pas équipé du côté de la communication, est un coureur unijambiste !

Une femme de soixante-deux ans, française, s'en est allée aux États-Unis pour faire un enfant avec le sperme de son frère et l'ovule d'une Américaine obligeante. Soixante-deux ans, ça dégoûte un peu. Maintenant, la France où elle est revenue la persécute et veut lui retirer son enfant. Pourquoi ? Il serait mieux à la DDASS ?

La constante prolongation de la vie crée forcément un désir de jeunesse prolongée chez les individus. Tout cela n'est qu'un début. Dans dix ans, on trouvera normal d'avoir pour père une seringue...

Colloque d'historiens et de chercheurs autour de Pierre Mendès France et de la notion de modernité. Je n'ai pas de passion pour les colloques, mais, s'agissant de P.M.F., il n'était pas question de se dérober. Il y a eu de bonnes interventions. La mienne, qui n'avait pas du tout la forme universitaire, a été néanmoins courtoisement reçue.

La béatification de Bernard Pivot bat son plein... si l'on peut employer cette expression pour une béatification ! Couverture des magazines cotés, livre dans lequel Pierre Nora, tout frais académicien, l'interroge, *Monde des Idées* avec Edwy Plenel sur *LCI* : il assume ce rôle de vache sacrée avec humour, décontraction et sérieux tout de même. Car c'est sérieux, la littérature !

Successeur sur *France 2* non désigné encore.

Lundi 25 juin

L'émission *Vivement dimanche*, avec Michel Drucker, a été réussie, me semble-t-il. J'en ai eu de bons échos et Michel me dit que l'audience a été très nombreuse, malgré la concurrence sur la *Une* d'une grande course automobile !

Ce mardi 19 juin, j'avais passé cinq heures dans l'après-midi pour l'enregistrer. Une fois enregistrée, elle est montée les jours suivants pour lui ôter les bavures, lui imprimer un rythme, la réduire à sa juste longueur. C'est une très bonne technique, comme on peut voir si l'on prend la peine de la regarder.

Ce qui est difficile à supporter dignement quand on en est l'invité, c'est le flot d'éloges dont on se trouve enrubanné. Quelle contenance garder ? Passer sous la table ? J'ai failli rappeler cette phrase terrible de Renoir – le peintre – un jour qu'une cérémonie célébrait ses vertus : « C'est quand on n'a plus de dents qu'on vous donne de la bonne soupe ! » Mais je me suis retenue. C'était un peu trop subtil pour la télévision...

Cinq heures d'enregistrement, ça vous tue l'animal. D'ailleurs, elles m'ont tuée !

Jeudi 28 juin

Les autorités judiciaires de Belgrade ont décidé de faire remettre Milosevic au Tribunal international de La Haye. La nouvelle vient de tomber. En soi, c'est profondément satisfaisant.

Les nouvelles économiques internationales sont mauvaises. La France est forcément atteinte. Tout ce dont on avait espéré que l'on serait durablement débarrassé reparaît, et d'abord la chute de l'emploi... On a l'impression de réintégrer un cauchemar. Comment est-il possible que tant d'hommes qui ne sont pas idiots, qui ont les connaissances nécessaires, dont aucun n'a intérêt à spéculer sur des désastres économiques, qui disposent de moyens techniques fabuleux, n'arrivent pas à établir ensemble les bases d'un équilibre fécond au lieu de se révéler périodiquement destructeurs ?

JUILLET

Jeudi 12 juillet

Laissé passer tant et tant de jours que j'en ai honte. Mais ces dernières semaines ont été rudes.

D'abord, un matin, je suis malade. Malade comment ? Je ne sais pas. Mal dans la tête. Fièvre. Pas la force de faire un pas.

Mon gentil kinési me trouve au lit, dans un semi-coma, et réagit aussitôt en appelant le médecin de garde de l'Hôpital américain, qui appelle une ambulance, etc. On m'enfourne. Je commence à me torturer avec tous les engagements que j'avais dans la journée et que je ne suis même pas capable de décommander.

Cet Hôpital américain, c'est un cinq étoiles ! Il paraît que c'est l'établissement techniquement le plus perfectionné de Paris, avec le Val-de-Grâce. Ai-je besoin de luxe ? En fait, qu'est-ce que j'ai ? On ne sait pas. Mais on va sûrement me le dire après une série d'examens appropriés. Patience. Je n'ai que le temps de suggérer : « C'est une petite hémorragie cérébrale », et je sombre. Ce que je dis n'intéresse d'ailleurs personne, maintenant qu'on m'a fourrée dans la machine à faire d'affilée dix-huit examens, à moins que ce ne soit quatre-vingt-douze. Il faut que tout le processus se déroule.

Quand je rouvre les yeux, Caroline est là. J'ai confiance en elle pour tout, elle va prendre les choses en main. J'interroge : accident cérébral ? Elle répond seulement : c'est possible, on va voir. Vais-je sortir de là gâteuse ? Ce n'est pas encore évident, mais le sûr est que depuis trois mois j'ai beaucoup trop travaillé, j'ai franchi la ligne jaune, et cela, ça se paie toujours un jour ou l'autre.

« C'est Michel Drucker qui vous a tuée ! » me dira mon kinési. Pauvre Drucker qui s'était donné tant de mal, au contraire, pour que l'enregistrement de ce dimanche soit réussi ! Mais cinq heures de tension d'affilée, ça ne doit pas être bon, en effet, pour des neurones usés...

Bon. La santé des autres n'intéresse personne plus de dix minutes. Je ne vais pas m'étendre davantage sur ces quelques jours où je suis une loque que l'on manipule et qui ne rêve que de ne plus se réveiller.

Garde de jour, garde de nuit, examens tout le temps : je ne peux pas dire que je me sente abandonnée, au contraire. Un cercle d'amitiés vigilantes m'entoure de sa chaleur, d'une affection très douce, mais je suis fatiguée, si fatiguée...

Un matin, je dis au troisième médecin qui entre : « Si vous ne me laissez pas partir demain, je me jette par la fenêtre. »

J'ai lu dans ses yeux qu'il m'avait crue ! Alors il m'a donné enfin quelques explications techniques, m'a fait remarquer que j'ai une légère crispation à la joue, mais que c'est provisoire, il le jure. Demain après-midi, il me laissera sortir.

Aujourd'hui, je devais partir au festival d'Aix avec Éliane et Micheline : pas question, évidemment. Dans quatre semaines, je devais embarquer sur un bateau du Club Med pour aller à Saint-Pétersbourg avec Alix ; c'est devenu hypothétique. En un mot, c'est même fichu. Mais tout cela est évidemment secondaire. Est-ce que ça se recoud, les trous dans la tête ? c'est la seule question qui maintenant me taraude...

Enfin, après huit jours, ambulance dans l'autre sens : on me libère d'une prison qui m'est devenue insupportable, munie de sévères recommandations : si vous continuez à travailler à ce rythme, vous allez recommencer, et cette fois ce sera la bonne ; vous resterez avec la figure de travers !

Pour le moment, je lis avec un peu de peine, en parlant je ne trouve pas mes mots, mais les réparations sont en cours, m'assure-t-on. Toujours est-il que ce n'est pas demain matin que la machine tournera rond, si elle y consent un jour...

Le téléphone indique que soixante-huit messages ont été enregistrés durant mon absence. J'appuie sur un bouton : effacés, tous ! C'est le premier de mes gestes qui me rassure. Il traduit un éclair de bon sens.

Dimanche 29 juillet

Ces diverses péripéties m'ont tenue largement écartée de ces mœurs très anciennes, en république, qui consistent à mettre des fonds secrets hors de tout budget, de tout contrôle, et de les utiliser à des tâches qui ont effectivement besoin, dans certains cas, d'être tenues secrètes. Il n'y a pas de quoi hurler – la même chose existe partout sous des formes diverses –, mais il y a longtemps qu'un peu d'ordre aurait dû être mis dans l'utilisation de ces fonds et le choix de leurs bénéficiaires.

Membre du gouvernement en 1978, j'avais découvert avec stupeur qu'une petite prime clandestine avait accompagné mon salaire et que je n'avais pas lieu de la déclarer au fisc, puisqu'elle était « noire ». On a beau avoir vu beaucoup de choses, celle-là vous donne un choc. J'étais journaliste, j'ai fait mon métier ; c'est-à-dire que, publiant *La Comédie du pouvoir*, j'ai raconté aussi clairement et simplement que possible ce dont j'avais été moi-même la protagoniste.

Les fonds secrets accordés à chaque ministre – lequel les répartit lui-même entre ses collaborateurs – varient selon l'importance de leur cabinet. Certains ministres – rares, mais il y en avait – sont restés célèbres dans cet étroit milieu pour garder tout pour eux. Et on a cru comprendre comment Jacques Chirac, alors maire de Paris, a accumulé pendant des années, au fond d'un tiroir, des liasses qui lui permettaient de payer clandestinement à sa famille vacances et voyages exotiques.

Deux cent cinquante mille exemplaires ont été vendus de *La Comédie du pouvoir*. On ne saurait parler d'une publication confidentielle. Les colonnes du Temple n'en ont pas été ébranlées pour autant. Les choses sont restées en l'état tandis que la presse envoyait Pierre Bérégovoy au suicide pour avoir emprunté le plus régulièrement du monde un million afin de pouvoir s'acheter un appartement.

Il faut que je cesse d'écrire. Je suis fatiguée, bien loin de ma cadence d'écriture normale ; dans ma tête, je bafouille...

Lundi 30 juillet

Anne Sinclair a été virée de *TF1*. Virée : c'est le terme qu'elle a employé pour me raconter cette incroyable histoire. Dix-sept ans au service de cette chaîne dont elle a été l'étoile, puis la très efficace créatrice du site Internet pendant quatre ans. Sa popularité, aujourd'hui, est intacte. Un peu lasse de l'informatique, elle a émis le vœu de revenir à l'écran pour une émission à inventer. Réponse de la direction : une lettre l'avisant que sa démission était acceptée. Quoi ? Avocat, échange de lettres, coup de téléphone d'un fonctionnaire de la chaîne pour dire, à la fin d'une matinée : « Nous avons besoin de votre bureau. Vous serez gentille de le libérer sur-le-champ. » On lui a enlevé son téléphone portable des mains. La maison Bouygues... Balzac n'aurait pas osé l'inventer.

Se serait-on ainsi conduit avec elle si, au lieu d'être alors encore en délicatesse avec la machine judiciaire, son mari était resté ministre ? Poser la question, c'est y répondre.

Anne est une personne très rare dans ce milieu. La seule, peut-être, à laquelle une énorme popularité n'a jamais tourné la tête, qui n'a jamais pratiqué dans son émission la complicité avec les gens en place, parce qu'elle est rigoureuse ; elle peut même être rugueuse derrière son sourire de rêve. Ce dont elle a eu une très haute idée, ce n'est pas elle-même, c'est son métier, et qui ne comprend pas qu'il faut un certain courage pour renoncer délibérément à rester l'idole du public et s'enfermer dans un bureau ? (Même si, dans ce bureau, on fait encore des choses intéressantes.) Elle y a renoncé pour des raisons morales. Je voudrais qu'on me montre beaucoup de gens capables d'en faire autant...

AOÛT

Vendredi 3 août

Nuits où je dors à peine, parce que j'essaie de renoncer aux somnifères, et où je suis persécutée par une bouche en feu. Je ne sais pas ce que l'on m'a fait de ce côté-là, mais c'est quasiment insupportable. Je ne parviens même plus à lire, et pourtant j'ai du pain sur la planche, avec le Femina...

Mon humeur y est peut-être pour quelque chose, mais le cru me paraît détestable. Morne. Rien pour quoi on aurait envie de s'emballer. J'apprends qu'au sein du jury un petit groupe défendra âprement le livre de Catherine Millet. Pourquoi pas ? Ce qui me gêne, c'est que quelques excités aient cru devoir créer pour elle un prix Sade destiné à célébrer le « courage » de ceux qui osent choquer... Il ne faut aucun courage, aujourd'hui, pour choquer, parce que rien ne choque, Millet pas plus qu'une autre... « L'érotisme en littérature est un chemin mort », disait Mauriac. Mais on deviendrait vite ridicule à honorer une sainte Millet. Philippe Sollers, qui a le nez creux, a pris ses distances avec cette tentative de béatification où on tentait de l'attirer.

Samedi 4 août

Bonne nuit, et bon réveil...

En gros, personne ne sait ni ne peut me dire exactement ce que j'ai eu et comment les choses évolueront, à quelle cadence et vers quoi. Donc, complètement idiot de continuer à se poser ces questions.

Le sûr est que, quelque part, j'ai des trous dans la tête, en particulier dans la mémoire, et qu'il me faut apprendre à vivre avec. Ensuite... on verra bien !

Personne n'est éternel. À quatre-vingt-quatre ans, je peux raisonnablement espérer que le répit dans la dure entreprise de vivre me viendra sans trop tarder.

Mardi 7 août

Je trie des papiers qui ne cessent de s'accumuler, c'est long et fastidieux. Tombe sur un texte de François Mitterrand. D'où sort-il ? Je ne sais. Ancien, sans aucun doute. Il y parle, cruel, de ces auteurs français qui écrivent « sur le mode mineur », Sollers, par exemple, « de ces gloires de khâgne ou de supermarché, pour ne parler avec prudence que des morts, qui ont nom Barthes ou Duras... Ces petits maîtres, si talentueux, faut-il les lire ou se replier en bon ordre sur les grands écrivains ? [...] On peut aussi travailler à la relève, écrire, disent les plus jeunes qui vont bientôt à leur tour se sentir si vieux, si faibles, dans cette nature inquiétante et pluvieuse qui est toujours celle des premiers âges du monde, et connaître l'impression qu'on n'y est rien, qu'on va mourir sans avoir rien fait, que Mauriac et Paulhan sont partis, que c'est à nous de dire ce qu'il faut dire et que bientôt l'heure sera passée ».

Voilà un beau texte, non ? Insituable. Sur lequel plane déjà la mort – « mourir sans avoir rien fait... » – et où vibre encore l'impatience de faire, ces guillemets entre lesquels s'inscrit toute vie.

Il s'accorde à merveille avec mon humeur d'aujourd'hui.

Mercredi 8 août

Sur une civière ou sur une autre, j'ai égaré ces derniers jours la paire d'oreillettes très élaborées qui me permettent d'entendre sans difficulté. Mais elles sont si petites qu'il faut veiller sur elles dès qu'on les retire. Sinon, elles vous échappent, quand ce n'est pas le chat qui, d'un coup de pattes, en fait rouler une que l'on ne retrouvera jamais.

Le technicien auquel je viens demander secours pour qu'il me confectionne rapidement une autre paire de ces oreillettes est un beau jeune homme à l'air sérieux. Je pense qu'il doit être triste de passer sa journée en face de vieilles dames et de vieux messieurs à leur faire répéter : « sapin », « cageot », « coquin »..., enfin tous ces mots qui, enfilés les uns après les autres, permettent d'apprécier l'état d'activité d'une oreille, puis de l'autre... Mais si l'on se met à penser à tous ceux qui ont un métier triste, cela fera beaucoup de monde. Ce jeune homme n'a pas l'air affligé, d'ailleurs. Il regarde, satisfait, les empreintes qu'il me tire de l'oreille comme des petites fleurs : encore une, encore une...

Nous prenons rendez-vous pour l'ultime essayage de ces oreillettes qui devraient arriver parfaitement adaptées. C'est un appareillage qui coûte la peau du dos, mais qui est à la fois très léger et invisible. Depuis trois mois, je m'évertue d'ailleurs à persuader deux de mes amis, fort connus, qu'ils en ont besoin, qu'ils entendent mal et que cela se voit.

« Vous portez bien des lunettes, leur dis-je, sans être gênés. Pourquoi pas des oreillettes ? Où est la différence ? »

Je ne sais pas où elle est, mais elle doit être fameusement enfouie dans l'inconscient de l'homme qui vieillit, pour qu'il se conduise, vis-à-vis de son ouïe, comme un très petit garçon...

Jeudi 9 août

Cette fois, il serait bien étonnant que ce grand charlatan italien – celui qui fait des enfants aux vieilles dames enchantées, d'ailleurs : le docteur Antinori – n'ébranle pas les États-Unis où il est venu plaider en faveur d'une libéralisation générale du clonage reproductif.

Le pays semble prêt à l'accepter et cela me trouble profondément.

Si la décision dépendait de moi, que ferais-je ? Je ne sais pas, et c'est bien le problème, cet étau du progrès scientifique dans lequel on se voit de jour en jour plus enserré. On ne sait pas.

Le clonage, c'est d'une certaine façon la mort de l'homme. Celle que nous annonçait Michel Foucault. Et qui d'autre encore ? Heidegger. Pourtant, il ne faut pas se laisser impressionner : les philosophes ont tous dit énormément de bêtises, ceux-là aussi, si l'on cherche bien. Et puis, la mort de l'homme, vous verrez qu'on s'en arrangera, on s'en arrangera aussi : nous avons une formidable capacité d'adaptation à la modernité...

Tout de même, quel gâchis !

Vendredi 10 août

Carnage à Jérusalem. Il n'y a aucune raison pour que ça s'arrête : qui en a le pouvoir ? Les Palestiniens constatent que leur stratégie ne marche pas, les Israéliens aussi, Arafat est déconsidéré, les États-Unis se sont autoparalysés...

C'est assez effrayant, cette langueur américaine, cette inexistence de leur Administration. P.B., qui le connaît bien, m'assure que Colin Clark est remarquable. Mais quelle est sa marge d'action ?

Les affaires du monde ne vont jamais bien et, de surcroît, l'optimisme que donnait l'économie quand elle s'envolait a disparu. Comment retrouver un peu de punch ?

Une molaire cassée m'enlève, ce matin, toute tentative artificielle de retour à l'optimisme.

Dimanche 19 août

Retour de La Baule après une semaine délicieuse. Soleil, calme, confort, mer infinie dans tous les tons du gris, et puis ce miracle : pas de bruit. Pas de radios, pas de musique, pas de haut-parleurs. Les seuls bruits, ce sont les enfants, nombreux, qui les font, et c'est gai, des voix d'enfants. Un miracle, vous dis-je, de nos jours, et cela suffirait pour que je fasse de la publicité à La Baule que je ne connaissais pas.

J'y suis avec Alix de Saint-André qui est une compagne charmante. Elle veille sur moi comme lait sur le feu. Rien fait ou presque. Corrigé un peu le texte de l'entretien avec Martine de Rabaudy, qui doit faire l'objet d'un livre. Je n'en raffole pas. Tout cela, j'ai l'impression de l'avoir déjà dit quelque part, et je me demande qui cela peut intéresser. J'ai accepté de le faire par devoir d'affection envers l'« éditrice », Sylvie Pierre-Brossolette, que j'aime comme ma fille. Elle y tenait, elle y croyait, elle m'a tannée... Pour elle, cela me ferait plaisir que ce livre, *Profession : journaliste*, soit bien accueilli, et puis voilà... J'engage vivement Sylvie à réaliser, dans la même collection, *Profession : cardinal*, avec le cardinal Lustiger ; ce serait plus original !

Je lis un peu Chateaubriand, que j'emporte toujours en voyage ; je regarde vaguement la télévision avec une violente sensation d'écœurement devant les nouveautés de la *Une*... Ce n'est rien, cela n'a aucune importance, simplement c'est de pire en pire, et il n'y a aucune raison pour que ça s'arrête, au contraire.

Je crois que je déteste la télévision, même si, en de rares occasions, elle est irremplaçable, et que je la tiens pour largement responsable d'un certain décervelage général. Mais ne faisons pas semblant de croire que ce décervelage se serait greffé sur un monde de grâce et d'harmonie. Autrefois, il n'était pas beau non plus, le monde ; il était laid, méchant et bête autrement.

Mercredi 29 août

Jospin à la télévision, hier soir. Il n'est pas mauvais et il n'est pas bon. Il a manifestement pris le parti de jouer sa partition en mineur, sans chercher à se donner une posture de président potentiel. C'est, en gros, le Premier ministre qui traite des problèmes de l'heure avec mesure et sagesse, alors que les composantes de sa majorité ne cessent de lui tirer dans les jambes. Il reste calme, c'est bien. Mais, en même temps, il est terriblement ennuyeux, car tout ce qu'il dit, on le sait. Il parle bien, mais il n'a pas cette faculté mystérieuse qui habille les mots ordinaires de paillettes.

Comme Chirac ne l'a pas non plus, c'est une campagne électorale mortelle qui s'annonce, dans un climat querelleur qui témoigne, lui, d'une solide vitalité.

Que les Verts s'engueulent, c'est la preuve qu'ils ne sont pas complètement amortis et qu'ils ont toujours un fou parmi eux pour dire n'importe quoi. On a besoin de fous. L'ennui est que celui-là est leur candidat à l'Élysée, mais comme il ne risque pas d'y entrer...

Que la Confédération paysanne s'attaque aux plantations d'OGM expérimentales en plein champ, moi j'approuve ! Il y a des mois que je suis en bagarre contre les OGM telles qu'elles se présentent sous la bannière de la fameuse firme qui les industrialise : Monsanto. Il ne faut pas céder, dans ce combat-là.

Je continue d'avaler roman sur roman en vue du Femina, décerné cette année avant le Goncourt. Pour le moment, Houellebecq se détache nettement, même si ce qu'il écrit est cafardeux.

Jeudi 30 août

Pris une colère en rentrant par le TGV. Le train est superbe, il est à l'heure, mais l'arrivée sur le quai réserve une délicieuse surprise : le long escalier mécanique qui permet d'accéder à l'aire de sortie de la gare est en panne. C'est le cas depuis trois semaines. Ce qui condamne ceux qui croyaient voyager sur le bijou de la technologie française à monter eux-mêmes leurs valises par un escalier de fer meurtrier. En plus, il faut le deviner : personne pour vous l'indiquer. Personne non plus, apparemment, pour donner un coup de balai à la sortie de la gare, où s'entassent les bidons et les canettes vides, les vieux journaux, les détritus en tous genres... C'est l'accueil de Paris aux voyageurs.

Lu dans *Le Débat*, n° 115, un texte tout à fait intéressant de Marcel Gauchet (philosophe ? historien ?) sur « Croyances religieuses et croyances politiques ». On y voit comment la religion, qui structurait complètement la société, s'est décomposée – même s'il reste des gens individuellement croyants – et a été remplacée par les idéologies. « Mesurons la portée de l'événement, écrit Marcel Gauchet : nous sommes en train d'assister non pas à la fin de la croyance religieuse, mais à la fin de la religion dans sa fonction immémoriale de définition des communautés humaines. La croyance religieuse entre dans un nouvel âge par rapport à ce qui fut sa nature et sa fonction depuis toujours. » Et il explique pourquoi, en conséquence, s'ouvre également un nouvel âge de la politique, de l'action. Passionnant.

SEPTEMBRE

Samedi 1er septembre

Deux gros livres sur Jospin. L'un, excellent. Toute l'horreur de la vie politique est là-dedans. Il faut vraiment aimer. Manifestement, Jospin aime, malgré les coups encaissés, c'est-à-dire qu'il a toujours eu cette envie dévorante de « changer les choses », qui transite forcément par l'engagement politique.

Le choc des ambitions – Rocard, Fabius, Jospin –, le jeu qui finit par être celui d'un vieillard méchant, François Mitterrand, pour couler l'un, soutenir l'autre, écarter le troisième, tout cela, très bien raconté, est, dans l'ensemble, à l'honneur de Jospin. Il a été courageux, loyal, droit... Mais quel parcours sur un champ de mines !

Lundi 3 septembre

J'interroge Anne-Sophie, dix-sept ans, jolie jeune fille fraîchement bachelière, un peu vexée de n'avoir pas décroché une mention. Elle se prépare à des études d'histoire et, en attendant, profite de la vie. Elle est gâtée, mais très bien élevée par des parents intelligents : milieu cultivé, aisé. Je lui demande :

« Tu attends quoi de la vie, quelles sont tes priorités ? »

La réponse fuse sans hésiter :

« De l'argent. »

Je suis sidérée.

Tout de suite après : « La reconnaissance ». Vient ensuite : « De l'amour... La fidélité. »

Pas très romantique, ma jeune et délicieuse amie, mais, si j'en crois ce que je récolte ici et là parmi les filles de son âge, illustrative. Ce désir de « reconnaissance », qui n'est pas la célébrité mais quelque chose qui, tout de même, y ressemble, qui est au moins de la considération au pluriel, est ardent.

Quant aux rapports des jeunes gens avec l'argent, il a complètement changé depuis deux générations. Ils en veulent, cela est clair. Par quels moyens, c'est une autre histoire. On est prêt à travailler, mais « pas à se crever ». *Cool*, mon pote, *cool* !... Il y a quelques fonceurs. On les charrie.

La politique... ? C'est peu de dire qu'elle ne les intéresse pas. Ils sont totalement indifférents et d'ailleurs ignares, pour une raison simple : c'est qu'à leurs yeux le pouvoir n'a pas de pouvoir. La politique est une incantation entre spécialistes qui n'ont aucune prise réelle sur la société, une agitation stérile qui ne les concerne pas.

Franchement, ils n'ont pas tort. Le pouvoir n'a pas de pouvoir, et ce n'est la faute de personne, même si beaucoup d'erreurs de comportement ont miné le crédit politique. Le pouvoir est économique, c'est celui-là dont on sent le poids, les griffes, les effets sur le quotidien de la vie, et il est évident que ceux qui le détiennent de par le monde ne sont pas au bout de nos bulletins de vote. Haï, ce pouvoir, quand il paraît relever de l'ordre scientifique, est encore quelque peu respecté, mais ce n'est pas non plus par la voie du vote que l'on peut prendre raisonnablement des décisions d'ordre scientifique. Alors, choisir Chirac ou Jospin, c'est une blague : on n'en a rien à foutre, disent-ils.

Ce désamour de la politique et de ses jeux, que les Français ont tant aimés, on ne le combattra pas avec des déclarations éplorées. Il est aujourd'hui consubstantiel à toutes les démocraties. Mais qu'un bateleur doué surgisse – voir Berlusconi qui promet aux électeurs qu'ils vont devenir riches comme lui, parce qu'il connaît la méthode ; voir les scores qu'ont faits respectivement en leur temps Tapie et Le Pen –, qu'un bateleur surgisse et les démons assoupis de l'Histoire peuvent se réveiller...

Jeudi 6 septembre

Le mot « génial », tellement galvaudé aujourd'hui entre deux chewing-gums, on a envie de le baigner dans l'eau pure pour qualifier la performance d'Isabelle Huppert dans *La Pianiste,* où elle interprète une grande névrosée, détraquée par une mère possessive. Elle est géniale avec une totale économie de moyens ; elle bouge un cil, elle bouge un doigt, et elle exprime tout : l'amour, la détresse, la souffrance, la volupté... Le film est terrible, d'une rare efficacité. Il a reçu trois récompenses à Cannes. Pour une fois, elles sont méritées. Ce Haneke, le réalisateur autrichien, est un drôle de pistolet, pas vraiment sympathique, mais il sait assez son métier.

Vendredi 7 septembre

La faute à qui, à quoi, je ne sais pas... Depuis plus de trois semaines, une écorchure longue de trois centimètres me martyrise la langue.

C'est très sensible, la langue. Manger ou boire me fait hurler de douleur. D'ailleurs, j'y ai quasiment renoncé et j'ai perdu quatre kilos qui n'étaient cependant pas de trop.

Ma dentiste me fait un cours sur la langue, le muscle le plus puissant de tout le corps humain, paraît-il, et qui, dans la bouche, occupe immédiatement tous les espaces vides dès qu'il s'en présente un : le moindre trou, et la langue s'étale...

Cette blessure ne me fait pas souffrir quand je parle, ce qui m'a permis d'aller plancher devant les représentants de Hachette pour leur présenter *Profession : journaliste*. Mais à part les représentants, incontournables, je suis trop fragile encore – et sans doute définitivement – pour me prêter au cirque médiatique qui devrait suivre, lequel est tuant. Mais le succès mirobolant d'*On ne peut pas être heureux tout le temps* – cent soixante mille exemplaires vendus, et ça continue – fait rêver mes deux petites amies Sylvie et Martine, qui vont me harceler, je le sens...

Samedi 8 septembre

À la place de Bernard Pivot, Guillaume Durand a fait une entrée honorable, servi par le cas Houellebecq, une star comme le monde des lettres en a rarement connu. Il est moins bon à l'oral qu'à l'écrit, mais les quotidiens recueillent pieusement ses paroles bien au-delà des pages littéraires.

Son roman, *Plateforme*, n'est pas indifférent ; c'est un bon livre, fait avec astuce, sur la misère de la vie sexuelle dans cette classe moyenne qui, en vacances, a les moyens d'aller chercher plus roboratif auprès des prostituées thaïlandaises.

Entre eux, toujours selon l'auteur, les Français ne baisent plus, l'échangisme est en perte de vitesse. Houellebecq est favorable à la prostitution, et il la trouve bien pire en France qu'à Bangkok, en quoi il a probablement raison.

À écrire sur le sexe et à en décrire les délices ou les déceptions, on a plus de chances de vendre aujourd'hui trois cent mille exemplaires qu'avec la vie de saint Augustin. Mais Houellebecq ajoute à la pornographie, dans ses commentaires, la petite dimension sociologique qui permet au lecteur de se raconter qu'il lit une étude quasi scientifique.

Chez Guillaume Durand, H. s'est présenté une fois de plus comme un homme quelconque, terne, qui ne lâche des énormités comme des pets que lorsqu'il s'ennuie, et nullement par esprit de provocation. Je crois que c'est vrai : il est célèbre, il est riche ; s'il ne disait pas les horreurs qui lui passent par la tête, ça lui servirait à quoi ?

Je doute que le dispositif mis en place par Guillaume

Durand soit bon, avec sa brochette de critiques. On ne regarde pas une émission pour voir des critiques ! C'est pourtant ce que vont faire plus ou moins tous ceux qui briguent les lauriers de Pivot, je parie, mais il n'y a pas trente-six recettes pour réussir une émission littéraire : il faut des auteurs qui excitent la curiosité et qui aient une présence, en face d'un interrogateur qui les aime et qui sache les faire parler. Cela semble tout simple, comme ça...

Mardi 11 septembre - 21 heures

À quatre heures, je travaille, le téléphone sonne, une voix haletante me lance : « Regardez la télévision, regardez vite ! »

Je me hâte pour voir un avion de ligne percuter l'une des deux tours du World Trade Center, à New York, et une énorme fumée envahir l'image.

Ce spectacle hallucinant, on l'aura revu dix fois dans la journée, il passe quasiment en boucle sur toutes les chaînes avec l'image de la seconde tour, également poignardée, de la même façon, et celle du Pentagone touché mais non détruit.

Terrorisme, bien sûr. Quelle audace, quelle sûreté d'exécution de la part des kamikazes islamistes qui ont opéré ! Il y a longtemps que le trop fameux Ben Laden profère des imprécations contre l'Occident en général et les États-Unis en particulier, en annonçant qu'il portera partout la Guerre sainte. Eh bien voilà, nous y sommes.

On m'appelle d'une radio : « Quelle impression avez-vous ?
– L'impression d'être en septembre 1939. »

Très hautes, superbes, lumineuses, orgueilleuses, abritant les bureaux de la finance mondiale, les deux tours de New York étaient le symbole même de la ville. Il n'en reste rien ; des centaines, voire des milliers de gens sont en train de mourir sous les décombres, si ce n'est déjà fait. C'est la première fois dans l'Histoire que la guerre est portée par un ennemi extérieur sur le territoire des États-Unis. Et c'est un mythe qui s'écroule : celui de l'invulnérabilité de l'Amérique.

Tout cela laisse pétrifié, assommé, angoissé, avec le sentiment aigu que l'Histoire est en train de tourner sur ses gonds.

J'écris en hâte dix lignes pour l'*Obs* qui fait un repiquage, son numéro étant bouclé, mais le cœur n'y est pas. Je suis choquée et ne maîtrise pas encore ce que m'inspire cette tragédie.

Tout le monde évoque Pearl Harbor, c'est idiot ! Là, il y avait un adversaire désigné, le Japon. Le mot « guerre » avait tout son sens. Ici, qui est l'adversaire ? L'ensemble du monde arabe ? Du monde tout court, qui s'est progressivement pris de haine plus ou moins virulente envers les États-Unis, pour beaucoup de mauvaises raisons et quelques bonnes ?

Bref, l'Amérique, touchée au cœur, est en guerre. Mais on ne sait pas contre qui.

Jeudi 13 septembre

Ben Laden, Ben Laden... Ce milliardaire industrieux n'est sûrement pas complètement étranger à l'attaque perpétrée contre New York, mais il n'a pas fait ça tout seul... C'est une opération très élaborée qui a exigé de l'intelligence, de l'astuce, de l'organisation, de l'argent, et naturellement quelques illuminés prêts à se suicider avec les avions qu'ils ont détournés et fracassés sur les deux tours et sur le Pentagone.

L'un de ces avions se dirigeait vers la Maison Blanche, il s'est écrasé à terre, la boîte noire a révélé qu'un groupe de passagers, comprenant ce qui se passait, avaient eu le courage de s'opposer au pilote et d'empêcher sa manœuvre. Ils sont morts, évidemment.

Ben Laden, donc, bien qu'il démente tout en répétant qu'il poursuivra le Jihad, la Guerre sainte et son objectif principal, l'extermination d'Israël, n'est pas un homme seul. La CIA et le FBI le dénicheraient-ils dans le trou d'Afghanistan où il se cache, cela ne changerait rien à la situation de fond, qui est explosive. Chacun attend avec angoisse les représailles annoncées par Bush : bombarder, mais qui ? quoi ? Il faut bien laver l'offense, cependant, pour commencer...

Sentiment désagréable d'être au début d'une spirale qui peut finir par le lancer par Israël de sa bombe nucléaire si Ben Laden et les siens, appuyés par d'autres pays arabes, en viennent à évincer les Israéliens de leur territoire. S'il n'en reste qu'un, celui-ci appuiera sur le bouton fatal comme il en aura été décidé, j'en suis persuadée.

Tout cela n'est pas précisément réjouissant et aucun

augure ne l'a vu venir. Ce qui devrait guérir de faire des pronostics.

Samedi 15 septembre

Impossible de reproduire ici les flots de commentaires, d'informations, de sottises aussi qu'a engendrés l'agression contre New York. Le public en est avide, on s'arrache les journaux comme jamais, et moi aussi je lis tout, je regarde tout, j'en ai la tête bourrée, il faut que je m'arrête 24 heures pour essayer de faire la synthèse de tant d'éléments.

L'antiaméricanisme de rigueur en France depuis quatre ou cinq ans ne s'exprime qu'en sourdine, l'attitude officielle étant la pleine solidarité avec les États-Unis, mais on entend des « Ils ne l'ont pas volé » qui lèvent le cœur. Vous imaginez des Américains disant le 10 juin 1940, à l'entrée des troupes nazies dans Paris : « Ces Français, ils ne l'ont pas volé » ?

Mardi 18 septembre

Dans les catastrophes, la télévision est souveraine. Elle coagule depuis une semaine les gens devant le petit écran où l'on ne se lasse pas de passer quasiment en boucle les tours poignardées. Mais le public se jette aussi sur les journaux. Il est plein de questions auxquelles toutes sortes de gens essaient consciencieusement de répondre, mais personne ne peut dire le « pourquoi » de cette agression, qui l'a conçue et réalisée, pour obtenir quoi, si d'autres actions terroristes de même ampleur suivront, et contre qui. On baigne dans les supputations sur tous ces points. Et les autres sont anecdotiques.

Hier, Wall Street a perdu quelques points, je crois, mais le krach redouté ne s'est pas produit, en partie grâce à ce que l'on a appelé le « patriotisme financier » des investisseurs. Espérons qu'il durera. Important également : la baisse du prix du pétrole et la décision de l'OPEP de maintenir le baril à des prix raisonnables. Après la guerre du Golfe, c'est l'envolée du pétrole qui a plongé les économies occidentales dans une crise grave...

Je vois depuis une semaine beaucoup de monde, j'écoute : Alain Richard, le ministre de la Défense nationale, Jean-Pierre Chevènement, Alain Minc, des proches de Matignon et de l'Élysée. Tous disent des choses intelligentes, certains éditorialistes de la radio et de la télévision aussi, d'ailleurs, mais il est clair que la situation se dérobe à l'analyse dès qu'elle recourt aux concepts habituels de la géopolitique et de la diplomatie.

On ne peut comparer l'attaque islamiste sur New York qu'avec l'apparition de la première bombe atomique. Laquelle, à l'époque, balaya tous les schémas classiques.

Une chose est sûre : la Guerre sainte a été déclarée à l'Occident par un ennemi non identifié à l'heure où j'écris, mais qui a fait la preuve d'une remarquable maîtrise de moyens techniques et de sa capacité de sacrifice. Curieusement, le ou les inspirateurs de cette action ne revendiquent pas leur crime, mais il ne fait aucun doute qu'il ne restera pas impuni.

Comment ne pas voir, cependant, qu'elle marque

l'aube d'une époque dont la marque sera l'insécurité pour tous ? Le temps des barbares est revenu.

Mercredi 19 septembre

Des informations pour le moins préoccupantes parviennent des États-Unis. La trace a été retrouvée des différents contacts qu'a eus Ben Laden pour se procurer une bombe nucléaire « rustique » : contacts avec le Soudan, avec des Russes, avec les Bulgares, avec des physiciens recrutés au Turkménistan. Déclaration de Ben Laden en 1999 : « Ce n'est pas un crime si nous avons essayé d'avoir des armes nucléaires, chimiques ou biologiques. Notre Terre sainte est occupée par des forces américaines et israéliennes. Nous avons le droit de nous défendre. » Le crime, en effet, serait de s'en servir. Mais qui peut sérieusement douter aujourd'hui qu'ils le feront et qu'ils utiliseront ces armes dès qu'ils en posséderont la totale maîtrise ? Ce qui, peut-être, est déjà le cas...

C'est l'existence de la bombe atomique et l'équilibre de la terreur qui ont préservé la paix depuis la Deuxième Guerre mondiale, soit pendant plus de cinquante ans : la plus longue période de paix que l'Europe ait jamais connue. C'est probablement par l'usage d'armes atomiques « de poche » que la Troisième Guerre mondiale se déchaînera.

Carpe diem : c'est le moment ou jamais de se le répéter...

Vendredi 21 septembre

George Bush a l'air tellement niais qu'il en devient pénible à voir. Ah ! on regrette papa ! Mais nos réactions sont secondaires. Comptent celles du peuple américain et tout semble indiquer que le langage martial et parfois malheureux – qui lui a inspiré le mot « croisade » ? – de son Président ne l'en détourne pas. Les Américains cesseraient d'être américains s'ils n'étaient pas, dans une telle épreuve, derrière la Maison Blanche. Mais on se prend à regretter les Tom Sœrensen, les Arthur Schlesinger qui fournirent à John Kennedy les plus fameuses de ses formules. Par exemple : « Ne vous demandez pas ce que l'Amérique peut faire pour vous, mais ce que vous pouvez faire pour l'Amérique. » Ou encore : « Je suis un Berlinois ! » La guerre, puisque nous y sommes, cela se fait aussi avec des mots.

Quand on a connu New York, que l'on y a travaillé, aimé, dansé, électrisé par l'air de la mer, on a de la peine à détacher son esprit de cette gigantesque nécropole, de ces milliers de cadavres sans sépulture au cœur de la ville, sur lesquels demain on marchera.

Requises par la catastrophe de Toulouse, les chaînes lui ont consacré, comme cela s'imposait, la première place dans leurs informations. Bien que tout permette de croire à un accident, il était impossible de ne pas penser d'abord « terrorisme ». On devient facilement nerveux. Et on s'écrie généralement : « Quelle idée d'implanter une usine de produits chimiques en plein dans une ville ! Ils sont irresponsables ! »

ILS, c'est les pouvoirs publics en tous genres. Mais

ils ne méritent pas ce reproche : quand l'usine a été implantée, c'était en rase campagne, en 1924. La question, c'est : que s'est-il passé pour faire ces quelque cinquante morts et six cent cinquante blessés ?

En tout cas, il y avait de quoi faire de l'ombre, cette semaine, aux assassinats de New York. Toulouse, c'est à la maison.

Jeudi 27 septembre

Suspense complet quant aux représailles américaines que tout le monde redoute. En Afghanistan, ils peuvent s'embarquer dans une aventure aussi désastreuse que celle engagée il y a dix ans par l'URSS. Avant cela, il y a bien longtemps, ce sont les Anglais qui se sont enferrés dans ce pays et en sont sortis humiliés.

Il faut se rappeler que tout s'est enclenché à partir de l'invasion de l'Afghanistan par les Soviétiques. En résumé, les Américains ont alors soutenu à fond l'Afghanistan par Pakistan amical interposé. L'ennemi prioritaire pour tout le monde, c'était alors le communisme. Du coup, ils ont fermé les yeux sur la fabrication d'une arme nucléaire par le Pakistan. Plus tard, ils se sont ravisés, mais c'est l'une des raisons de l'hostilité pakistanaise. Le maître actuel du Pakistan, un militaire, n'est pas un tendre, mais pas non plus un féroce dictateur. C'est un homme qui sait son pouvoir fragile, qui souffre de n'être pas important dans la région, qui est obsédé par l'Inde et tente de la miner avec l'abcès du Cachemire où il envoie des troupes.

Là, il a accepté une semi-coopération avec les États-Unis. Il ouvre l'espace aérien, mais pas la route au sol.

Quand les Talibans, fanatiques de longue date, ont pris racine en Afghanistan, les Américains ne s'en sont pas souciés. C'est seulement en 1996 que Madeleine Albright, outrée par le sort fait aux femmes, les a découverts. Le mot « Talibans » recouvre diverses ethnies, les pires étant ceux qui ont pris le pouvoir à Kaboul après le départ des Soviétiques, quand Massoud s'est retranché dans sa montagne. Massoud le magnifique, Massoud le pieux, mais sans trace de fanatisme, assassiné l'autre semaine par les reîtres de Ben Laden parce que celui-ci savait que si on lui fournissait des armes, beaucoup d'armes, Massoud était capable, lui, avec ses troupes, de reprendre la capitale, donc le pouvoir en Afghanistan.

Les pronostics aujourd'hui : les États-Unis vont lancer une série de bombardements, de commandos rapides. S'ils remportent vite des succès, Bush sera le moderne Saladin. Si ça se transforme en guerre d'usure, ce sera le contraire.

Ce n'est pas une guerre des pauvres contre les riches. Ben Laden est devenu multimilliardaire grâce aux meilleures méthodes capitalistes. Les pilotes kamikazes sont tous issus de familles bourgeoises bien nanties. La pauvreté des autres, ils s'en accommodent fort bien. Alors, c'est une guerre pour quoi ? Un bon spécialiste répond : « Le monde musulman a connu trois siècles de rayonnement. Il a fécondé l'Andalousie. Aujourd'hui, il ne participe à rien dans le monde. Prenez la liste des prix Nobel depuis leur création : il n'y a que trois musulmans... Ben Laden est un humilié. »

Je suis à peu près « au clair » avec ce que je crois. Les Américains ont leur part de responsabilités dans ce qui leur arrive à cause de l'arrogance mâtinée de légèreté avec laquelle ils ont traité les pays arabes depuis quelques années. Ils ont accumulé des haines nées de l'humiliation. Ben Laden et les siens ont su cristalliser ces haines, aggravées par l'interminable conflit entre Israël et les Palestiniens, et créer un puissant réseau, largement composé de fanatiques.

Avec quel objectif ? Évidemment, la naissance d'un « califat », d'une autorité suprême qui étende son pouvoir sur tout le Moyen-Orient et les républiques musulmanes russes. Dans l'immédiat, affoler et affaiblir le plus possible l'Occident par le terrorisme qui casse le moral et s'attaquer aussi à ses intérêts vitaux. Ben Laden veut changer le monde, il n'est pas le premier...

Les États autoritaires, nous en avons eu de fameux échantillons au cours du XXe siècle. Il s'agit de savoir si l'Occident laissera se développer un tel monstre sur son flanc, et s'il se conduira à l'avenir avec assez de décence pour que des relations pacifiques puissent se rétablir. Mais cela est une autre histoire, celle de demain.

Aujourd'hui, les Américains et leurs seuls amis, les Anglais, sont sur le terrain... Dieu les garde !

Samedi 29 septembre

J'ai eu quatre-vingt-cinq ans hier. Ça n'arrive qu'une fois dans la vie, et encore faut-il y arriver autrement qu'en pièces détachées. Caroline a reçu chez elle pour un « thé » une vingtaine de mes proches amis, ceux dont l'affection, la vigilance, les attentions, la fréquentation entretiennent une vie sociale autour de moi. Ç'a été trois heures très gaies. Quatre-vingt-cinq ans, et alors ?

Dimanche 30 septembre

J'ai raté toutes les expositions que je voulais voir – Dubuffet, surtout – par excès de fatigue. C'est tuant de piétiner devant des tableaux, je ne peux plus guère me permettre ce luxe. En revanche, je peux encore aller à l'Opéra.

Rigoletto est une histoire épouvantable inventée pour l'essentiel par le père Hugo *(Le roi s'amuse)*, où il est dit qu'« un puissant en gaieté ne peut songer qu'à nuire », et qu'« un roi qui s'amuse est un roi dangereux ». Ça se termine on ne peut plus mal par la victoire du méchant sur les bons, tous trucidés. J'avais oublié cela, qui n'est pas banal, mais pas le dernier air de Verdi, l'un des plus célèbres, que tout le monde a plus ou moins dans la tête : *« Comme la plume au vent... »*, le grand air qui prévient que *« la femme est changeante »*. Un plaisir, d'entendre cela bien chanté !

L'agaçant, dans la musique contemporaine, c'est qu'il n'y a jamais trois mesures que l'on puisse se remémorer. C'est ce qui interdit que s'installe avec elle la familiarité, même quand elle vous a ému.

OCTOBRE

Mercredi 3 octobre

Gavée de livres, comme chaque année à la veille du prix Femina. Moisson franchement médiocre, cette année, dans l'ordre du roman français. On en trouve toujours un ou deux moins quelconques que les autres, mais pour les défendre, la passion manque...

Le beau livre de Laure Adler sur la mort d'un enfant, *À ce soir*, est hors compétition parce qu'elle l'a désiré. Elle ne veut pas « se vendre », être interrogée par des journalistes, parler à la radio ou à la télévision sur un tel sujet. On peut seulement l'approuver.

Une surprise agréable : le premier roman d'une fille de dix-sept ans, *Respire*, assez joliment écrit, qui ne contient pas un paragraphe sur son sexe ou sur celui des autres. Original ! Les Goncourt l'ont remarqué aussi. Elle n'aura pas de prix, mais le fait d'être nommée dans la sélection des grands prix sera déjà important pour la carrière de son livre. Elle s'appelle Anne-Sophie quelque chose.

J'ai combattu personnellement pour Michel Houellebecq, bien que le personnage ne me soit guère sympathique, parce qu'il traite d'un sujet important : l'ennui de la classe moyenne, celle qui a peu d'argent, par rapport à la sexualité telle qu'ils la vivent chez eux, morne ou inexistante – d'où le succès du tourisme sexuel. Il n'a pas de style, mais il a un tempo, du mouvement et, de temps en temps, des bonheurs d'écriture.

Plateforme est certainement le roman le plus intéressant de l'année. Tout permet de penser, néanmoins, qu'il n'aura pas de prix.

Quand on passe aux essais, brusquement il y a profusion. J'ai passé la nuit à lire les épreuves de celui de B.-H.L., *Réflexions sur la guerre, le mal et la fin de l'Histoire*. Il s'agit, pour commencer, de huit ou neuf reportages dans quelques-uns des pays les plus déshérités du monde – souvent ravagés par une guerre civile, des pays où l'on ne va jamais –, d'une brillante et assez émouvante introspection sur les raisons qui conduisent un écrivain parisien coté et nanti à s'infliger dès l'âge de vingt ans le spectacle effrayant de la misère, de la guerre, du malheur, du sang, et enfin les conclusions qu'il tire de ce qu'il a vu. Un travail magistral, vraiment.

Déjeuner avec l'inventeur et directeur de la station de radio *Skyrock*, Pierre Bellanger, que je ne connaissais pas et qui m'a gentiment invitée. J'ai un peu connu son père autrefois, Claude Bellanger, qui était une figure de la presse, directeur du *Parisien*. Le fils ne s'intéresse pas du tout à l'information, mais beaucoup à la musique, en quoi il est en résonance avec la jeunesse, et il est en train de devenir le nabab des radios musicales. Un 15/25 ans sur trois est auditeur de *Sky-*

rock, qui ne diffuse que du rap, même pas de la techno, jugée trop douce par son public.

On parle aussi un peu sur *Skyrock*, c'est une grande famille, et, il y a quelques semaines, au moment où *Loft Story* occupait toutes les conversations, l'animateur a sollicité les opinions de quelques jeunes auditeurs sur Loana et compagnie. Ce qu'il a récolté était ignoble, puant même, exprimé au-delà du vulgaire, et parfois injurieux. Le sang du CSA, l'instance de contrôle des ondes, n'a fait qu'un tour, *Skyrock* est menacé de sanctions et énergiquement prié de changer de manières. Tout cela a fait quelque bruit. Pierre Bellanger a crié à la censure et quelques personnes, dont je suis, l'ont soutenu, malgré le profond dégoût que m'inspirent les phrases incriminées. Je l'ai soutenu parce qu'il n'appartient pas au CSA – à personne, d'ailleurs – de s'ériger en tribunal de ce qu'il est bon ou mauvais d'entendre. De deux choses l'une : ou, comme aux États-Unis, on considère que rien ne doit être interdit, ou on précise et édicte ce qui est interdit.

Je trouverais souhaitable, pour ma part, que quelques règles simples soient posées, indiquant en particulier aux gens de radio jusqu'où on peut aller trop loin.

Mardi 9 octobre

Deuxième nuit de bombardements des Talibans. Le monde arabe, largement intoxiqué par *Al-jazira*, une chaîne de télévision installée au Qatar et qui diffuse en continu sur tout le Moyen-Orient, ce monde gronde. Comment en vouloir à ces millions de gens qui croient avoir trouvé le héros qui va les faire maîtres du monde ? Sur l'écran, Ben Laden apparaît régulièrement et débite son évangile. Tout cela est très bien fait. De son côté, *Al-jazira* a « informé » ses auditeurs que l'attentat de New York était l'œuvre des Juifs. La preuve : il n'y a eu ni Juifs ni Israéliens parmi les victimes identifiées, parce qu'ils ont été prévenus de ne pas rejoindre leur bureau ce matin-là ! Ben Laden, pour sa part, a concentré ses dernières attaques verbales sur Israël. Il se fiche des Palestiniens, qu'il n'a jamais soutenus, mais c'est de très bonne politique.

Haïr les Juifs, penser et répéter que ce sont eux qui empoisonnent la vie de tout le monde en ce moment avec la Palestine, c'est extrêmement commode. Il ne faudrait qu'un pas de plus pour considérer qu'il serait bon de s'en débarrasser. Quelqu'un a fait ce raisonnement en 1940. Ça ne lui a pas porté bonheur, mais, en attendant que Ben Laden soit puni de son outrecuidance, il continue à faire beaucoup de dégâts.

Ignorance des journalistes français endoctrinés : Ben Laden, encore lui, annonce que l'Amérique ne connaîtra plus jamais la sécurité jusqu'à ce qu'elle ait délivré la Palestine et les Lieux saints de l'infâme présence occidentale. Aussitôt, les journalistes de radio désignent ces Lieux saints. Il s'agit pour eux de Jérusalem ! Encore la faute des Juifs, se dit-on. Comme s'ils ne pouvaient pas lâcher Jérusalem contre la paix du monde !... L'ennui est que les Lieux saints, pour Ben Laden, n'ont jamais été à Jérusalem, mais en Arabie Saoudite.

Mercredi 10 octobre

Au téléphone, longuement, avec Caroline, nous nous félicitons de ce qui, dans une situation aussi sombre, est réjouissant. C'est le retour du politique.

Je veux dire ceci : depuis des mois, on ne cesse de répéter que tout est devenu économique, que l'économie commande, que c'est LE pouvoir et qu'il faut l'accepter, parce qu'il n'y a rien à faire. Et, tout à coup, on constate que l'économie ne commande rien du tout dans ce conflit, que lorsqu'on veut faire, on fait. Je déplore que ce soit la guerre que l'on fasse, mais enfin, c'est une leçon. Des choses vont bouger, qui paraissaient immuables. On est un peu désolé que, chez nous, la cohabitation paralyse le mouvement et que la guerre serve Chirac là où il est, d'autant plus qu'il s'en sert plutôt bien. Jospin, jusqu'à présent, n'a pas su, lui, s'en servir.

Jeudi 11 octobre

Je suis informatisée de pied en cap : ordinateur, imprimante, modem, magnétoscope, portable, téléphone avec répondeur incorporé, etc. J'ai parfois l'illusion que j'ai maîtrisé toutes ces machines. Et puis l'une d'elles cafouille, et c'est la détresse. La grande détresse !

Aujourd'hui, c'est mon téléphone mobile qui me fait des farces. Quand on m'appelle, la communication ne s'établit pas et on entend un message qu'un mauvais plaisant a enregistré dessus. Je veux effacer ce message : j'y passe deux heures, impossible ! J'apporte l'appareil à la FNAC. En quelques minutes, un jeune homme nonchalant fait la manœuvre nécessaire. Je suis contente, mais vexée.

J'avais un mode d'emploi, mais rédigé comme toujours en coréen, donc inutilisable... Jamais je ne me suis sentie plus vieille que ce matin.

Vendredi 12 octobre

Petit tour à la FIAC, en négligeant le secteur « Vidéo » qui ne m'intéresse pas beaucoup. Je comprends qu'on ait envie d'en faire, j'en aurais moi-même assez envie, mais je n'ai pas envie de regarder ce que font les autres.

La peinture contemporaine est plutôt bien représentée, c'est une bonne FIAC. Soudain, je tombe en arrêt devant un Giacometti. Un homme à genoux. Cette œuvre me perce le cœur. J'en ai une envie déchirante, je veux l'avoir chez moi, la regarder tous les jours. C'est ainsi qu'il faut acheter les œuvres d'art, sur un coup de foudre. Mais Giacometti est hors de prix, aujourd'hui. Que faire ? En additionnant tout ce que je possède, y compris quelques pièces que je vendrais, j'arrive à un montant qui doit encore être dérisoire par rapport au prix de l'œuvre. Je ne le demande pas tout de suite, pour ne pas renoncer immédiatement à mon rêve, pour y croire encore un peu... J'étais très loin du compte : le marchand veut plus de 900 000 francs de ce Giacometti. Il ne sera donc jamais à moi.

Jacques-Alain Miller, le gendre de Lacan, gardien très controversé du temple, vient déjeuner. Je ne l'ai pas revu depuis Mai 68 ! Il était plus ou moins rentré dans l'ombre depuis quelques années et soudain il resurgit, ouvrant une polémique furieuse avec un autre psychanalyste au sujet d'un droit de réponse qu'on lui a refusé dans le journal de la Société. Le sujet n'a pas beaucoup d'intérêt, mais il mène cette polémique par « lettres ouvertes » qu'il fait imprimer et distribuer à quelques dizaines de personnes dûment choisies, et ces lettres sont d'une verve remarquable... Je lui dis que ce sont ses *Provinciales*, ce qui est évidemment un peu flatteur, mais c'est franchement très bien écrit.

Samedi 13 octobre

Manifestations antiaméricaines très suivies dans plusieurs pays, beaucoup moins en France. Les Français sont décidément moins bêtes que les autres ! Ils n'aiment pas plus que quiconque que l'on bombarde les Talibans, mais enfin, ça ne leur arrache pas des larmes, alors qu'aucun bilan des victimes n'est d'ailleurs communiqué et qu'il n'y en a sûrement pas des milliers, comme à New York. Ce soir, sur *LCI*, un jeune Afghan qui quittait le pays disait même qu'il n'y en avait pas du tout, que c'était un mensonge des Talibans. Voilà quelque chose qu'il ne ferait pas bon répéter si l'on ne veut pas se faire écharper ! Je le reproduirai tout de même dans ma prochaine chronique de l'*Obs*. En précisant naturellement que, au rythme des sorties de l'aviation américaine, il est infiniment probable qu'il y a et aura des victimes. Mais le fait est que toute information est aujourd'hui suspecte.

Lundi 15 octobre

Une histoire folle. Pendant le dîner, au Club, je remarque que Sylvie Pierre-Brossolette paraît défaite. On l'appelle sur son portable. Elle se lève et disparaît après m'avoir glissé :

« Excusez-moi. Je dois partir... Ma mère a disparu... »

Disparu ? Qu'est-ce que c'est que cette histoire ? Effectivement, on a vu sa mère, Sabine, sortir vers 7 heures, emportant une pochette avec ses clefs. Maintenant, il est 10 heures et elle n'a pas reparu. Cela ne lui ressemble pas du tout. Sa famille est aux cent coups. Son mari téléphone dans tous les hôpitaux, postes de police, etc., où l'on pourrait trouver sa trace si elle avait eu un accident. Rien. Ils se mettent à penser qu'on a peut-être voulu l'enlever contre rançon. J'appelle Sylvie vers 11 heures. Toujours rien. Angoisse totale. Soudain, un bruit, des cris... Elle est là !

Ce qui s'est passé et que j'apprendrai le lendemain : Sabine Pierre-Brossolette a dit le matin à son mari : « Ce soir, je dîne avec Anne-Aymone... » Absorbé par son journal, il n'a pas enregistré.

Question : et si elle ne l'avait pas dit ? Si, inconsciemment, elle avait aimé l'idée d'affoler tout le monde, le temps de s'apercevoir combien on tenait à elle ?

Mais qu'est-ce que je suis en train d'inventer là ? Ce serait un joli sujet de nouvelle...

Mercredi 17 octobre

En France, ce n'est pas encore la panique ; aux États-Unis, ça y ressemble : une quinzaine de personnes, journalistes le plus souvent, et un sénateur démocrate ont reçu une enveloppe contenant une poudre blanche censée faire contracter l'anthrax. On peut en mourir, on peut être complètement épargné si l'on absorbe à temps la pénicilline indiquée. Il n'y a eu qu'un mort jusqu'à présent. Le FBI est sur les dents.

Je ne sais pas pourquoi cette affaire me paraît louche. Je n'arrive pas à croire qu'elle relève de l'action terroriste associée à l'attaque de New York. Et j'ai comme une idée que des gens de l'extrême droite américaine n'y sont pas étrangers. Mais, évidemment, je n'en sais rien.

En attendant, les effets secondaires de l'anthrax en France sont navrants : il y a de tous côtés des pauvres types qui envoient des enveloppes pleines de farine à des gens qu'ils veulent embêter. On en a attrapé quelques-uns, condamnés à des peines de prison et à des amendes, pour l'exemple. Il paraît qu'ils jubilaient en voyant leurs victimes déshabillées et emmenées à l'hôpital pour examen. L'un d'eux, interrogé sur ses motifs, a bafouillé : « En voyant ça, j'ai eu le sentiment d'exister... »

C'est bizarre, cette impression d'inexistence que semblent éprouver de nos jours quantité de gens. Cela n'arriverait pas s'ils pensaient, comme on disait autrefois, que Dieu les aime. Mais ils ne pensent plus rien de tel. Ils pensent qu'ils sont transparents, qu'ils n'ont prise sur rien, que le regard des autres les traverse sans les voir. Et, d'ailleurs, c'est vrai.

Vendredi 19 octobre

Dîner chez une amie, scientifique renommée, Marie-Claude P., avec des gens qui ne me sont pas du tout familiers : le président de la Cour de Cassation, le général qui commande je ne sais pas quoi au juste dans l'armée, le négociateur entre le personnel de Marks & Spencer et les Galeries Lafayette. Il y a aussi Alain Pompidou, le médecin, fils de Georges, mais lui, je le connais bien. Cet aréopage est tout à fait intéressant, a des choses à dire que je ne reproduirai pas ici, parce que je suppose qu'ils n'apprécieraient pas cette indiscrétion, et m'ont fait passer une bonne soirée, sans rapport avec les « dîners en ville » parisiens que je ne fréquente d'ailleurs quasiment plus depuis longtemps. Autrefois, cela faisait partie de mon métier d'aller partout. Maintenant, je sélectionne sauvagement.

Dimanche 21 octobre

Le Landerneau politique est mis en émoi par la publication de *Matignon, rive gauche*, essai sur la cohabitation écrit par le principal collaborateur de Lionel Jospin, Olivier Schrameck. À peine était-il annoncé, les chefs des factions de droite ont dénoncé un pamphlet injurieux pour le chef de l'État, et exigé la démission d'Olivier Schrameck. On s'est précipité sur l'objet du délit : ils ne l'avaient manifestement pas lu. Ce n'est ni de près ni de loin un pamphlet, et il n'a aucun caractère injurieux, pas même polémique. C'est le récit de la façon dont marche la cohabitation quand elle ne marche pas, ce qui devient alors très préjudiciable. Ç'a été quelquefois, dans les dernières années, le fait de Chirac. Schrameck dit en somme aux électeurs : « Ne reproduisez pas cette situation de cohabitation avec vos prochains votes. C'est désastreux. »

L'homme est tout à fait sympathique, bon serviteur de l'État qui s'est toujours tenu dans l'ombre. Le voilà précipité devant les caméras auxquelles il offre un sourire d'enfant. S'il ne manque jamais de faire l'éloge du caractère loyal, humain et chaleureux de son patron, voici que lui répond devant d'autres caméras Bernadette Chirac, devenue le principal agent de publicité de son mari.

Elle s'en tire on ne peut mieux. Depuis qu'elle est sortie de l'ombre où on la confinait parce qu'elle faisait ringarde, elle n'a pas commis une faute, et c'est précisément son côté dame d'œuvres et femme de devoir supportant dignement, à travers les années, les outrages conjugaux – parce que, « chez nous, on ne divorce pas » : ringarde, on vous dit ! –, c'est précisément cela qui plaît.

Comme elle est intelligente et qu'elle a de l'esprit, elle joue sur ce clavier.

Pendant ce temps, toute la bande des aspirants à Matignon ou à tout le moins à un grand portefeuille, Sarkozy, Juppé, Séguin, voire de plus discrets mais non moins acharnés, se battent déjà sans vergogne pour les places. M'est avis qu'ils ont intérêt à soigner Bernadette. Mais attention : elle est fine mouche...

Mardi 23 octobre

Service de presse chez Hachette pour *Profession : journaliste*. Combien de livres ai-je publiés ? Je ne sais pas. J'en prends un, pour vérifier. Celui-ci est le dix-neuvième ! C'est incroyable, j'aurais dit le douzième, ou peut-être bien le quinzième...

Interrogée par une bonne journaliste qui a beaucoup travaillé pour élaborer ses questions, toutes relatives à un demi-siècle de journalisme, il ne m'a pas coûté un énorme travail, mais, tout de même, une série d'après-midi. Je ne le regrette pas. Je viens de le feuilleter : il se peut que cette façon de raconter l'histoire d'une passion intéresse...

Dernière réunion pour le Femina avant la proclamation des ouvrages couronnés : il faut sept tours de scrutin pour nous départager en ce qui concerne le prix du roman étranger. Mon préféré a été battu sur le fil : c'est *Le Sourire des loups*, écrit par une jeune romancière anglaise qui est devenue d'un coup une célébrité dans son pays. Tout se passe au sein de la communauté indienne qui vit à Londres. C'est drôle, percutant, totalement étrange, donc troublant. Excellent !

Il n'y aura pas de problème pour le prix Femina du roman français : *Rosie Carpe* est soutenu par une très large majorité. Ce choix sera certainement ratifié lundi. Il me plaît. L'auteur est une sympathique jeune femme noire, Marie N'Diaye, qui a déjà une œuvre derrière elle, publiée par le meilleur éditeur/découvreur français, Jérôme Lindon, qui vient de mourir. Il n'aura pas vu son poulain recevoir la juste consécration d'un authentique talent d'écrivain.

Alain Robbe-Grillet, qui resurgit, à soixante-dix-neuf ans, avec un roman ébouriffant, *La Reprise*, guigne le Goncourt. Je n'y crois guère. La partie devrait se jouer, sans entrain de la part du jury, entre Michel Braudeau et Marc Lambron. Des romans tout à fait honorables, mais dont on peut s'épargner la lecture.

NOVEMBRE

Vendredi 2 novembre

Mon service après-vente de *Profession : journaliste* commence. Deux journalistes aujourd'hui, mais quant aux radios, télévisions, je freine...

Tombant de tous les côtés, les nouvelles sont tellement mauvaises qu'on a envie de se boucher les yeux et les oreilles.

En France, je ne comprends pas ce qui se passe avec le gouvernement. Le ministre de l'Intérieur, Daniel Vaillant, a fait une bourde magistrale sur la Corse en promettant soudain de son propre chef la construction d'une prison, sur l'île, où seraient regroupés tous les détenus politiques déjà condamnés. Prétexte : les nationalistes le demandent pour que les détenus puissent garder un contact avec leur famille.

C'est une facilité que l'on essaie d'accorder dans toutes les régions ? Sans doute. Mais, en ce qui concerne les Corses, on imagine surtout les contacts avec une mafia qui s'empressera d'organiser leur évasion. C'est peut-être injuste, mais c'est ainsi.

Donc, indignation à l'Assemblée, Vaillant au pilori, Jospin dans de mauvais draps.

Quant à la guerre... En fait, on ne sait rien, sinon que les bombardements américains sont inefficaces par rapport à leur objectif supposé. Mais cette guerre a-t-elle un stratège ? On craint qu'elle n'en ait plusieurs, c'est-à-dire aucun.

Jean Baudrillard, le philosophe, publie un article mirobolant dans *Le Monde*, où il fait l'apologie du terrorisme, résistance du monde à la mondialisation. Selon lui, les conséquences des attentats de New York sont « jubilatoires ». Il adore...

Ce qu'il écrit sur trois colonnes rappelle étrangement le terrorisme intellectuel dont on croyait les « penseurs » guéris depuis la disqualification de leur longue arrogance au service du communisme. Mais les vieux réflexes sont là, intacts. On pense à l'enthousiasme de Michel Foucault saluant de bonne foi l'arrivée au pouvoir en Iran de Khomeyni. Il croyait à la révolution libératrice des mollahs comme Baudrillard croit aux kamikazes pour laver l'Occident de ses péchés.

Si cette guerre dure, et elle va durer, nous allons vers des temps où l'on ne pourra plus se parler entre ceux qui tiennent le terrorisme islamiste pour l'héritier des fascismes du XXe siècle et ceux qui, aveuglés par leur ressentiment contre une Amérique trop puissante, le trouvent « jubilatoire ». Un mot qui va coller à Baudrillard pour longtemps !

Mardi 6 novembre

Saut de puce à Berlin pour entendre Claudio Abbado diriger le *Requiem* de Verdi. Il est bizarre, ce *Requiem*. Médiocrement dirigé, il devient franchement médiocre ; bien dirigé, il est sublime. Fidèle à lui-même, Abbado a été doublement émouvant : par son talent et par ce que l'on a perçu de sa fragilité physique. Il a eu un triomphe.

Expédition épuisante, malheureusement : l'avion avait quatre heures de retard. Ça ne marche plus du tout, l'aviation, comme chacun peut s'en apercevoir !

Jeudi 15 novembre

Retour de Marrakech où j'ai trouvé quelques jours d'un soleil affectueux. La maison, celle de B.-H.L., était bonne, les hôtes charmants, leurs amis aussi. Brève halte entre des jours tissés d'inquiétude et d'agacement tant la presse parisienne a été à la fois pessimiste et ironique sur l'action américaine en Afghanistan. Un « nouveau Vietnam » et compagnie... Une certaine France désire tellement que les Américains s'embourbent, échouent. L'antiaméricanisme qui en exsude est fascinant, parce qu'il n'a aucune raison objective. C'est peu de dire que les États-Unis ne nous ont rien fait, à nous Français. Je ne demande pas qu'on leur ait de la gratitude pour le passé, ni qu'on admire béatement leur puissance. Mais qui, pour finir, a sauvé le Kosovo de Milosevic ? Qui a rendu Kaboul aux Afghans que les Talibans persécutent depuis cinq ans par des méthodes sauvages ? Qui viendra à bout

– peut-être – de Ben Laden contre qui nous ne sommes pas capables de mobiliser autre chose qu'un porte-avions éclopé ?

Mais le sentiment de l'inutilité et de l'impuissance française dans ce combat contre les fondamentalistes ne fait qu'accentuer le ressentiment du faible en face du fort. Une attitude indigne.

Dans le concret des choses, en fait de « fiasco », comme l'annonçait en jubilant un hebdomadaire, la stratégie américaine de bombardements pour effacer toutes les installations militaires avant que l'Alliance du Nord ne se lance contre les Talibans est parfaitement efficace. Les soldats du Nord sont en train d'écraser ces derniers, présentés comme invincibles. Des Afghans qui se libèrent eux-mêmes des Talibans, c'est ce à quoi il fallait arriver !

Lundi 26 novembre

Combats très sérieux autour de plusieurs villes, surtout à Kandahar, fief du mollah Omar, bras droit de Ben Laden. Ils passent pour être l'un et l'autre cachés dans la ville. Les Américains, qui disposent de moyens techniques d'investigation hallucinants – des rayons qui percent les pierres... –, les cherchent activement. Bush veut Ben Laden vivant. Devant la violence des combats (auxquels participent des bataillons de mercenaires arabes), mille soldats américains débarquent à Kandahar pour soutenir l'Alliance. Ce soir, la ville n'est pas encore libérée. Calmement mais gravement, Bush annonce à son peuple qu'à partir de maintenant, il y aura inéluctablement des morts.

Il y en a déjà énormément parmi les Talibans et surtout parmi les mercenaires. Prisonniers, ceux-ci ont réussi une mutinerie qui s'est terminée dans le sang de trois cents d'entre eux.

Mais il faut être un Occidental dégénéré pour être sensible à cet aspect des choses. Interrogé par un journaliste il y a quelques jours sur les raisons pour lesquelles il a engagé, le 11 septembre, son combat contre les États-Unis, Ben Laden a répondu : « J'aime la mort comme les Américains aiment la vie. » Le voilà servi ! Des morts, il est en train de s'en payer, comme d'autres milliardaires se paient de caviar à la louche. Beau programme pour l'humanité...

Une étape proprement militaire est en train de se clore. Il va de soi que le terrorisme international n'est pas éradiqué pour autant. Peut-être même, si Ben Laden est pris, des kamikazes vengeurs se déchaîneront-ils partout.

Pour l'heure, à Berlin, toutes les ethnies d'Afghanistan, réunies sous l'égide de l'ONU, cherchent à définir les conditions dans lesquelles elles pourront vivre ensemble – et bénéficier de l'aide de dix milliards de dollars qui leur permettra de reconstruire leur pays, ruiné par vingt-cinq années de guerre civile.

Mardi 27 novembre

Le théâtre afghan éclipse l'actualité française : grève, embêtante et massive, de la police, qui a trop souvent des hommes tués et qui réclame des augmentations, des renforts, ainsi que l'abrogation de la récente loi sur la présomption d'innocence. Cette loi cherche à concilier la recherche de la vérité avec la protection des libertés. Elle dispose donc qu'un prévenu placé en garde à vue pour un premier interrogatoire doit savoir qu'il a le droit de se taire et d'être assisté sur-le-champ d'un avocat. Or, tous les professionnels de la justice savent que ce premier interrogatoire est capital, en particulier lorsque le prévenu a des complices. Et les policiers hurlent... Ils se font tuer, et des délinquants dangereux sont relâchés ! Le public est avec la police. Il se montre plus réservé quand les femmes de gendarmes se mettent à manifester, elles aussi, en réclamant pour leurs maris (qui n'ont pas le droit de manifester : ils sont militaires) des horaires de travail plus propices à la vie familiale. Personne n'est obligé d'épouser un gendarme ! Elles ne se sont pas rendues franchement sympathiques, avec leurs calicots, alors que le gendarme est au contraire une figure plutôt aimée de la population française...

En privé, le Premier ministre est souriant et chaleureux. Que ne l'est-il davantage en public ! Il faut qu'il s'y mette, il le sait. Un de mes amis, reçu ces jours-ci par Chirac, qu'il n'aime pas, m'a dit, désolé : « Il est horriblement sympathique ! »

Le Premier ministre m'a donc demandé de venir le voir. Il sait que j'ai été très souffrante, et m'a proposé de se déranger. La délicatesse me touche, mais je suis réparée, capable d'aller à Matignon. On lui a dit que je pouvais être de bon conseil en matière de communication, que je « sentais » le public, etc.

Je le connais un peu. Il est très agréable, courtois – et je vote socialiste depuis qu'on m'a donné le droit de voter. Je me rends donc volontiers à son invitation.

Puis-je parler franchement sans l'offenser ? Oui, dit-il. D'ailleurs, il va chercher un bloc pour prendre des notes.

Avant de le rejoindre, j'ai moi-même noté les trois ou quatre points essentiels que je crois devoir aborder :

1) *L'insécurité*. Elle est réelle ou fantasmée, je ne sais pas, mais elle est si profondément ressentie qu'elle est meurtrière pour le gouvernement. Il faut agir rapidement et énergiquement.

Je sens qu'il ne me croit pas ; j'insiste, quitte à l'agacer un peu.

2) *Les « 35 heures »*. Beaucoup de salariés en sont heureux, surtout les femmes, quand ils travaillent dans les grandes entreprises qui ont réussi à s'organiser. Mais beaucoup, aussi, regrettent les heures supplémentaires, sont dans de petites entreprises où l'organisation du travail est rendue chaotique. Pour ne rien dire des grèves perpétuelles que les usagers doivent subir de la part du personnel de la fonction publique à cause de ces « 35 heures »...

Je lui dis : « Moi, j'avais vingt ans et je travaillais comme une bête quand les "40 heures" ont été votées en même temps que les 15 jours de congés payés... C'étaient des cadeaux formidables qui changeaient la vie, vraiment... Les "35 heures", ç'aurait dû être la même chose, et ça ne colle pas. Il faut amender cette loi avant l'élection présidentielle, sinon elle va vous coûter cher...

Il n'en croit pas un mot, m'explique que je me trompe...

Alors, lui dis-je, faites faire au moins une grande

campagne d'information, d'explication, vendez-la, votre loi, au lieu qu'on entende tous les jours : "Les conducteurs d'autobus sont en grève à cause des 35 heures, à moins que ce ne soient les infirmières..."

3) Il faut sourire, lui dis-je, et parler bas, près du micro, à la télévision. Vous êtes très bon à l'Assemblée, en salle, devant le public, moins bon dans l'intimité de la télévision, et aussi quand celle-ci vous surprend par hasard, dans un déplacement. On voit un grand homme triste... Souriez, je vous en supplie ! Donnez-nous un peu de chaleur humaine... »

Là, j'aurai eu le plaisir de constater, pendant la campagne, que je n'avais pas parlé en vain : il a souri ! Et il a même eu la gentillesse de m'en remercier. Pour le reste, j'ai échoué.

François Bayrou s'est déclaré. Rien de neuf. Il patine.

Un outsider, Christian Blanc, qui fut le président d'Air France, beau, jouissant d'une réputation de grand administrateur, a exposé le projet sur lequel il voudrait réunir des forces. On ferait des référendums tout le temps, et sur tous les sujets. Candidat ? Pas encore, mais ça le démange... Il rêve, Christian Blanc.

Chevènement ramasse des soutiens hétéroclites avec beaucoup d'adresse. Curieusement, c'est le plus archaïque de tous. Chirac est un progressiste échevelé, à côté de lui... Mais allez savoir ce que veulent les Français !

Jeudi 29 novembre

Ni Chevènement ni Bayrou ne peuvent envisager sérieusement de se retrouver à l'Élysée, évidemment, mais, après l'élection, le président élu devra choisir un Premier ministre. Le plus riche en suffrages dans son camp à la présidentielle sera le mieux placé. Du côté de Chirac, les premiers ministrables intriguent et se battent entre eux comme des chiens : Sarkozy, Juppé et Douste-Blazy qui s'est glissé, mine de rien, dans les petits papiers du président. Le premier est bosseur, mais il en veut tellement que cela le rend antipathique ; les Français ont gardé un mauvais souvenir du second, qui est le plus près du cœur de Chirac ; le troisième est joli garçon, mais c'est une petite pointure. Chirac finira peut-être, le jour venu, par se rabattre sur Séguin ! Mais il le tient pour un caractériel... Il n'est pas encore réélu président, au demeurant.

DÉCEMBRE

Samedi 1er décembre

Inutile de perdre son temps à consulter les sondages qui pleuvent. L'expérience des trois dernières élections présidentielles prouve que ces instantanés n'ont aucune valeur prospective. Entre les intentions de vote déclarées et le vote effectif, il y a la marge qui fait le gagnant.

On peut néanmoins penser – les gens le pensent, en général – que le plus vieux dans l'emploi, le plus rusé, le plus couturé de toutes les cicatrices que laissent les combats politiques, c'est-à-dire Jacques Chirac, l'emportera au bénéfice de l'âge. Les Français ont toujours été enclins à se donner de vieux chefs.

Mais une excellente analyse publiée aujourd'hui par *Le Figaro,* sous la plume d'un journaliste notoirement de droite, démontre pourquoi la configuration générale actuelle des candidatures peut lui être fatale au second tour.

Ces préoccupations électorales paraissent dérisoires face à l'état du monde. En tout cas, tout à fait secondaires. Cette présidentielle n'a d'importance réelle que pour les candidats et leurs camarillas respectives.

Dimanche 2 décembre

Trente morts et des dizaines de blessés à Jérusalem dans une série d'attentats. Le terrorisme n'est pas seulement ignoble, il est idiot. Il fait des victimes, il n'a jamais fait de vainqueurs : voir l'ETA, voir l'Irlande ; il entraîne des représailles qui doivent être elles-mêmes vengées, les protagonistes s'enferment dans un enfer qui n'a jamais d'issue, les morts s'accumulent, et plus il y en a, plus il paraît impossible qu'un camp ou l'autre dise : « Pouce ! Parlons... »

C'est peu de dire que la situation au Moyen-Orient, où Arafat ne tient plus rien ni personne, et où, d'un côté comme de l'autre, on dit et pense sincèrement : « La victime, c'est nous », est incontrôlable.

Ailleurs, des marines américains se battent pour la première fois depuis le 11 septembre pour faire tomber Kandahar, le fief du mollah Omar, dont la résistance a manifestement été beaucoup plus sérieuse qu'on ne s'y attendait. Que de jeunes Américains tombent en Afghanistan parce qu'un agitateur islamiste a eu le caprice d'abattre les tours de New York pour montrer au président des États-Unis qu'il a un sexe plus long que lui, c'est particulièrement navrant. Et c'est toujours la même chose. Seulement, les armes sont de plus en plus puissantes, et Ben Laden a disparu sans que l'on sache s'il dispose ou non d'une bombe atomique sale.

Troisième bulletin de santé du monde, qui laisse accablé : le nombre d'hommes, de femmes et d'enfants atteints du sida. Ce n'était plus un sujet de conversation, ni même, en France, un motif de protection sérieuse ; on a fini par confondre, ici, la trêve dans la progression de la maladie, apportée par le dernier médicament, et la guérison. Il n'y a pas de malades *guéris* du sida. L'Afrique est ravagée. La Russie, la Chine, l'Inde sont entrées dans le club de la Mort.

Les initiatives privées pour apporter au moins un peu de réconfort à ceux qui souffrent ont rebondi à Paris. Pour une soirée de *fund raising*, l'organisateur infatigable, Pierre Bergé, avait obtenu le concours de l'extraordinaire pianiste argentine Martha Argerich, rendue célèbre, entre autres choses, par ses caprices : elle se décommande à la dernière heure pour un oui, pour un non. Mais là, elle est venue, drapée dans ses nappes de cheveux noirs qui dissimulent un beau visage, et elle a joué. Schumann, Ravel... Elle fait partie des quelques interprètes sublimes qui vous feraient faire trois mille kilomètres rien que pour les entendre. Mais c'était tout simplement au Châtelet, prêté pour la circonstance.

Lundi 3 décembre

Tout à coup, j'écris moins vite. Qu'est-ce qui se passe ? Déjà, la semaine dernière, j'ai eu du mal à finir ma chronique à temps. Cette semaine, je me suis levée à l'aube pour ne pas risquer un retard. Cela ne m'affole pas, mais m'inquiète. De deux mots, toujours choisir le moindre, disait Valéry...

La réplique israélienne aux attentats de lundi a été très rude, avec un bombardement tout proche de la résidence d'Arafat. Se débarrasser d'Arafat est devenu l'obsession de Sharon, au prétexte que le vieux leader palestinien, qui en a tant fait et tant vu, ne commande plus à rien et est incapable d'obtenir de son peuple une trêve des attentats pendant huit jours au cours desquels les antagonistes pourraient enfin parler.

Apparemment, c'est vrai que l'autorité d'Arafat est très diminuée, que le Hamas, complètement radicalisé, fait ce qu'il veut. Mais Arafat disparu, par hypothèse, qui commanderait ? Le Hamas, évidemment, c'est-à-dire des adversaires plus durs et qui ne cachent pas leur objectif : la disparition d'Israël.

C'est pourquoi l'intelligence de la stratégie de Sharon ne paraît pas évidente, même si George Bush et Tony Blair ne la condamnent pas. La France, par la bouche de Hubert Védrine, est plus ferme, mais elle n'y peut strictement rien. Alors, ici chacun ménage la sensibilité des électeurs qui sont, en gros, plus favorables aux Palestiniens qu'aux Israéliens, lesquels ont le grand tort... d'être juifs !

Mardi 4 décembre

Alain Minc vient déjeuner avec moi. Il s'invite de temps en temps, nous passons deux heures de conversation effrénée, et nous en tirons tous les deux du plaisir... puisque nous recommençons !

J'aime son esprit, aiguisé comme une lame. Rien ne lui échappe. Il lit tout, il sait tout, il s'empare d'un fait, d'une situation, d'une personne, d'un livre, le dépiaute, en extrait le noyau dur, en fait son miel. Puis le jette. Et on recommence. Il a le plus large éventail de relations au sein de la société parisienne que son agilité fascine sans qu'elle sache exactement où le caser. Si Balladur avait été président de la République, il aurait peut-être été ministre, mais il a joué le mauvais cheval. Tout le monde peut se tromper. On le sait aujourd'hui conseiller financier ici, président de société là, comme on dit dans le *Who's who* ; on le voit partout.

L'article de Baudrillard dont j'ai parlé plus haut lui a inspiré, dans *Le Monde*, sur le terrorisme intellectuel, un texte dur de quelques colonnes auquel j'adhère complètement.

Il faut un certain courage pour aller contre l'anti-américanisme intellectuel du moment, une sorte de mode qui sévit... à Saint-Germain-des-Prés, aurait-on dit naguère, mais Saint-Germain-des-Prés n'existe plus, et ses intellectuels ont le souffle si court que leurs voix ne portent plus.

Samedi 8 décembre

Les Talibans ont capitulé après deux mois de guerre. Qui l'eût dit ? La capture de Ben Laden, c'est une autre histoire... Elle ne supprimerait pas un islamiste, n'aurait probablement aucune importance, il a des clones partout ; mais, symboliquement, quelle prise ce serait ! Et la politique, on le sait, est faite de symboles...

Mercredi 12 décembre

Dîner délicieux, à tous égards, chez Marie Dabadie et Jean-François Deniau. Jean-François traverse les pires épreuves physiques sans cesser d'être étincelant ; au lieu de vieillir, il rajeunit et il a jeté ses cannes dont il usait. La femme ravissante et charmante qu'il a su séduire, Marie, n'est probablement pas étrangère à ce miracle. Il y a des gens qui achètent une maison à Saint-Leu-la-Forêt. Lui a fait construire la sienne à la pointe de l'Afrique, face à la mer, dans un désert total, et il y va tout le temps. Il ne ressemble à personne, Jean-François, avec ce bagout extraordinaire, ces histoires extravagantes dont il fait parfois des livres et dont on ne sait d'où il les tire : de sa mémoire ou de son imagination, mais peu importe...

Présent à ce dîner également, quelqu'un que j'ai connu tout jeune, que j'aime beaucoup et que je retrouve là, académicien comme Deniau... Qu'est-ce qu'ils ont, mes copains, à devenir tous académiciens ? Il y en a une flopée, maintenant. Une récente élection, celle d'un chirurgien, me paraît saugrenue. Serait-ce pour le récompenser d'avoir opéré toute la bande ? En vérité, c'est Druon qui l'a imposé. Ah bon, Druon fait encore la loi ? Pas vraiment, mais un peu tout de même. Hélène Carrère d'Encausse doit négocier quelquefois...

Ils me racontent tous les piapias de l'Académie. J'ai cru comprendre que si Raymond Barre avait été renvoyé sur l'Académie des Sciences morales et politiques, c'est parce qu'il faut garder un fauteuil au chaud pour Édouard Balladur et que deux anciens Premiers ministres, ce serait un de trop. Grâce à quoi, il n'y a toujours pas un économiste à l'Académie, ce qui, par les temps où nous sommes, est singulier.

Tout cela est sans importance ? J'en conviens. C'est seulement, le temps d'une soirée, amusant.

Jeudi 13 décembre

Climat cafouilleux. Qui n'est pas en grève, ou ne se prépare pas à faire grève, ou ne menace pas de la faire ? À chaque fois, il s'agit naturellement d'exiger une augmentation de salaire. Mêmes les gendarmes réclament du fric. C'est humain, de vouloir profiter de la proximité d'une élection pour demander de l'argent, c'est humain d'avoir besoin de cet argent, mais c'est tout de même un spectacle déprimant qu'une partie de la France offre en ce moment. Une sorte de bal des irresponsables. Une véritable opération de sabotage qui n'a même pas l'excuse d'être concertée. Car on a peine à croire que les internes, plus les policiers, plus les conducteurs de trains, plus les employés de banque ont unanimement envie de faire élire Chirac plutôt que Jospin. Or c'est ce qu'ils vont provoquer par le ras-le-bol des usagers, le fameux « On n'est pas gouvernés ».

Si les banques entrent en grève le 2 janvier, comme elles l'annoncent, le jour où chacun devra commencer à se débattre entre les francs et les euros, ce sera le bouquet !

À quelqu'un qui entretient des relations étroites avec Jacques Chirac, celui-ci a dit : « Jospin sera dangereux s'il laisse entendre qu'il prendra Strauss-Kahn comme Premier ministre. » C'est bien vu.

Informée par hasard de cette remarque, qui m'a paru intelligente, je l'ai rapportée au principal intéressé.

Vendredi 14 décembre

Jospin a été bon, plus souriant, plus détendu qu'à l'accoutumée, annonçant sa candidature comme « probable », à cette nuance originale près : il voudrait être sûr d'avoir « le désir, ce moteur puissant de la vie », d'être président. C'était bien venu, parce que sincère, et que cela le démarque totalement de Chirac qui, du côté de l'appétit pour les hautes fonctions, les honneurs, les gâteries qui les accompagnent et qu'il dévore depuis quarante ans, serait plutôt du genre boulimique.

Les journalistes qui interrogeaient Jospin, de vieux routiers, en sont cependant restés interloqués.

Samedi 15 décembre

Vingt-quatre mille gendarmes dans les rues de Paris, en uniforme, alors que leur statut de militaires leur interdit de manifester : ce n'est pas courant. C'est en tout cas une insulte à l'autorité de l'État.

Il y a certes longtemps qu'il n'en a plus, que personne n'en a plus. J'ai quelques idées là-dessus, inspirées par les travaux de Marcel Gauchet, je vais en faire mon papier pour l'*Obs*. En deux mots, les sociétés ont toujours été structurées par la croyance religieuse. L'autorité tombait d'en haut, l'ordre en découlait, les règles étaient transmises de génération en génération, la croyance religieuse étant croyance du passé. Tout a commencé à se détraquer vers 1850 avec le surgissement des croyances politiques, qui sont croyances pour le futur, quand les sociétés ont découvert qu'elles se produisaient elles-mêmes et non par décret divin. La religion a perdu son autorité législatrice suprême pour devenir une option particulière, un choix individuel, au lieu d'être la table de référence de la collectivité. J'abrège. C'est la foi républicaine qui s'y est substituée. Liberté, égalité, fraternité : c'est beau, la République, comme programme, et il y avait encore beaucoup de sacré là-dedans ! Mais peut-on encore parler de foi républicaine quand vingt-quatre mille gendarmes font chanter leur ministre en réclamant des augmentations de salaire et davantage de vacances ?

Du fric et des loisirs : telles sont les deux revendications que les Français partagent, les seuls éléments unificateurs de ce pays avec la langue et la Coupe du monde de foot (quand nous la gagnons). À part cela, on chercherait en vain ce qui tient ensemble la société française. Ses coutures sont toutes en train de craquer. La République ? Bof... L'État ? Une machine à sous.

Les gendarmes ont regagné leurs casernes. Le gouvernement leur a cédé sur toute la ligne. On ne voit pas ce qu'il pouvait faire d'autre, sans risquer une véritable insurrection. Ç'a été vite fait, bien fait.

Cortège de ceux qui, maintenant, espèrent profiter du mouvement... Cela nous promet en tout cas quelques-unes de ces manifestations à banderoles qui sont devenues le cauchemar des automobilistes parisiens. Joyeux Noël !

Dimanche 16 décembre

J'ai mon petit sac d'euros tout neufs ! Cela paraît incroyable, incroyable que cette idée déjà si ancienne, une monnaie européenne unique, si combattue, si importante par ses effets comme par sa valeur symbolique, soit enfin là, concrètement réalisée, dans nos poches. Des hommes comme Raymond Barre, Jacques Delors, Valéry Giscard d'Estaing, François Mitterrand, pour ne parler que des Français, ont tous eu leur part dans cet accomplissement. Parfois, la politique a un sens.

Événement : la diffusion par le Pentagone d'une cassette enregistrée après le 11 septembre, où l'on voit Ben Laden recevant aimablement un hôte saoudien et lui faisant part de sa jubilation : il y a eu, à New York, beaucoup plus de morts qu'il n'en espérait. C'est épatant ! Un grand succès !

Jusqu'au dernier moment les kamikazes n'ont pas su ce qu'ils auraient à faire : secret absolu, mais ils se sont joyeusement suicidés pour tuer. Ben Laden apparaît là comme un formidable organisateur, chef de marketing pour son produit de choc, Allah, qui se vend, dit-il, on ne peut mieux.

Rien ne saurait mieux montrer combien cet homme est dangereux, car il ne veut pas seulement plier le monde à sa volonté, comme d'autres avant lui auxquels ça n'a pas tellement réussi, mais il maîtrise parfaitement les moyens technologiques modernes. La vidéo n'est pas le moindre pour propager une doctrine, des idées ou des consignes.

Une fois les grottes de Tora Bora pilonnées et ses derniers partisans désarmés, il reste introuvable. Mais les Américains ne se fatigueront jamais de le chercher.

En attendant, la situation en Israël et en Palestine est de plus en plus incontrôlable, Arafat supplie les siens de déposer les armes, ils répondent par le mépris. Et Sharon aussi.

Lundi 17 décembre

FR3 est en grève, l'enregistrement de l'émission de F.-O.G., à laquelle je devais participer en bonne compagnie – Marc Fumaroli, Dominique Strauss-Kahn, Bernard-Henri Lévy –, est remis probablement à demain. Probablement... Ça ne m'arrange pas du tout, mais bon, que faire ? Téléphoner, modifier des rendez-vous...

À 17 heures, Franz m'appelle : impossible d'enregistrer mardi, ce sera peut-être mercredi... Ne pas s'énerver, surtout ne pas s'énerver !

Mardi 18 décembre

Micheline m'apprend la mort affreuse de Claude Santelli, ce merveilleux réalisateur du temps où l'on avait de l'ambition à la télévision. Il était en train de tourner un film dans un cirque quand un éléphant pourtant familier, perturbé par un bruit, l'a soudain saisi avec sa trompe, soulevé très haut, puis lâché. En tombant, Santelli a été cassé de tous côtés et s'est retrouvé paralysé des pieds à la tête par la fracture d'une cervicale, et privé de parole. Après quelques vaines opérations, on l'a transporté à Garches où il a végété deux mois, tel un légume, avant de mourir sans avoir pu prononcer un mot. Sa femme a supplié, en vain, que l'on abrège ce supplice. Pour couronner cette horrible histoire, elle avait perdu, quelques jours avant la chute de Santelli, une petite fille...

Mercredi 19 décembre

À 9 heures du matin, toujours rien du côté de *FR3*. À toutes fins, je vais me faire laver les cheveux pour être convenable si la situation vient à bouger dans la journée. Un jour qu'il avait paru mauvais à la télévision, Ronald Reagan a dit : « Oui, c'est parce que j'avais les cheveux sales. » Le mot d'un grand professionnel !

Devant le nombre de gens exaspérés par les grèves diverses qui empoisonnent en ce moment l'existence et qui en font porter la responsabilité à une impéritie gouvernementale tous azimuts, je suggère de prendre patience en se rappelant que le 1er janvier 1960, alors que le nouveau franc venait au monde, la télévision fut incapable de le montrer aux Français parce que l'ORTF était en grève... Mieux, cette grève interdit au Chef de l'État, le général de Gaulle, de présenter ses vœux, selon la tradition. Il dut se contenter de le faire à la radio.

Alors, un peu de mémoire avant de maudire l'horreur des temps présents... !

La bonne nouvelle, c'est l'élection par les Quinze de Valéry Giscard d'Estaing à la présidence de la convention qui doit préparer la réforme institutionnelle de l'Europe. Pourquoi une bonne nouvelle ? Parce que enfin on se réveille à propos de l'Europe, au lieu de somnoler chacun dans son coin. Parce qu'on peut être assuré que V.G.E. fera tout le bruit nécessaire et que, Européen actif de la première heure, il le fera avec une conviction, une flamme, une parfaite connaissance des problèmes, des dossiers, des écueils comme des objectifs qu'il convient de viser. Parce qu'il est bon, enfin, que cette charge soit revenue à un Français.

Accessoirement, voilà Chirac débarrassé, pendant la campagne présidentielle, de son plus vigilant ennemi, celui qui n'a jamais jeté la rancune à la rivière et qui lui a prédit qu'il finirait « comme Kohl... ». Mais, apparemment, les casseroles que traîne Chirac laissent les Français indifférents. Réputée nation sans moralité, la France va possiblement justifier ce verdict méprisant.

Jeudi 20 décembre

Un éditeur américain, ami cher, Michael Bessie, vient déjeuner avec moi. Je ne l'ai pas revu depuis des années et des années. Autrefois, il passait toujours une ou deux semaines à Paris, en route pour la Foire du livre de Francfort, et j'allais au moins une fois par an à New York. Que de joyeux souvenirs nous partageons, ceux d'interminables conversations...

C'est un Américain selon mon cœur, qui a fait le débarquement, qui parle un français excellent et connaît tous nos fromages, mieux : tous nos écrivains ! Quand il m'a téléphoné, hier, je l'ai invité sur-le-champ. Et maintenant j'ai un peu peur de le revoir, probablement très vieilli, comme moi... Mais sa voix était bonne.

Un long moment avec Christine Ockrent qui écrit un livre sur moi. En soi, cette entreprise me fait horreur, mais je ne peux pas interdire que certains veuillent déjà s'y atteler, et j'espère que le travail de Christine, une fois annoncé dans la presse professionnelle, découragera les bonnes volontés, au moins pendant quelque temps.

Tombant hier sur une phrase de Victor Hugo que j'avais oubliée, je me dis qu'elle exprime exactement ce que j'ai essayé de lui dire avec moins de bonheur dans la formulation : « Je veux l'influence et non le pouvoir. »

Le pouvoir, j'en ai eu, y compris au sens politique du terme. L'influence, aussi. Je sais donc ce que je dis... Mais voici que j'ai oublié de numéroter mes vingt dernières pages, et, toute embrouillée, je ne m'y retrouve plus !

Vendredi 21 décembre

Réjane, qui dirige la mission France de l'ACF dans le Nord, vient me voir pour me parler des demandeurs d'asile dans la région. Ils sont très nombreux, de plus en plus nombreux avec ceux qui arrivent des pays de l'Est... Dans leur sillage, des mafieux qui attendent le moment où la préfecture les avise, après des jours d'attente passés parfois sur le trottoir, que leur demande est rejetée. À ce moment-là, ils mettent la main sur les jeunes femmes : un bon dîner, quelques promesses (on va t'emmener à Paris, à Milan, tu auras un bon travail...), et elles se retrouvent prostituées sur le boulevard des Maréchaux, battues à mort si elles se révoltent...

Population tragique : celle des demandeurs d'asile entassés dans des centres de rétention parfois infects. Qu'il s'agisse de l'hébergement ou de l'aide alimentaire, l'administration est débordée ; les associations caritatives, nombreuses sur le terrain, poussent des cris d'alarme. La situation, explosive, ne peut que s'aggraver : le flot des réfugiés et demandeurs d'asile est incessant. Ils viennent des pays de l'Est, de Turquie, d'Afrique, d'Asie (de Chine, depuis quelque temps : on a dénombré plus de 5 000 demandeurs d'asile chinois en 1999). Total des demandes cette année-là : 30 900. Accordées : 4 600. Ne demandez pas ce que deviennent ceux dont la demande a été rejetée. C'est un problème énorme, qui dépasse les bonnes volontés, les indignations sentimentales, et qui concerne tous les pays d'Europe également assaillis. Il ne peut évidemment être traité qu'en collaboration, avec une politique définie en commun, qui se donne des objectifs compatibles avec un minimum de respect pour la personne humaine. Certains s'en occupent au niveau de l'Europe. Il faut qu'ils se hâtent : le chaudron bout !

En attendant, servir au demandeur d'asile un bol de soupe chaude pendant la nuit qu'il passe à attendre, devant la préfecture, parce qu'il redoute, s'il ne vient qu'au matin, de ne jamais pouvoir entrer, c'est mieux que rien. Et ça n'est rien à faire.

Samedi 22 décembre

Non sans peine, j'ai réussi à parler avec trois filles jetées dans la prostitution, sur le boulevard des Maréchaux. Difficile de les amadouer : elles meurent de peur et ne font que baragouiner le français. L'une parlait allemand et l'ami qui avait bien voulu m'accompagner dans cette expédition hasardeuse a pu la comprendre. Que disent-elles ? Qu'elles ne cessent de trembler. Que l'une ou l'autre ont un frère, une mère restés au pays, et que leurs « protecteurs » menacent de les tuer si elles tentent de s'enfuir. Elles sont épuisées, malades, terrorisées, captives : leurs papiers sont faux. Sida ? Évidemment. L'une fait oui de la tête, mais ne veut pas en parler. Soignée ? Elle ne répond pas. Elle est très jeune, presque jolie, pitoyable, cette petite fille serbe qui est venue mourir ici parce qu'on lui avait promis qu'elle serait mannequin comme Claudia Schiffer...

La prostitution, ce n'est jamais joli, quoi qu'en écrive Michel Houellebecq, mais ce que l'on voit ici n'est pas représentatif de la prostitution banale en France, où le proxénète n'est plus une figure obligée, où beaucoup de filles font ce métier comme elles en feraient un autre – ce qui est leur droit strict – et ne se ramassent pas sur un trottoir.

Le Parlement allemand vient d'accorder aux prostituées une bonne couverture sociale, la création d'un contrat de travail leur permettant de choisir leurs clients et le service rendu, le droit de poursuivre en justice le client mauvais payeur. Voilà des dispositions dont l'Assemblée nationale pourrait heureusement s'inspirer en France. Avec elles, on sortirait de l'hypocrisie.

En finir avec la prostitution, c'est une autre affaire. J'ai déjà dit, sous les huées, qu'elle ne se combat pas avec une vertueuse indignation et des maisons d'accueil pour filles repenties. C'est une vision de dame d'œuvres du XIXe siècle. On commencera vraiment à la combattre le jour où les hommes seront lourdement taxés et, s'ils récidivent, condamnés en correctionnelle quand ils seront surpris à s'acheter une femme (ou un garçon, d'ailleurs, mais les hommes prostitués restent une minorité).

Quant au problème des filles importées de l'Est, c'est à la tête qu'il faut frapper : sur les trafiquants. Quelques dispositions légales appropriées et la volonté de les faire appliquer devraient se révéler efficaces. Les policiers interrogés sur le boulevard des Maréchaux sont écœurés par ce qu'ils voient. L'un d'eux a été muté parce que, ayant arrêté le conducteur d'une belle voiture qui venait de ramasser une fille sur le trottoir, il s'est mis à lui demander ses papiers, son numéro de téléphone, et, sur son portable, a appelé chez lui où il a parlé à la femme de l'automobiliste d'abord éberlué, puis furieux. Ce ne devait pas être n'importe qui, s'il a obtenu que ce policier sentimental soit sanctionné !

Françoise de Panafieu, députée intelligente, battante et charmante, bien que RPR, a obtenu la création d'une commission parlementaire pour s'emparer de la question de la prostitution à Paris.

Tout petit pas dans la bonne direction.

Dimanche 23 décembre

Éliane V. m'entraîne au Châtelet où se déroule une soirée Offenbach. J'attends de cette anthologie musicale un agréable divertissement : c'est une pure merveille de gaieté, de joie, de qualité. Voix sublime d'Anne-Sofie von Otter, l'étonnante mezzo suédoise, de Laurent Naouri, de toute la troupe et des chœurs... Ah, que l'on aime ces vieux airs archiconnus quand ils sont joués et chantés comme cela, alors qu'en général on s'empresse de « vulgariser » Offenbach, le seul compositeur juif chez qui ne se décèlent jamais la moindre trace d'angoisse, une ombre de mélancolie, une inquiétude métaphysique... Heureux, il rend heureux !

L'incroyable est que le Châtelet donne une seule représentation de ce spectacle qui a dû coûter les yeux de la tête, et qu'aucune chaîne de télévision, à ma connaissance, ne l'ait enregistré. La radio seulement.

Lundi 24 décembre

Quelques courses pour ne pas arriver les mains vides, ce soir et demain, là où l'on a eu la gentillesse de m'inviter.

Caroline est en mer avec ses fils, quelque part du côté des Caraïbes ; pour la première fois depuis bien des années, ce n'est donc pas avec famille et enfants que je passerai Noël. D'ailleurs ils sont si grands, maintenant, ces enfants, que les noëlleries les raseraient.

Mais toutes les traditions ne sont pas perdues. J'ai

tout de même fait, en compagnie de Micheline, les foies gras de décembre dont nous régalons l'une et l'autre nos amis gourmets. Recette confidentielle ! Au fur et à mesure que l'on avance en âge, il faut renouveler les moyens de séduction, n'est-il pas vrai ?

Mercredi 26 décembre

Réveillon sans histoire au château de Chantilly, résidence de fonction d'Alain Decaux, chancelier dudit château qui appartient à l'Académie française. Comme maison des champs, ce n'est pas mal ! C'est même très bien, à condition de vivre dans les quelques pièces de taille humaine, aménagées par Micheline comme une maison de campagne anglaise. Bons fauteuils et feux de bois.

Nous sommes peu nombreux, mais il y a des enfants : trois jeunes garçons. J'aime bien les enfants, mais ils m'ennuient quand ils sont mal élevés, ce qui tend à devenir la règle... Miracle : ceux-là, les petits-fils d'Alain, sont charmants, amusants, très à l'aise, rieurs. Cela existe donc encore, les enfants dotés de bonnes manières ? Pourvu qu'ils les gardent au tournant de leurs quinze ans !

Jeudi 27 décembre

Drôle d'histoire, ce candidat kamikaze au passeport anglais qui s'apprêtait à se faire sauter avec l'avion Paris-Miami grâce à un puissant explosif caché dans le talon de sa chaussure, qu'une allumette eût suffi à déclencher... Cela a à la fois un côté terrifiant – car c'est miracle qu'il ait été repéré – et un côté Tintin. Pour le moment, on ignore encore si c'est un fanatique isolé ou un chaînon d'un groupe d'activistes. Il a une tête incroyable. Si le délit de sale gueule existait, il serait perdu, le bougre ! Cela ne donne pas envie de prendre l'avion en ce moment.

Caroline et ses enfants devaient rentrer de loin aujourd'hui, et j'ai été plus tranquille quand j'ai entendu sa voix me parler de Paris. Mais, si l'on raisonne, c'était plus dangereux d'être sur l'autoroute couverte de verglas qu'à bord d'un long-courrier de retour des Caraïbes.

La fameuse poudre blanche toxique envoyée par la poste, c'est fini, et c'était bien le fait d'un Américain. Cette information venue des États-Unis me fait plaisir : j'ai dit – et écrit ici, je crois bien – depuis le début que c'était une affaire domestique.

Vendredi 28 décembre

Carte de vœux de Ben Laden sous la forme d'une cassette diffusée par la chaîne *Al-jazira* où l'on prétend l'avoir trouvée posée sur un bureau. Enregistrement non daté, mais postérieur, d'après le texte, aux premiers bombardements américains.

Il est seul, paraît fatigué, mais c'est peut-être une illusion ; il annonce que la fin de l'Amérique est imminente, que son économie s'écroule. Il a vu cela de sa fenêtre, il ne dit pas clairement s'il manigance de nouvelles frappes, mais menace. À qui s'adresse ce discours ? Aux hommes de ses réseaux, démoralisés, pour les réconforter ? Ou pour leur passer des messages codés ? S'il s'agit de terroriser les Américains, c'est évidemment absurde. Jamais les États-Unis n'ont été plus puissants qu'aujourd'hui, ni plus résolus à le demeurer, que cela plaise ou non. Le tigre ne craint pas les guêpes.

Samedi 29 décembre

Un mot très gentil de Lionel Jospin, qui me touche. Si j'étais chargée de concevoir sa campagne électorale, je la bâtirais sur ce thème : « Vous connaissez Jacques Chirac depuis quarante ans, autant dire par cœur. Ce n'est pas un mauvais bougre. Il est malin. Il a toujours su empêcher ses adversaires d'arriver au pouvoir. C'est ce qu'il fait le mieux. Le reste... Vous savez, vous, ce qu'il a fait d'utile pour le pays depuis quarante ans ? Alors, vous croyez qu'il va vous étonner si vous le remettez au pouvoir ? Que le vent du large va souffler avec Nicolas Sarkozy ? Ça vous fait rire, vous voyez bien... Vous connaissez Lionel Jospin depuis cinq ans seulement, c'est-à-dire que vous ne le connaissez pas. Vous ne l'avez vu travailler que brimé, entravé. Vous ignorez les réserves d'énergie, d'imagination, de sensibilité qu'il est capable de libérer. Le troisième homme, celui qui peut vous étonner, c'est lui ! »

Je vais proposer cela à François Hollande. Il m'enverra poliment sur les roses, mais peu importe : j'aurai fait mon devoir.

Dimanche 30 décembre

J'achève l'année avec un livre totalement déprimant, *Les Naufragés*, écrit par un anthropologue psychanalyste qui a passé quinze ans de sa vie à s'occuper des clochards, les écouter, les soigner, les héberger... Mais les sauver, jamais ! On n'arrache jamais un clochard à la clochardise : c'est la conclusion de son expérience. Devient-on clochard parce qu'on est alcoolique, ou alcoolique parce qu'on est clochard ? La question, vertigineuse, reste ouverte. Ce qu'il dit de cette population – cent mille clochards environ en France, 20 % issus des classes aisées, très peu de femmes –, torturera ceux qui voudraient soulager leur souffrance :

« Je les hais, ils puent la crasse, les pieds et le mauvais alcool, ils puent la haine, les rancœurs et l'envie. Terrorisent les plus faibles et les infirmes. Guettent comme des rats le sommeil des autres pour leur dérober des misères. Ils se tuent aussi. On ne peut pas ne pas les haïr. »

L'homme qui écrit cela, Patrick Declerck, leur a pourtant donné sa vie. Mais il a touché du doigt l'horreur de la condition humaine. Quand on prononce le mot « humanisme » devant lui, Declerck tire son revolver.

À ne pas lire avant la messe de minuit !

Lundi 31 décembre

L'arrivée de l'euro m'enchante. C'est une victoire inouïe sur la frilosité des peuples, la timidité des dirigeants, le fatalisme de tous, grâce à une poignée d'hommes de tous horizons politiques, animés par la passion du bien commun. Il y aura sûrement quelques petites difficultés d'accommodation, mais pas plus qu'avec le passage au « nouveau franc » en 1960. Entre Ben Laden et ses malheureux troupeaux d'illuminés pressés d'accéder au paradis pour y peloter des vierges, les passions plus exacerbées que jamais au Moyen-Orient, une situation économique générale indécise, le feu atomique qui peut prendre au Cachemire, et le petit événement franco-français que constitue l'élection d'un président de la République, l'année qui arrive est si totalement imprévisible qu'aucun pronostic ne vaut.

Alors, autant prendre le parti de l'optimisme pour l'envisager !

Pessimisme de l'intelligence, optimisme de la volonté face à toutes les situations : c'est la seule boussole qui vaille pour se diriger. Celle que j'espère avoir transmise autour de moi, en particulier à « mes hommes », si beaux et charmants, avec lesquels j'achève l'année, et qui sont mes petits-fils. Leur avenir, leurs espoirs, leurs échecs, leurs succès, leurs bonheurs m'intéressent aujourd'hui beaucoup plus que les miens.

À quatre vingt-cinq ans, je souhaite seulement faire une sortie honorable. Cela m'aurait parfaitement convenu de disparaître, vite fait bien fait, après *On ne peut pas être heureux tout le temps*, dont les résultats ont été majestueux. Cela ne s'est pas arrangé. Alors, j'ai demandé à mon médecin de me prescrire du DHEA, la drogue de mon ami Étienne Beaulieu, pour mourir en beauté, rafraîchie, rajeunie. Il a d'abord voulu doser quelque chose dont j'ai oublié le nom, quelque chose qui se trouve dans l'organisme, qui diminue progressivement et à quoi le DHEA se substitue, m'a-t-il expliqué. Or l'examen montre que j'en suis largement nantie. Donc, le DHEA n'est pas pour moi...

Vous allez voir que je vais vous faire le coup d'être encore là en 2003, toute ratatinée derrière mon ordinateur. Pourtant, on achève bien les chevaux...

2002

JANVIER

Mardi 8 janvier

Au moment d'envoyer les pages de l'année 2002 à la composition, j'entends le début des informations, je regarde la télévision... C'est Yves Saint Laurent qui parle. Il lit lentement un texte devant une forêt de micros. Un long texte bien écrit. Je ne le trouve pas émouvant parce qu'il me cite parmi d'autres qui l'ont toujours soutenu, mais parce qu'il annonce aujourd'hui qu'il sort de scène. Il a cette très jolie phrase : « J'ai fait un métier qui n'est pas un art, mais qui a besoin d'un artiste pour exister. »

Ce fut un grand artiste, Saint Laurent, pendant quarante ans. Quand je pense à lui, c'est aux bonheurs que je lui dois. On était heureuse, habillée par Yves, jamais déguisée, parce que tout ce qu'une robe peut faire pour une femme, il savait le faire. En ce sens, il était vraiment le successeur de Chanel. Tout le contraire de ce qui se produit aujourd'hui.

Il ne faut pas fabriquer inutilement de la mélancolie. Cependant, si le retrait de Saint Laurent est triste, c'est parce qu'il sonne la fin d'une certaine spécialité française que l'on appelait la haute couture et qui a régné pendant deux siècles sur le monde. Elle n'a plus de sens économique ni social. Rideau ! Et courage : les Français sont très bons en aéronautique...

Mercredi 9 janvier

Bernard Kouchner remet la rosette à Philippe Labro devant un parterre d'amis du meilleur genre.

Ils ont à peu près le même âge, ils appartiennent à la génération qui n'a pas connu 40 et la suite, dont le premier combat politique a été la guerre d'Algérie... Je les ressens un peu comme mes fils, l'un plus fougueux, avec cette incroyable force d'entraînement qu'il dégage et ce don si rare de « faire », pas seulement de parler ; l'autre plus fragile, plus introverti, mais créateur, sensible, bon écrivain, bon journaliste, un œil qui sait tout voir ; l'un et l'autre abritant encore quelque part une jeunesse dont les illusions sont mortes, mais pas forcément l'appétit...

Je les aime bien. Il y a un monde fou. L'horreur, avec les remises de Légion d'honneur, c'est que l'on reste debout et que ça dure, ça dure...

François Pinault est présent. Nous venons d'apprendre la retraite d'Yves Saint Laurent, je le titille un peu... Mais il est sincère quand il dit qu'il n'y est pour rien, qu'au contraire il est désolé... C'est vrai qu'il a englouti des sommes faramineuses pour combler le déficit de la maison de couture depuis qu'il a acheté l'ensemble du groupe. Et il aurait continué, « pour Yves... », parce que c'est un vrai mécène qui aime et respecte les artistes. Un homme qui a autant de Rothko ne peut pas être mauvais ! Mais c'est avec la bande Gucci qu'il y a eu du tirage, parce que Saint Laurent ne supportait pas ce que l'on vendait dans le prêt-à-porter sous son nom, et n'en avait plus le contrôle.

Bon. C'est fini, n'en parlons plus.

Moi, j'ai de la gratitude pour Saint Laurent en pensant à toutes les robes qu'il m'a faites, à des prix sans commune mesure avec le barème officiel, dans lesquelles j'ai été heureuse parce qu'elles me rendaient jolie... C'est cela qu'il savait faire, aussi, Saint Laurent : rendre jolie n'importe qui ayant un minimum de grâce.

On se rappelle toujours la robe que l'on portait dans une circonstance un peu importante de sa vie. Les miennes se sont appelées Chanel, puis Saint Laurent, et je m'en souviens si bien que je pourrais les décrire une à une : celle en velours, et celle en daim clouté de pierreries, et la noire aux épaules nues, et celle en imprimé marine et blanc qui a déteint sous la pluie qui noyait les ministres, non abrités et stoïques, pendant un défilé du 14 Juillet... Celle-là a été abîmée à jamais ! Et la fameuse robe Mondrian devant laquelle Paul Morand s'est écrié : « Comment ce monsieur Laurent ose-t-il habiller une femme de la sorte ? » Il avait alors beaucoup vieilli...

Mardi 15 janvier

Florence Malraux vient déjeuner. Je la trouve très bien, tout à fait rétablie de cette méchante maladie qu'elle a eue et subie avec classe.

Elle me raconte des choses affreuses au sujet de

Françoise Sagan, qui est une amie de jeunesse : elle ne peut quasiment plus marcher, parce que ses os se brisent, rongés par l'alcool et la drogue à laquelle elle s'est habituée après un accident d'auto dont elle était sortie sérieusement cassée. La morphine lui a alors été administrée pour l'aider à supporter ses douleurs. Elle s'y est habituée et ne peut plus s'en passer. Elle est totalement ruinée, endettée de tous les côtés, ses maisons de Normandie et de Cajars vendues, ses impôts impayés, et la drogue coûte... Jusqu'à présent, il y a toujours eu un admirateur ou une admiratrice pour la payer. Mais la dernière, une Américaine, vient de quitter la France. Écrire ? Elle n'y arrive plus.

Voir cette femme réellement adorable, généreuse, fine, délicate, choyée au-delà de tout par le succès, dans ce dénuement, cette solitude, brise le cœur. Il ne lui reste plus, quand elle parvient à parler, que son humour, disent ceux, très rares, qui de temps en temps l'approchent.

On voudrait pouvoir faire quelque chose.

Mardi 22 janvier

Ce soir, grand raout pour le dernier défilé de Saint Laurent organisé par Pierre Bergé à Beaubourg. Trois mille invités, cela m'effraie un peu, mais on ne refuse pas d'assister à une pareille soirée. Je la raconterai après l'avoir vécue.

Déjeuner avec Jack Lang au ministère en pleins travaux. Nous nous retrouvons tous les deux de chaque côté d'une table superbe, en sycomore, prévue pour dix-huit couverts ! Heureusement, il en découvre une autre, d'un mètre carré, dans la pièce voisine, et nous déjeunons agréablement en bavardant de tout.

Dans cette période où les médias font grand bruit sur la croissance de l'insécurité, les violences et les méfaits de toute sorte ont sensiblement baissé dans les établissements d'enseignement, et il s'en réjouit. Il m'apprend l'extraordinaire slogan lancé par Berlusconi en Italie pour définir ce que doit être l'enseignement : les « trois *i* » : anglais *(inglese)*, l'internet *(internet)*, entreprise *(impressa)*. Un grand humaniste, ce Berlusconi !

À la fin du mois, il ne restera plus en Italie une seule chaîne de télévision hors du contrôle de Berlusconi. Selon un intellectuel italien de gauche – il y en a de droite, comme partout –, selon Antonio Tabucchi, donc, le processus qui a permis à Mussolini, Hitler, Salazar de régner totalement, est en route. Eux aussi se sont fait élire démocratiquement par le bon peuple, et puis, mois après mois, loi après loi, on phagocyte la démocratie jusqu'à l'os.

Jeudi 24 janvier

Saint Laurent, donc. Ce fut éblouissant. L'enceinte de Beaubourg, très longue, aménagée de telle sorte qu'un immense podium se déroule entre trois rangs de chaises occupées par le ban et l'arrière-ban des amis de la maison, un défilé de deux heures sur un choix de musiques très élaboré, et un jaillissement d'imagination, de création sans cesse renouvelé à travers trente années d'innovation, très rare chez un couturier. Les meilleurs ont généralement trois ou quatre idées-force, et puis ils les déclinent toute leur vie. La fécondité de Saint Laurent est apparue là, vraiment impressionnante.

Que va-t-il faire maintenant qu'il n'ira plus deux fois par jour avenue Marceau ? Il s'ennuiera dans son palais de Marrakech ? Il écrira peut-être, cela le taraude depuis longtemps, mais son sens aigu de la qualité, dans ce domaine lui fait un peu redouter de se comparer... Moi, je crois que, si sa santé reste bonne, un jour il n'y tiendra plus. Il dessinera une robe, puis deux, puis trois. Et il s'y remettra ! Pierre Bergé lui aura bien mis un petit milliard de côté dans cette éventualité. Le précédent est là : Chanel, retirée pendant sept, huit ans, et resurgissant à soixante et onze ans, souveraine...

Vendredi 25 janvier

À l'émission littéraire de Frédéric Ferney, je rencontre Jean-François Bizot, l'inventeur d'*Actuel*, le pape de l'Underground (auquel il consacre un album superbe, par parenthèses). Nous tombons dans les bras l'un de l'autre. Il a débuté à *L'Express* quand il était tout jeune, il y a mis un peu de pagaïe en Mai 68, quand ce fils de famille arrivait en Porsche pour faire la révolution, il était très sympathique, très doué. Il a beaucoup appris très vite, et puis il a fait son propre journal où il a su capter ce qui trottait dans les jeunes têtes et leur offrir un reflet de ce qui intéressait la jeunesse américaine.

Avec nous deux, chez Ferney, il y avait Daniel Mermet, qui fait un malheur sur *France Inter* avec une émission très personnelle. Il est un peu anar, ou peut-être seulement désenchanté, mais refusant de vivre sans l'espoir d'un monde meilleur... Je crains qu'à nous trois, nous n'ayons pas fait une émission vraiment politiquement correcte !

Samedi 26 janvier

Invitée à la projection d'un film Universal par Jean-Marie Messier. Ce serait poli d'y aller. Donc, j'y vais. Pour voir une histoire édifiante à laquelle on promet tous les Oscars : celle, vécue, d'un mathématicien génial et schizophrène. Malgré ce petit inconvénient, et grâce à sa force de caractère, il a eu un Nobel. *(A beautiful mind.)* C'est très bien fait, mais j'ai horreur de ça, la représentation de la schizophrénie me semble artificielle, je ne crois pas qu'on en vienne à bout par le caractère. Si bien qu'après la projection, je ne manifeste pas d'enthousiasme, alors que chacun en exprime énormément. J.-M. Messier n'est pas content de moi.

Ce qui se passe autour de lui est fascinant. L'homme est très sympathique, gai, disert, attentif à ses invités, puisqu'il va d'un groupe à l'autre, accordant à chacun quelques minutes de sa personne. Mais, dès qu'il s'approche, les gens perdent leur naturel. Qui sont-ils ? Je n'en connais pas la moitié. En tous cas, le plus clair est qu'ils veulent lui plaire. Ils n'ont probablement rien à lui demander ou à en attendre, mais il est LE pouvoir aujourd'hui, alors on s'incline, on se courbe. Tout cela est vieux comme le monde, et toujours un peu déprimant.

En partant, je lui dis : « Vous avez une femme très

sympathique. » Elle l'est tout à fait : mal fringuée, pas coiffée, et charmante.

Ce n'est manifestement pas ce propos auquel il s'attendait.

Mardi 29 janvier

Le comble : Françoise Sagan a été condamnée à deux ans de prison pour une sombre histoire de transaction où elle aurait joué les intermédiaires et dont elle n'aurait pas déclaré le bénéfice. Enfin, c'est ce qu'on a cru comprendre. « Pour raisons de santé », le sursis lui est accordé. Mais elle n'a pas le premier sou des sommes extravagantes qui lui sont réclamées. Et si, par miracle, elle recouvrait la force et le goût d'écrire, tout ce qu'elle gagnerait lui serait confisqué. Pauvre petite cigale...

Mercredi 30 janvier

Dominique Strauss-Kahn et Anne Sinclair reçoivent leurs amis, ceux du moins qui ont été fidèles dans l'adversité. Les autres, dit Dominique, ne sont plus des amis et ne sont donc pas ici. « Je ne suis ni rancunier ni vindicatif. Je ne suis pas non plus amnésique. »

Avis !

Ce soir, les Strauss-Kahn sont en tous cas bien et largement entourés. Je suis frappée, une fois de plus, par la densité de Dominique, sa présence. Là où il se trouve, quelque chose se passe...

Rencontré là un vieil ami complètement perdu de

vue, Jean Frydman, un genre d'aventurier un peu génial. Il a commencé sa vie en abattant Philippe Henriot, le laquais des Allemands qui parlait bien à la radio française pendant l'Occupation. Arrêté, déporté, il est revenu, il a fait toutes sortes de choses que j'ai oubliées, dans le secteur qui ne s'appelait pas encore la communication, il a édifié une fortune, et il s'est mis à se passionner pour Israël tout en achetant un ranch au Canada. Un Juif devrait toujours posséder une cabane au Canada, pour le cas où... Pendant vingt ans, vivant entre Israël et Paris, il va mettre toute son intelligence, tous ses talents, toute son énergie à faire avancer la paix entre Israéliens et Palestiniens.

Quand je le rencontre chez D.S.-K., je l'interroge évidemment sur ce qu'il en est de cette paix introuvable, ses yeux bleus deviennent tristes et il me dit : « Il y a face à face, depuis des années, deux vieux types entêtés, chacun décidé à avoir la peau de l'autre et n'ayant qu'un objectif : Arafat veut une Palestine sans Juifs, et Sharon un Israël sans Palestiniens. Alors, la paix... »

Alors il n'y a que le peuple israélien lui-même qui pourrait décider qu'il veut, lui, sortir de cette tenaille. Signe faible mais encourageant, les cinquante officiers de réserve qui ont déclaré qu'ils ne voulaient plus participer à des opérations de répression dans les Territoires. Aujourd'hui, ils sont cent cinquante. Mais ils ne sont pas encore populaires...

Le feuilleton que j'ai écrit pour *France-Culture* passe cette semaine. Il a une très bonne presse. C'est un texte léger, traité en comédie, sur une campagne électorale dans un département non désigné. Et c'est drôle. J'ai toujours aimé faire rire. Les meilleures scènes de film que j'ai écrites étaient de pure comédie.

Dans ce cas-là, on se cache dans la salle, on attend le moment où la salle doit rire. Et elle rit. Et à toutes les séances, au même moment, elle rit. Et c'est purement et simplement voluptueux, quand on est l'auteur...

FÉVRIER

Vendredi 8 février

Énorme agitation autour du retour en France de Didier Schuller, un personnage plus ou moins corrompu et corrupteur de la comédie RPR pendant les belles années où il a été si facile aux élus du parti de prospérer. Au moment d'être inquiété, en février 1995, il a pris la fuite. Il était riche. Il s'est planqué dans des îles accueillantes et, pour finir, à Saint-Domingue où il vivait incognito... Mais un fils de dix-sept ans, dit-on, auquel il aurait refusé de continuer à l'entretenir, l'aurait dénoncé à la police française. L'extradition de Schuller a été demandée, mais, se sachant découvert, et inquiet de ce que son fils était capable de faire ou de dire, il a de lui-même voulu rentrer en France, assurant qu'il ne craignait pas une incarcération, mais qu'il avait des choses à dire. Il est en taule.

Le piquant de l'affaire, c'est que les malversations de Schuller ont été découvertes par qui ? Par le juge Halphen. Celui qui, dégoûté aujourd'hui d'avoir été empêché dans ses investigations sur les responsabilités de Jacques Chirac dans l'affaire des HLM des Hauts-de-Seine, a démissionné de la magistrature et annonce la publication d'un livre le 13 février !

Ce qu'il y a dans ce livre, on l'ignore, peut-être rien de positivement neuf et révélateur. Mais, s'ajoutant à ce qu'il y aura dans les dépositions de Schuller devant le juge d'instruction, il se peut que cela ne fasse pas bon effet !

Tout cela m'inspire une réflexion excessivement désabusée, peut-être : je crois que la France, qui était il y a trente ans l'un des pays les moins infectés par la corruption, dont les fonctionnaires en particulier étaient réputés incorruptibles – les plus humbles familles élevaient leurs enfants dans le respect rigoureux de l'honnêteté –, je crois que la France, aujourd'hui, est très atteinte dans sa fibre morale. Parce que la gangrène est apparue partout, chez le grand chef d'entreprise et le chef politique comme chez le gendarme ripoux, accompagnée d'un immense battage médiatique, on ne se gêne plus pour en faire autant si l'occasion se présente.

Alors on est capable de renouveler le mandat de Chirac sans nourrir aucune illusion sur le bonhomme qui a su se soustraire aux investigations de la justice. Au contraire, on le trouve plutôt malin, dans son électorat.

Chirac cinq ans de plus, ce ne serait pas une catastrophe pour la France, non. Ce serait seulement le symptôme inquiétant du dépérissement du sens moral dans la nation. Après tout, peut-être ne faut-il pas en faire une histoire...

Jeudi 14 février

Sur le panneau où j'épingle les invitations s'étale aujourd'hui une série mirobolante. « Le Président de la République vous prie, etc. » Il s'agit d'une réception pour le Haut Conseil de la Francophonie. Aller piétiner une heure à l'Élysée pour la Francophonie, c'est au-dessus de mes forces ! « Le Premier ministre vous prie, etc. » Réception pour la presse, il faut y aller. « Jean-Marie Messier vous prie... » Dîner et projection d'*Un homme d'exception*, film Universal, naturellement. « Jack Lang vous prie... » « Raymond Forni vous prie... » Mais qu'est-ce qui se passe, cette semaine ? « M. et Mme Jean-Luc Lagardère vous prient... » À un dîner, ce soir.

L'ennui, c'est que, selon une formule que j'avais oubliée, je n'ai « plus rien à me mettre ». J'extirpe de mon placard une robe de Saint Laurent vieillie de cinq ans, pour la faire repasser par le teinturier. L'étonnant, c'est qu'elle fera à peu près l'affaire... Génie de Saint Laurent !

Vendredi 15 février

B.-H.L., qui était l'invité d'honneur, m'avait dit : « Vous venez, hein ? Sûrement ?

– Il y aura beaucoup de monde ?

– Non, on sera huit, dix... »

Nous étions cent ! Cent amis de B.-H. L. réunis par Bethy Lagardère pour se réjouir avec lui du succès de son livre, pour le féliciter de la mission dont il vient d'être chargé par Chirac et Jospin réunis, mission en

Afghanistan, qu'il connaît bien, pour explorer ce qui peut être fait par la France sur le plan largement culturel. Cela a un côté Chateaubriand à Rome qui lui va bien...

Un dîner placé de cent personnes, quand on n'est pas chef du protocole au Quai d'Orsay, il faut le faire pour ne pas se retrouver avec trente ennemis mortels. Eh bien, ce fut fait. Il n'y eut qu'un râleur qui est parti en jetant sa serviette.

Samedi 16 février

Hier, une douleur cruelle dans le dos. Mon kinési me dit : « Contracture... Peut-être déchirure musculaire. » Bon. Moi, j'ai la sensation d'avoir une côte cassée, une douleur que je connais.

Ce matin, la douleur est plus vive, qu'aucun calmant n'apaise. Je fais un saut chez un radiologue. Verdict : fractures sur quatre côtes ! Fractures qui portent un joli nom : on les appelle « fractures spontanées », parce qu'elles ne sont produites par aucun agent extérieur.

Me voilà mal barrée. L'embêtant, c'est que ces fractures en annoncent peut-être d'autres. Je suis peut-être en train de me casser de partout. On va vérifier cela avec des radios tous azimuts. Quel ennui ! Et comment vais-je écrire un article, tout à l'heure, avec ce poignard dans le dos ?

Lundi 19 février

J'ai écrit. Lentement, mais j'ai écrit. Je connais la cause de cette lenteur, la tonne d'antalgiques puissants que l'on me fait avaler et qui ne sont pas précisément des stimulants. Mon moral n'est pas affecté, ce n'est pas une affaire de neurones. C'est un effet purement mécanique. Donc, patience...

Pour me consoler un peu, je décide de me faire plaisir et d'aller m'acheter un DVD. Je n'en ai aucun besoin, mais j'en ai envie. J'obéis très rarement à ce genre d'impulsion, mais, grâces soient rendues à Lacan, je n'en éprouve aucune culpabilité.

Mardi 20 février

Cette fois, la campagne électorale a démarré par des promesses de Chirac qui ont produit un grand effet. Comique : il promet une réduction massive de l'impôt sur le revenu. À sa dernière campagne, en 1995, c'était la réduction de la fracture sociale. Il dit absolument n'importe quoi, mais, maintenant, les gens commencent à s'en apercevoir. Les « Guignols », qui ont retrouvé grâce à la campagne la faveur du public, l'ont baptisé « Supermenteur ». Désormais, quand il est en visite dans un quartier difficile, les mômes lui crient : « Supermenteur ! ». C'est pour le moins fâcheux.

La baisse des impôts est un serpent de mer. En vérité, elle a un sens quand il s'agit de soutenir la croissance en injectant du pouvoir d'achat qui trouve alors à s'employer dans la consommation. C'est généralement ainsi qu'y ont recours les gouvernements.

Mais, dans le cas de la France, il y a un *hic* : les détenteurs d'un faible revenu, ceux qui se servent immédiatement de la moindre augmentation de leur pouvoir d'achat pour consommer, ne sont pas imposables. Les autres, revenus moyens ou élevés, transforment en épargne les augmentations de pouvoir d'achat. En fait de soutien à la croissance, les promesses Chirac gonfleraient donc le bas de laine des mieux nantis. Il doit bien y avoir quelqu'un pour le lui dire !

Jospin a démarré de son côté sur les chapeaux de roues, décontracté, presque gai.

MARS

Mercredi 6 mars

Je me méfie des sondages. Mais, quand ils convergent, ils indiquent au moins une tendance.

Cette tendance est mauvaise pour Chirac. Quand on le voit, ici ou là, en campagne, on a la curieuse impression qu'il a perdu la main, comme on le dit des cuisiniers, que tout ce qu'il fait est devenu mécanique, alors qu'il est normalement chaleureux et spontané. C'est peut-être un simple passage à vide : trop de conseillers, trop d'influences qui finissent par étouffer son instinct... En tous cas, on s'inquiète, dans son camp, de voir Jospin gagner des points. Et on enrage de voir la déposition de Didier Schuller chez le juge d'instruction faire la une du *Monde* ! C'est Schuller qui a coûté l'Élysée à Édouard Balladur, avec ce piège monté au juge Halphen, où Matignon avait mis la main. Est-ce Schuller, mis en liberté, qui coûtera l'Élysée à Chirac ? Il ne semble pas qu'il ait les munitions suffisantes, mais ce qu'il raconte est tout de même désastreux.

Le livre tant redouté du juge Halphen n'est pas non plus un brûlot, plutôt un récit affligeant : c'est ça, la

Justice ? Un monde où le juge travaille sous la menace ? est soumis au chantage ? Celui qui écrit n'est probablement pas un grand caractère, mais c'est un honnête homme épouvanté par ce qu'il a vécu dès qu'il a eu à traiter ces affaires de HLM et autres gouffres de corruption.

Là encore, aucune charge précise contre Jacques Chirac, seulement sa présence dans tous les dossiers. Il est évident que tout cela n'est pas le rêve, pour se donner comme le président qu'il faut aux Français. Mais il y a encore six semaines de campagne. Il peut se passer n'importe quoi, y compris que Chirac retrouve l'inspiration, ou encore qu'il prenne figure de persécuté. Il y a une population – âgée en particulier, et féminine – pour laquelle le Chef de l'État détient une part de sacré.

Vendredi 8 mars

L'*Obs* me demande un portrait de Chirac en quinze feuillets. Je crois que Jacques Julliard fera celui de Chevènement, Jérôme Garcin celui de Jospin, et Caviglioli celui de Le Pen... Autrement dit, de la fabrication-maison pour un exercice de style.

C'est plutôt amusant à faire, à une réserve près : mes côtes ne sont nullement ressoudées. Sous antalgique puissant, je survis, abrutie ; sans antalgique, je souffre durement. Entre l'abrutissement et la douleur, il faudra que je choisisse. Joyeux week-end en perspective...

Scandale dont je me serais bien passée : une collaboratrice de l'ACF, Sylvie Brunel, apparemment dépitée de n'avoir pas obtenu la présidence de l'association, qu'elle guignait, en a démissionné. Jusque-là, rien à dire. C'est une personne capable et je crois qu'on lui a fait la vie dure. Mais elle s'est répandue dans les médias, et en particulier dans *Libé*, en couvrant de boue l'humanitaire en général et l'ACF en particulier. Je dois dire que ça m'a levé le cœur. Pendant vingt-deux ans, j'ai vu des gens de toutes sortes se défoncer pour cette association qui peut s'enorgueillir d'avoir sauvé de la mort des milliers d'hommes, de femmes, d'enfants, et d'avoir été, de surcroît, conduite, gérée et développée avec rigueur. Or, selon Sylvie Brunel, il n'y a dans l'humanitaire que des incapables et des profiteurs. Quelle tristesse d'entendre cela ! Et quelle mauvaise action...

Qu'il y ait une crise de l'humanitaire, ne serait-ce qu'à cause de la multiplication délirante des ONG, mais surtout en raison de l'utilisation qui en est faite soit par les gouvernements, soit par les forces en présence en cas de guerre civile, c'est évident. Mais c'est une autre question que Rony Brauman, de « Médecins sans frontières » a soulevée depuis longtemps. Rien à voir avec ce que prétend dénoncer Sylvie Brunel.

Conséquence : les gens de l'ACF sont fous de douleur et de rage. J'ai été tirée de mon lit à 8 heures du matin par ceux qui me demandent : « Vous avez vu *Libé* ? Qu'est-ce que vous faites ? » Bien sûr, je vais faire quelque chose. Je suis blessée avec chacun, déçue aussi par cette fille pour qui j'avais de l'estime, qui se venge assez laidement d'avoir raté son OPA sur l'association.

Ses propos sont mortels pour une ONG qui a besoin de ses donateurs – pour toutes les ONG, d'ailleurs. C'est ce que remarque Jean-Christophe Rufin, interrogé par *Le Figaro*. Fort de son expérience dans l'humanitaire, il remet les pendules à l'heure et Brunel à sa place, mais le mal est fait...

Il faut que je remonte sur mon cheval, au moins pour le moral des troupes. J'appelle *Libé*. J'annonce à Amalric une réponse à Sylvie Brunel. Ça ne l'emballe pas : il l'aime bien. Moi aussi je l'aime bien, ce n'est pas la question !

Il ne me reste qu'à écrire cinq mille signes. Je les faxe à Jacques Julliard, qui est membre de l'ACF, pour avoir son avis. Il est d'accord, mais trouve mon dernier mot cruel, trop. Je l'adoucis pour lui faire plaisir.

Voilà, c'est parti. Triste journée.

Vendredi 15 mars

Éreintée par ces côtes fêlées et par d'interminables séances chez ma dentiste, affolée par mes dents qui se brisent comme du verre, je l'ai tout de même réussi, ce portrait de Chirac ! J'en ai beaucoup d'échos. J'ai le sentiment, gratifiant, d'avoir écrit un texte parfaitement maîtrisé, très dur, mais où il n'entre aucune acrimonie, qui illustre exactement ce qu'un journaliste doit pouvoir écrire en toute indépendance dans un journal totalement libre.

Et je mesure toute la singularité et tout le prix de ma situation.

Jospin a fait une gaffe en parlant, devant des journalistes, du côté « usé » de Chirac. Tout le public un peu âgé a eu horreur de ça, et les gens âgés sont nombreux en France, surtout parmi les femmes. Cela lui est déjà arrivé de croire qu'il pouvait parler librement devant des journalistes et n'être pas cité, sauf à les avertir formellement qu'on s'exprime *« off the record »*. Son chargé de communication n'a pas transmis la consigne. Cela peut lui coûter cher...

Samedi 16 mars

Déjeuner avec Florence Malraux. Nous parlons de Françoise Sagan, toujours immobilisée après une lourde opération ; ses os sont si fragiles qu'ils se cassent lorsqu'elle marche. Condamnée à deux ans de prison avec sursis, et ne possédant plus un fifrelin, plus une chaise. Tout a été saisi. Pour le moment, une amie fortunée l'héberge... Que faire pour l'aider ? pour adoucir son sort ? pour lui dire qu'on l'aime ? Nous agitons quelques idées vaines... On ne peut rien.

Lundi 18 mars

Participé à plusieurs émissions de télévision, je ne sais même plus lesquelles, je ne les ai pas enregistrées quand elles sont passées ; je me rends compte que cet aspect de mon activité m'est devenu indifférent, et que je refuse des choses qui auraient mérité considération.

Il faut que je me secoue au moment où mon prochain livre sortira, le 2 mai.

Mercredi 20 mars

J'y vais, j'y vais pas ?... L'appétit l'a emporté sur la fatigue, et je vais au Centre Pompidou voir l'exposition sur la Révolution surréaliste. J'avais raté le vernissage ; là, il y a le public, le vrai public. Beaucoup de femmes et de jeunes. Un monde fou. Inimaginable ! Déjà, en bas, la file d'attente qui s'était formée pour entrer à la Bibliothèque m'avait impressionnée...

L'exposition est magnifique, surabondante, violente comme une explosion. Quel culot elle a eu, toute cette bande, au bout de son pinceau ! Les Miró pleuvent, les Picasso, les Max Ernst... Un Max Ernst multicolore, grand, accroché isolément, déclenche une concupiscence presque douloureuse, tant il est beau... Mais c'est l'ensemble, étalé sur trois niveaux, qui est écrasant. On en sort éreinté, mais comblé.

Jeudi 21 mars

La gaffe de Jospin sur l'« usure » de Chirac, dont il s'est excusé, a légèrement érodé sa cote, semble-t-il. Mais, grosso modo, tous les sondages, innombrables, penchent plutôt vers une victoire de Jospin – conclusion tout à fait prématurée, d'ailleurs.

Pronostic de Giscard : c'est Jospin qui sera élu, mais ensuite la gauche perdra les législatives. Ils sont capables de tout, les électeurs français. On ne va pas repartir dans une nouvelle cohabitation !...

Remise à Raymond Barre de son épée d'académicien (Académie des Sciences morales et politiques).

La cérémonie se passe à la Sorbonne devant un public de choix. Discours, congratulations. Je fends une foule pour m'approcher de lui et je l'embrasse sur les deux joues. Ceux qui l'entourent me regardent, ahuris. Il est très content. C'est un homme que je respecte profondément.

Samedi 23 mars

Sylviane Jospin vient à la maison pour que nous procédions à un entretien destiné à l'*Obs*. J'en ai eu l'idée et l'envie, en l'entendant parler un jour, entre nous, de son mari, de la façon dont il a veillé sur le petit garçon de six ans qu'elle avait lorsqu'ils se sont mariés, de la gratitude qu'elle lui en a. Aujourd'hui, c'est un grand et brillant jeune homme qui est en khâgne... Cela en dit plus sur un homme que bien d'autres choses.

Elle a accepté d'en parler, bien qu'elle rechigne légitimement à mettre sa vie privée en vitrine. Elle a une qualité, entre autres, c'est la simplicité. C'est une femme très attachante, à laquelle je souhaite vraiment de ne pas être abîmée par l'épreuve qu'elle subit, que celle-ci se poursuive à l'Élysée ou soit abrégée par l'échec, et alors d'une autre nature...

Mercredi 27 mars

Incertitude encore sur les « signatures » recueillies par Le Pen : les cinq cents ne sont pas acquises. S'il était empêché de se présenter, ce qui serait choquant en bonne démocratie et légitimement insupportable à ses électeurs, les conséquences pourraient être lourdes. Car où iront-ils, ces électeurs qui se jugeront floués alors que Le Pen a fait de Chirac son ennemi numéro un ?

Le « Vert », Noël Mamère, est encore lui aussi en panne de « signatures ». C'est assez incompréhensible. Le système des cinq cents appuis apportés par des élus répartis sur cinquante départements a marché sans anicroches pendant les trois dernières compétitions présidentielles. (Pour les précédentes, il n'en fallait que cent.) Alors, que se passe-t-il cette fois ? Apparemment, un recul des « parrains » sollicités à l'idée de voir leur nom imprimé dans le *Journal Officiel*. (Il y en a cinquante sur cinq cents, pris au hasard, parce qu'il faut bien tout de même contrôler tout cela.) Signer, personne n'a rien à y gagner, et on risque toujours d'y perdre, bien sûr. Tout de même, ces « signatures » promises puis refusées, ce n'est pas clair.

Jeudi 28 mars

Tragédie à Nanterre : un homme, assis dans la salle du Conseil municipal, à la Mairie, tire sur les conseillers assis autour de la table, en tue sept et en blesse quelques autres avant que quelques courageux ne parviennent à le ceinturer.

C'est – et cela devrait rester – un drame de la démence. L'homme confirme lui-même qu'il est fou, qu'il avait décidé de tuer, puis de se tuer. Ce qu'il va faire, d'ailleurs, en sautant par la fenêtre du bureau de la Police judiciaire où il est interrogé. C'est sûrement ce qu'il avait de mieux à accomplir.

Mais l'affaire prend alors une dimension extravagante, car nous sommes en campagne électorale. Les familles des tués sont affreusement frustrées par ce suicide. Quoi, pas de procès ? Pas de punition palpable, concrète, pour ce monstre ? On peut les comprendre. Mais Jacques Chirac et, derrière lui, toute la droite, fait mieux. Il déclare d'emblée que « l'insécurité, cela va de l'incivilité ordinaire au drame de Nanterre ». La phrase fait scandale, son entourage s'efforce de la faire supprimer des journaux. On réclame la démission du ministre de l'Intérieur à cause du suicide de l'assassin. D'heure en heure, le drame se transforme en procès de la police qui n'a pas su le retenir, et Nanterre en une abomination qui va forcément se répéter si les Français ont la faiblesse de ne pas voter pour Chirac, bien décidé à tirer tout le parti électoral possible de l'émotion du public et de l'obsession sécuritaire qui a gagné les Français du fait même que la violence a gagné du terrain, que c'est un vrai problème.

Mais le vrai problème de Chirac, ce n'est évidemment pas celui-là. C'est l'existence même de Jospin, qu'il voudrait écraser, écarter de sa route, comme il a toujours su le faire avec ses adversaires quand il a cessé d'être leur ami... L'assassin de Nanterre sera peut-être, pour lui, l'homme du Destin.

AVRIL

Lundi 1er avril

Spectacle intolérable dont se repaît la télévision : Yasser Arafat confiné dans son bureau, privé de lumière, de téléphone, prisonnier. Et des opérations militaires très violentes des Israéliens en guerre. Une guerre que nous gagnerons et qui, seule, peut éradiquer le terrorisme, a expliqué Sharon à son peuple, traumatisé de son côté par les attentats dont il est l'objet. Les Israéliens sont tués dans les rues, dans les cafés, dans les autobus, par dizaines. Mais ceux-là, les télévisions ne les montrent jamais, alors que le moindre Palestinien...

Malveillance délibérée ? Pas à ma connaissance. Les Juifs n'exhibent pas leurs morts, les enterrent discrètement. Mais le résultat est là : la frénésie compassionnelle qui agite les Français est toujours sollicitée à sens unique, et l'antisémitisme souvent inconscient, culturel, de quelques-uns s'exprime librement. Sur *LCI*, bonne chaîne cependant, on entend : « Tsahal prétend que l'objectif visé était militaire... » Pourquoi ce « prétend » ? Parce que Tsahal ne peut que mentir.

Cela leur aurait écorché la bouche de dire : « Selon Tsahal, l'objectif visé... » ?

L'horreur est qu'il n'y a aucune intention là-dedans. Simplement, du moment que l'on parle des Israéliens et des Palestiniens, il va de soi qu'on sait où est le vice et où la vertu, n'est-ce pas ? C'est le triomphe de la pensée unique.

Personne n'est plus hostile que moi à la stratégie déployée par Ariel Sharon depuis qu'il est Premier ministre. Parce qu'il est aveuglant qu'il ne gagnera pas une guerre contre le terrorisme à base de kamikazes. Pas plus que les Palestiniens ne gagneront une guerre contre Israël. Alors, sur quoi va déboucher cette escalade dans la folie ? Je suis tellement pessimiste que je ne veux même pas écrire ce que je crois.

Ici, les attentats contre les synagogues ou contre les commerces juifs se multiplient. On ne peut pas dire que les Français aiment ça, pas du tout. Aujourd'hui, ils détestent les Arabes bien plus que les Juifs.

Quelle en est l'origine ? On ne sait pas. L'extrême gauche plutôt que l'extrême droite ? Des judéophobes qui s'étaient endormis, réveillés – merci du cadeau ! – par Sharon ? Des petits groupes de jeunes voyous, arabes ou pas, excités par les informations ? Quelque chose de plus organisé, coordonné ? Il ne semble pas.

Nous sommes riches d'un petit groupe « pacifiste » qui a prétendu se rendre en Palestine pour protéger physiquement Arafat. Fort agité parmi eux, et guettant la première caméra venue pour sauter dessus, qui a-t-on vu ? José Bové. *Sic* ! De quoi j'me mêle ? Israël l'a expulsé.

Lundi 8 avril

Après-midi de rêve, samedi, avec France-Irlande de rugby, la dernière des cinq rencontres dans le Tournoi des Cinq Nations – six depuis qu'il y a l'Italie –, enlevées de haute lutte par l'équipe de France.

C'était non seulement du beau jeu, mais le fruit étincelant d'un énorme travail, d'un renouvellement des générations – il y a une série de jeunots là-dedans qui ont été formés – et d'une saine ambition. Roboratif !

L'après-midi du dimanche avec les défilés de soutien à la Palestine, d'attaques contre Israël, les chocs entre manifestants, la fureur incontrôlée des jeunes Juifs, comme si l'ennemi était la France... Tout cela, simplement navrant.

Mardi 9 avril

Je ne sais rien refuser à Bernard-Henri Lévy que j'aime tendrement. Mais, hier, j'ai dit non. Non, je ne signerai pas le communiqué que vous voulez publier, signé par Finkielkraut, Glucksmann, Romain Goupil, etc. Et, si j'ose un conseil, ne le signez pas non plus !

Israël, la Palestine, les attaques antisémites en France, c'est un terrain brûlant. Il faut peser chaque mot, savoir exactement ce que l'on veut dire, et à qui.

Je viens de passer quatre heures à écrire vingt lignes pour ma chronique de l'*Obs*. Il ne faut pas se permettre de jeter de belles phrases vibrantes. Il faut être responsable...

J'ai convaincu B.-H.L. de renoncer à cette intervention sous cette forme-là. Il y en aura d'autres...

Jeudi 11 avril

Projection, ce soir, devant cinq cents personnes, du film produit par Fabienne Servan-Schreiber sur sa famille.

Je l'aime bien, Fabienne, elle est très belle, ardente, elle réussit bien comme productrice, mais je lui dis, quand elle m'appelle, que je ne me sens pas le courage d'assister à cette projection et de voir ce qui a été fait avec les archives concernant Jean-Jacques, et comment le réalisateur, qui est habile, a réussi à escamoter le fait qu'il ne peut pas dire un mot aujourd'hui... Je ne peux pas. Je ne veux pas. Elle le comprend, d'ailleurs.

Vendredi 12 avril

Quelques personnes m'appellent : le film a été accueilli chaleureusement. Allons, tant mieux ! Je ne veux pas y penser.

La campagne électorale est éclipsée par le Moyen-Orient et tout ce qui l'accompagne. Comment persuader les électeurs de voter ? De ne pas laisser les autres décider pour eux ? Ils boudent, et tout laisse prévoir que c'est l'extrême gauche et l'extrême droite qui feront le plein des voix protestataires au premier tour. Dans ce cas, où iront-elles au second ? Mystère.

Protester, contre tout et tout le monde, paraît d'ailleurs exprimer tout le génie français depuis quelque temps. Il suffit de voir le nombre et le genre de grèves qui ont lieu partout – en ce moment les douaniers (et cela bloque Roissy).

Certains ont estimé qu'avec la décrue très sensible d'un chômage dont ils ont tant souffert pendant quelques années, les électeurs en auraient quelque reconnaissance à Jospin, lequel peut se prévaloir, au moins pour une part, de cette décrue. Mais c'est juste le contraire qui se produit. S'ils avaient encore peur pour leur emploi, ils voteraient plus volontiers pour la Lune que pour lui...

Mardi 16 avril

Serait-ce la fin de Messier ? Il serait prématuré de l'annoncer, mais quelque chose s'est mis à craquer qui fait un bruit d'enfer, un bruit de fonte des glaces.

Il a conduit une politique d'achats tous azimuts pour s'étendre, à des prix souvent très élevés, et a atteint un chiffre d'endettement qui a commencé à inquiéter le « marché », comme on dit, c'est-à-dire les actionnaires de Vivendi Universal. Les actions ont fortement chuté. Et on a parlé déjà d'une éjection de Messier lors du dernier Conseil d'administration. Quelques grands chefs d'entreprise qui font partie de ce Conseil ont exprimé publiquement leurs intentions défavorables.

Parallèlement, il y a le drame *Canal Plus*. L'affaire serait trop longue à raconter ici. Pour s'en tenir au dernier épisode, Messier a donné ordre à Pierre Lescure et Denis Olivennes, les directeurs, de redresser en deux ans les finances de *Canal Plus*. Ceux-ci répondent :

« Nous n'avons pas perdu un sou en 2001, et il en sera de même en 2002. Le trou est là, mais c'est celui de la filiale italienne que vous nous empêchez de vendre. » Sur quoi, offensé à juste titre, Denis Olivennes, qui est un homme très capable, a démissionné. Pierre Lescure s'est fâché : Lescure *out*, viré ! Messier l'espérait, semble-t-il, après l'avoir serré dans ses bras devant les caméras du monde entier. Il le juge « ramollo et vidé », Lescure *dixit*.

Émotion générale, tout le monde en va de sa larme sur l'irremplaçable Lescure, oubliant qu'il a été le plus chaud partisan de l'absorption de *Canal* par Vivendi ! Petite erreur de jugement bien pardonnable... Mais le pauvre a eu l'occasion, depuis, de voir de quel bois Messier se chauffe, et aujourd'hui il est le héros de la chaîne, celui que les salariés réclament sur tous les tons, y compris sur l'écran à n'importe quelle heure. C'est Astérix broyé par la mondialisation !

Tout ceci fait un mélange de chiffres implacables et de salades sentimentales, de brouilles retentissantes et d'émotion véritable de la part de ce qu'il reste, dans la chaîne, des salariés d'autrefois, indéfectiblement attachés à une maison dont ils furent fiers – un peu trop : l'ont-ils assez ramenée ! –, très bien payés et heureux.

L'avenir est entre les mains des actionnaires, selon qu'ils laisseront le pouvoir à Messier ou pas.

En tout cas, endetté au-delà de toute raison, Messier va être contraint de vendre son groupe par appartements. Les salariés appellent à la révolte. *Le Monde* en fait sa manchette !

À croire que, fatigués des Palestiniens, et frivoles

comme nous sommes, nous les avons échangés contre les victimes de Messier, l'Américain.

Lundi 22 avril

Frivole... C'est le mot qui m'est immédiatement venu à l'esprit en apprenant le résultat du premier tour de l'élection présidentielle. J'ai oublié qui a parlé de « la France, nation frivole et légère... » Peut-être Voltaire.

C'est exactement cela : 40 millions d'électeurs, dont 28 % ne se sont pas dérangés, ont créé ensemble les conditions nécessaires à l'agonie de la Vᵉ République avec sa Constitution un peu monarchique, certes, mais qui contenait ses turbulences, et à la naissance d'on ne sait quoi : un mélange de la IVᵉ République et de la funeste cohabitation, le tout avec possiblement cent députés d'extrême droite à l'Assemblée dans les fourgons de Le Pen... Quand on pense que les Français ont osé donner des leçons aux Italiens !

La gauche est morte, en tout cas provisoirement. Lionel Jospin, le Premier ministre qui la conduisait, aurait eu besoin de toutes les voix de gauche pour arriver second. Au lieu de quoi, Chevènement, son ex-ministre, l'a trahi en se présentant lui-même : score quasi ridicule, mais qui, ajouté à celui de Jospin, aurait fait toute la différence. Et un électorat non négligeable a sombré dans la futilité en votant pour les trotskistes. C'est devenu très chic de voter trotskiste...

Pas sérieux, les Français. Ils ne viennent pas voter, et quand ils viennent, c'est pour faire joujou avec leur bulletin.

Sitôt les résultats connus, Jospin a annoncé qu'il se retirait de la vie politique. Il peut être fier de ce qu'il a fait depuis cinq ans – qui d'autre a créé 1 800 000 emplois en cinq ans ? –, même si, pendant la campagne, il a été un bon professeur, mais pas un capitaine.

Comme à chaque élection du même type, Chirac frôle les 20 %, et un obus tombant à 20 heures dans le salon de B.-H.L., où nous étions une vingtaine réunis dans la perspective d'une soirée électorale bien tranquille, un obus aurait fait moins d'effet que le nombre des suffrages récoltés par Le Pen.

Il y a un peu de tout dans ce salon : même deux milliardaires sympathiques (cela existe), des écrivains, des éditeurs, qui prennent soudain conscience que Le Pen pourrait devenir dans quinze jours président de la République, et qui sont révulsés.

J'ai vu trop d'élections dans ma longue vie pour ne pas prendre celle-ci aussi avec sang-froid.

On ne verra pas Le Pen à l'Élysée – enfin, pas tout de suite : encore une minute, Monsieur le bourreau ! On peut présumer que la grande masse lui préférera Chirac, fût-ce en s'y résignant. On peut espérer que celui-ci organisera une résistance physique aux bandes d'extrême droite aussi efficace que l'auraient fait les communistes, s'il y en avait encore. Si les fachos rentraient dans du beurre, cela deviendrait très grave pour tout le monde.

Enfin, quand les prodromes du fascisme percent, il faut se rappeler que tous les chefs fascistes ont commencé par être des élus, et que lorsqu'ils se démasquent, c'est trop tard...

Il y a plus de trente ans, j'ai écrit que le double

effondrement de l'Église et du Parti communiste allait avoir des conséquences funestes en France, parce que l'une et l'autre faisaient croire aux femmes et aux hommes que leur vie et leurs souffrances avaient un sens. Maintenant, ils vivent sur des ruines et haïssent tous ceux qui prospèrent dessus.

En bonne logique, nous devons être tout près d'une explosion sociale. Ce ne sont pas les combinaisons montées à l'Élysée pour faire de la droite et du centre un parti unique qui la conjureront.

Lundi 29 avril

Jean-François Deniau m'appelle. Nous prenons rendez-vous pour déjeuner ensemble et épiloguons forcément sur la tournure que prend le front anti-Le Pen pour le 5 mai... Il a de mauvais chiffres ; les miens sont meilleurs, mais personne n'est crédible en ce moment...

« On aurait dû nous écouter, vous et moi », dit Deniau qui ne perd jamais le sens de l'humour.

Humour mis à part, le fait est que nos analyses ont rarement été erronées. Mais cela ne console pas d'être envahi maintenant par une sorte d'énorme nausée...

MAI

Dimanche 5 mai

Ces déferlements de foule dans Paris et dans toute la France, une foule jeune, joyeuse, ardente, dressée contre Le Pen, c'est un beau spectacle, franchement. Pas d'incident, pas de bagarre, et il y a plusieurs jours que ça dure. Oui, c'est un spectacle réconfortant, même s'il ne faut pas lui prêter une signification extensive. Tous ces manifestants n'ont pas découvert soudain le sens profond de la politique, qu'ils ont complètement perdu, mais seulement compris qu'il y a des choses dont ils ne veulent pas et dont ils pensent, à tort ou à raison, que Le Pen et ses troupes les menacent. Et ils se sont mobilisés pour lui barrer la route des urnes, aujourd'hui.

L'autre phénomène est au moins aussi extraordinaire. Peut-être même davantage. C'est que les électeurs de gauche ont été décidés dans des proportions effarantes à voter Chirac pour être sûrs qu'il battra Le Pen. Ce n'est pourtant pas un geste facile, pour quiconque a un peu de conviction politique, que de voter en somme contre son camp et pour mettre au pouvoir un homme qu'ils n'estiment pas. Ça vous fend le cœur.

Mais ils l'ont fait. Et c'est ainsi que, n'ayant récolté personnellement que 20 % des suffrages au premier tour, Chirac va se retrouver élu par 80 % des Français ! Une histoire de fous.

Pour la gauche, les carottes sont cuites. Elle n'aura pas, j'en suis persuadée, la moindre chance de gagner maintenant les législatives. Qui aurait envie de retomber dans une cohabitation ? Et puis, elle n'a plus de chef, elle est éparpillée, le temps de l'alternance va sonner. C'est démocratique, l'alternance, il faut toujours l'accepter, même si les conditions en sont, comme cette fois, bizarroïdes.

JUIN

Jeudi 5 juin

Lou fait un démarrage superbe avant même que la presse et la télévision n'en parlent. C'est ce que j'aime, quand le bouche à oreille fonctionne, c'est-à-dire quand les premiers lecteurs recommandent à d'autres un livre qu'ils ont aimé.

La publicité, utile pour rappeler au lecteur potentiel l'existence d'un ouvrage qu'il avait décidé d'acheter, n'a jamais fait vendre dix exemplaires d'un titre qui n'est pas destiné au succès. Et serait-elle positive, la critique a un faible effet, sinon sur l'ego de l'auteur. Les causes d'un succès sont aussi mystérieuses que les causes d'un insuccès. Heureusement !

Ce qui me plaît et m'amuse, cette fois, c'est de me retrouver dans les listes des « meilleures ventes » avec *Mères-filles* dont l'auteur est... ma fille, Caroline.

Jeudi 5 juin

Semaine Nora ! Mardi, remise de son épée d'académicien à Pierre Nora, l'historien, au bel hôtel de Soubise, celui des Archives de France. Discours, naturellement, devant une assistance huppée, l'un de Mona Ozouf, qui parle sans notes, avec une grâce et une simplicité délicieuses, d'autres un peu longuets – il fait très chaud, dans cette salle –, et enfin le remerciement de Pierre Nora, parfait.

Je l'aime beaucoup, je l'ai connu très jeune, avec ses frères, ses parents, et, en vieillissant, je n'échappe pas à l'attendrissement sur les témoins... de ma propre jeunesse.

Le surlendemain, la fête recommence. Cette fois, c'est sous la coupole de l'Académie Française, la réception proprement dite de Pierre Nora par René Rémond. Je ne suis pas une familière des lieux, mais je les connais. La première fois que je me suis assise dans cette enceinte, ce devait être en 1946 ou 7, chargée d'un article sur la réception d'Henri Mondor, célèbre chirurgien et mallarméen de l'époque. Il m'en a su gré, je m'en étais bien tirée – il faut dire que l'homme était un magnifique personnage –, mais sans cacher les sentiments que m'inspirait alors la vieille maison. Disons qu'il s'agissait d'un article narquois.

Le protocole n'a pas changé. L'atmosphère un peu compassée non plus. Sauf sur un point qui n'est pas négligeable : assise à la tribune, à côté de l'orateur, se trouve le Secrétaire perpétuel de l'Académie. Et, pour la première fois dans l'histoire, c'est une femme, Hélène Carrère d'Encausse, dont le beau visage se détache dans la lumière.

Dans la poignée d'académiciens qui se sont dérangés, en habit vert et épée au côté, pour accueillir leur nouveau confrère, j'aperçois quelques amis. Ils n'ont pas rajeuni. Moi non plus. Ces cérémonies, ces divertissements ne sont pas ceux du premier âge, ni du second.

J'ai eu longtemps tendance à trouver tout cet apparat ridicule, une sorte de chambre des jouets pour vieux petits garçons. Je me suis même brouillée – momentanément – avec Georges Izard et Louis Armand quand je leur ai dit ce que je pensais d'eux en candidats à l'Académie, risquant de se faire battre de surcroît par quelque lamentable plumitif. J'ai dit sans détours ma façon de penser à Kessel : qu'il allait devenir le Juif alibi de la maison... Et puis, les années ont passé, il y a eu des élus qui avaient quelque chose à faire avec la littérature, il y a eu Jacqueline de Romilly, il y a eu Hélène Carrère d'Encausse, déjà nommée, et, récemment, c'est mon très cher Angelo Rinaldi qui a été appelé à rejoindre l'illustre Compagnie où j'ai bien désormais dix amis ! Alors je me regarde avec ma juvénile révolte d'autrefois contre ce temple du conservatisme et de la réaction, et je me fais rire en remplaçant ces deux mots par « tradition » – un beau mot, celui-ci – pour m'exonérer d'être là à écouter Pierre Nora et René Rémond, souverains l'un et l'autre, et à me réjouir.

Il ne faut jamais rater les occasions de rire de soi.

Samedi 8 juin

Je ne parviens pas à m'intéresser aux élections. À Paris, dans une seule circonscription, il y a vingt-neuf candidatures pour un siège ! Pourquoi ? Souvent parce que, pour chaque voix recueillie, le parti ou l'organisation qui présente au moins cinquante candidats dans le pays reçoit 1,66 euro...

De toute ma vie politique je n'ai jamais vu pareille confusion, pareille irresponsabilité de citoyens qui ont l'air d'avoir complètement oublié à quoi servent des élections : non, ce n'est pas à se faire valoir ni à exprimer ses états d'âme ! Pour demain je crains le pire, c'est-à-dire une nouvelle poussée du Front National.

Chirac, à la télévision, a essayé de persuader le plus grand nombre de voter de façon à lui donner une « vraie majorité » dont il aurait bien besoin, en effet, pour pouvoir gouverner, mais le « noyau dur » de la droite républicaine, la sienne, est étroit... On verra. Aujourd'hui, je suis triste et inquiète.

Retrouvé, grâce à B.-H.L., un mot admirable de Brecht qui est l'une des clés pour déchiffrer notre temps : « L'homme pauvre, désormais, c'est l'homme invisible. »

Lundi 16 juin

On en a enfin terminé avec ces élections à la chaîne. Leur déroulement et leurs résultats – 399 députés à droite, 178 à gauche – mériteraient une analyse approfondie que certains sauront faire, on l'espère, car elles ne révèlent pas une France pacifiée, loin de là... L'alternance, si baroque qu'elle ait été avec un Chirac à 20 % encaissant soudain les suffrages anti-Le Pen de la gauche, cette alternance est démocratique, et, comme telle, non seulement il faut l'accepter de bon gré, mais il faut souhaiter que la nouvelle tête de l'exécutif – Chirac, Juppé dans l'ombre, et Raffarin – réussisse. Pour le moment, ils ont en gros l'opinion avec eux, bien que déjà des grèves rompent la trêve électorale, mais le difficile, ce seront les promesses, si on veut les tenir. En fait, elles ne seront pas tenues – en tout cas, pas toutes.

Dans les derniers mois du règne de Jospin, il n'y a pas eu de jours que la droite ne l'ait accusé de négliger le dossier des retraites. Ce devrait être le premier au programme de la droite triomphante. M. Raffarin annonce déjà qu'on s'en occupera en 2003. Il ne peut pas prendre le risque de déclencher d'emblée les antagonismes sur la question et de se retrouver, comme Juppé en 1995, avec les Français dans la rue...

Promise aussi, la baisse de la TVA dans les restaurants, qui serait génératrice d'emplois, assurent les restaurateurs. Bruxelles s'y oppose parce qu'en matière de TVA, il y a uniformité entre les Européens. Chirac ne pouvait pas l'ignorer quand il a fait cette promesse... Maintenant, furieux, les restaurateurs veulent lui faire payer cette promesse typiquement électorale.

On va assister à une course entre les insatisfactions accumulées et les bonnes mesures que ce gouvernement devrait être capable d'inventer et de prendre.

Heureusement, ces jours-ci la Coupe du Monde continue, et il se passe des choses assez étonnantes pour que l'on s'y intéresse davantage qu'au bon M. Raffarin.

L'Italie est battue par la Corée du Sud. L'Italie ! L'équipe éructe, le pays est fou de rage. Le comble : le buteur qui a donné la victoire est un Coréen, bien sûr, mais qui joue généralement en Italie, à Pérouse ! Du coup, avec élégance, on l'a jeté dehors !

Demain matin, Brésil-Angleterre, deux grandes équipes, deux styles complètement différents. Je râle parce que je dois aller à la réunion de sélection d'*Arte*. Il faut vraiment être dévouée au cinéma pour renoncer à cela ! J'enregistrerai, bien sûr, mais quand on connaît le résultat, le sel disparaît...

Les Américains, qui paraissaient nuls en foot européen – le leur est très différent –, ont fait des progrès foudroyants et se retrouvent en quart de finale. Si les Amerloks ont le mauvais goût de gagner la Coupe du Monde, ils vont se faire égorger dans toutes les rues d'Europe.

En attendant la fin, une leçon se dégage : l'Afrique, avec les Sénégalais qui ont éliminé la France avant de faire un beau parcours, et l'Asie, avec les deux Corées et le Japon, ont fait la preuve qu'aucune ambition ne leur est interdite...

Mardi 18 juin

Les élections législatives m'ennuient. Je ne m'y intéresse pas. Je me suis penchée sur l'issue du premier tour pour voir qui était élu, qui battu parmi mes amis et connaissances. Le résultat n'était pas mauvais. Après le second, il y a un cas qui me fait de la peine : celui de Martine Aubry, tant elle est consacrée, dévouée à ce qu'elle fait. Mais ces sacrées « 35 heures » dont j'ai dit à Lionel Jospin que ce serait l'épine dans sa chaussure, avec l'insécurité – mais il ne m'a pas crue, il a voulu me convaincre que j'avais tort –, ces sacrées « 35 heures » ont été mortelles pour Martine. C'est triste.

En revanche, la claque magistrale que prend Chevènement me fait plaisir, je l'avoue, bien que ce ne soit pas un beau sentiment. Non seulement il a trahi, mais il l'a fait avec une prétention, une arrogance, un entêtement dans des analyses fausses, qui méritaient l'échec. Bizarre qu'un homme aussi intelligent ait cru qu'on pouvait penser et dire à des électeurs : la droite et la gauche, c'est la même chose. Après trente ans de vie politique !

Le reste n'est que trop clair : Chirac dispose d'une énorme majorité qui ne correspond pas à un énorme appui dans le pays, si l'on ajoute au nombre des abstentionnistes celui des électeurs de Le Pen et du Parti socialiste. Il est donc fort, et en mesure de faire voter des réformes profondes, mais pas forcément de les faire accepter sans turbulences profondes dans la rue, façon 1995. Mais cette expérience-là, il l'a faite.

Peut-être qu'avec beaucoup de doigté... ? Ce sera, à chaque fois, difficile à jouer.

Mercredi 19 juin

Fayard me transmet pour accord la première demande d'achat d'un éditeur étranger pour *Lou*. La routine. Mais celle-ci m'amuse, parce qu'elle émane de la Corée du Sud ! Je viens d'apprendre qu'ils sont brillants au football, mais je ne me doutais pas que j'aurais l'honneur d'avoir des Coréens pour lecteurs. Jusqu'ici, l'Asie se limitait pour moi à la Chine populaire, à Hong Kong et au Japon...

Publié dans le *Monde* un article, dont son directeur me dit qu'il est « fort », sur les réactions des intellectuels français, en particulier face à la tragédie israélo-palestinienne. Ces réactions me frappent par leur violence anti-israélienne échevelée, que n'accompagne aucune critique du terrorisme. Au contraire. Le kamikaze qui sautera tout à l'heure avec sa ceinture d'explosifs, devient un personnage de la comédie parisienne. On voudrait l'héberger, le présenter à ses amis. J'exagère ? Oui, et je n'ai rien écrit de tel... J'ai voulu essayer de comprendre et de décrire l'origine, selon moi, de cette rage judéophobe, c'est tout.

J'ai reçu beaucoup de lettres de gens qui se disent « soulagés » que quelqu'un, enfin, mette le doigt là où ça fait mal. C'est un texte publié dans les opinions du *Monde* qui m'a fait sortir de mes gonds... Dans ces cas-là, en général, on écrit bien !

Jeudi 20 juin

Déjeuner la semaine dernière avec Jean Frydman. J'ai plaisir à le revoir. Il me raconte plein de choses sur un long séjour en Israël où il a été appelé par Shimon Peres, le travailliste, pour faire profiter ce pays de son expérience. Ces dernières années, il a participé à toutes les rencontres réussies ou avortées entre dirigeants israéliens et palestiniens, et il en sait là-dessus beaucoup plus long que tout ce qui a été rapporté. Il me raconte... mais je ne me sens pas autorisée à le rapporter ici.

Un détail qui n'est pas indiscret : c'est lui qui a trouvé souhaitable qu'Yitzhak Rabin se montre à la foule de Tel-Aviv, un soir de novembre. Rabin, timide et réservé, ne voulait pas. Frydman a insisté. Puis il y eut discussion sur la date qui convenait. Enfin, Rabin a dit : soit, le 4 novembre. Et il a sorti son agenda pour en prendre note.

On sait que, le 4 novembre au soir, un étudiant juif fanatique a tiré sur lui pour interrompre le processus de paix engagé à Oslo.

Jean Frydman considère qu'il est responsable de cet assassinat. Et il en est encore malheureux.

Léa Rabin lui a donné l'agenda.

Samedi 29 juin

Je croyais avoir tout vu et enduré des ordinateurs bloqués, des imprimantes réfractaires, des vidéopasses numériques, bref, de toute cette quincaillerie – si précieuse quand elle fonctionne – qui peut rendre folle une personne d'un tempérament calme et doux.

J'en suis là, et le coup est venu d'où je ne l'attendais pas : un magnétoscope nécessaire pour enregistrer les émissions que je ne puis voir sur l'instant.

Le mien, cinquième ou sixième du genre depuis que j'en fais usage, est tombé en panne. J'appelle un homme de l'art. Il diagnostique un collapsus et propose de m'en apporter un autre. D'accord, mais de même marque, dis-je, pour que j'en connaisse le maniement.

Cette marque, c'est Sony. Hélas, Sony, comme tous les fabricants de ce type de camelote, s'oblige à modifier sans cesse ses modèles pour encourager la consommation, sous prétexte d'une fonction de plus ajoutée à l'appareil. Je ne suis pas jeune, mais plutôt bricoleuse et habituée à manier ces appareils. Mon nouveau magnétoscope est entré dans la maison il y a exactement deux semaines : je n'en suis pas encore venue à bout. Le mode d'emploi ressemble à tous les modes d'emploi : impénétrable, l'air d'être écrit en coréen ! Depuis deux semaines, tous les jours, armée des trois télécommandes de rigueur pour enregistrer, j'appuie sur des boutons qui ne servent à rien, et je ne trouve pas ceux qu'il me faudrait... Or, pour savoir si, après avoir enfin réussi à programmer, l'appareil a enregistré, il faut attendre la fin de l'enregistrement présumé. Je fais cela six fois de suite, en variant les manœuvres, mais point d'enregistrement. Écœurée, j'abandonne et allume le téléviseur. Qu'est-ce que je vois ? Mon enregistrement ! Mais d'où sort-il, et comment le retrouver ? Mystères de l'électronique. Je recommence toutes les opérations... Je le materai, cet animal, je le materai, vous dis-je, mais cela peut être encore long !

Dimanche 30 juin

Une belle finale de la Coupe du Monde entre le Brésil et l'Allemagne. Les Brésiliens ont le petit quelque chose en plus qui fait d'un match un spectacle, et pas une démonstration : vivacité, appétit, invention...

Ils ont gagné, bien sûr. Ce n'est pas étonnant. Mais la marque de cette coupe, c'est l'arrivée en quart de finale ou en demi-finale d'équipes qu'on n'imaginait pas y voir : Sud-Coréens, Sénégalais, Turcs (qui sont troisièmes à la fin !), Japonais, tout ce joli monde éliminant la fleur du football européen – la Grande-Bretagne, l'Espagne, l'Italie. La France aura succombé, elle aussi...

François Périer est mort. Il était malade d'une drôle de maladie depuis bientôt dix ans. Ce n'était pas exactement un Alzheimer : moins invalidant, mais quelque chose comme ça.

J'ai autrefois été très liée d'amitié avec lui, nous avons fait ensemble une jolie comédie qui s'appelait *L'Amour, madame*, avec Arletty. C'était il y a cent ans.

François Périer était bien sûr un grand acteur, pas du tout un « second rôle », comme l'a seriné la télévision, mais un premier, ô combien, dans l'espace noble de son métier, je veux dire le théâtre. Il a joué plus de quatre-vingts pièces ! Comme tous les vrais acteurs, le cinéma était pour lui principalement un tiroir-caisse. Il était bon, généreux, délicat, d'une qualité humaine exceptionnelle. Il a élevé tendrement un garçon, sachant qu'il n'était pas de lui, lui a donné son nom et autant d'amour qu'à ses autres enfants. Il savait et aimait admirer même les succès des autres. Louis Jouvet était son maître, Simone Signoret, sa boussole. On pouvait choisir plus mal...

JUILLET

Lundi 1er juillet

L'atmosphère politique est bizarre. Il me semble que, s'il n'y a pas de réelle confiance dans le pouvoir politique, malgré les gesticulations de Raffarin qui est d'ailleurs habile pour entretenir l'intérêt, il y a une attente, l'idée qu'« ils vont peut-être faire quelque chose ». Quoi ? Pour les uns, c'est ceci, pour les autres, c'est cela. Par exemple, de profondes réformes du côté de Bercy, dont Jean Peyrelevade, le banquier, assure qu'elles auront lieu. Que le nombre des fonctionnaires va sérieusement diminuer, parce qu'on ne remplacera pas ceux qui doivent partir en retraite. On dira à ceux qui restent : « Débrouillez-vous sans eux. » L'énergique M. Mer devrait savoir faire ça.

Rétablir le sentiment de sécurité, c'est plus calé, à supposer qu'un gouvernement y parvienne jamais.

Du côté des socialistes, on lèche les plaies et on tente de se réorganiser. Hollande semble avoir bien mené son affaire pour introduire Laurent Fabius au bureau national en numéro 2, quoiqu'il n'en ait pas le titre. Mais il faudra manifestement un bon moment – et peut-être quelques congrès ! – pour que le Parti se dote d'une feuille de route. Pour l'heure, on ne sait plus qui l'on est, où l'on va, avec qui, ni pour faire quoi. C'est le moment d'inventer !

Mardi 2 juillet

La chute de la maison Messier... Il y faudrait un livre. D'ailleurs, des plumes doivent déjà s'y employer.

Cet homme a cru vraiment qu'il allait être le numéro un mondial de la communication, ce qui suppose à la fois une ignorance surprenante des États-Unis et une absence grave d'anticipation quant au tour qu'allaient prendre les marchés américain et français après l'éclatement de ce qu'on appelait la « bulle » de la Nouvelle économie, celle qui devait soi-disant balayer toutes les vieilles règles de l'Ancienne. Impavide, alors que tout commençait à craquer, Messier achetait, achetait, achetait encore trop cher des entreprises, partout et de tous côtés, pour grossir cet empire baroque où le retraitement des eaux (ce qu'il y a de plus rentable !) voisine avec le cinéma, la musique, l'édition, le téléphone, la télévision, etc. Il a atteint un endettement fabuleux, en même temps que les actions de Vivendi Universal et Vivendi Environnement s'effondraient progressivement. Mauvaise « gouvernance », comme on dit en anglais – et, depuis quelques semaines, en français. On connaît la suite : après moult hésitations, le Conseil d'administration de VU, composé pour moitié de Français et pour moitié d'Américains, a débarqué Messier, bien qu'il se soit débattu comme un beau diable. N'y aurait-il eu que des administrateurs français, ç'aurait probablement traîné : on se tient entre soi, dans le milieu de la finance. Mais les Américains, qui sont gros porteurs d'actions Universal, en ont eu assez de les voir fondre. Et puis, tant de petits actionnaires sont pris de plein fouet par l'effondrement des actions Vivendi qu'il faut bien désigner un coupable.

Le coupable, donc, J2M, exige, pour laisser la place, des indemnités indécentes, outre la jouissance de l'appartement fabuleux que la société a acheté pour lui à New York et où il a l'air d'un poisson rouge dans une cafetière.

Ce n'est pas très convenable, mais l'homme n'est pas convenable. Avec sa tête de bébé Nestlé et ses allures de cadre moyen, il n'a ni panache, ni morgue, ni ce magnétisme particulier qu'ont parfois les grands escrocs. Il est plutôt timide et parfois mal élevé. Mais il a du talent, ou plutôt un talent considérable, disent les spécialistes, de financier. Et puis, il est fou. Fou mégalomane. Fou de la représentation qu'il se fait de lui-même et qu'il a cru pouvoir imposer non seulement à la France, mais à l'Amérique, ce qui dénote réellement un dérèglement de l'esprit. Dans le secteur industriel où il a voulu dominer, aucun étranger, jamais, n'a pu s'immiscer. Les Japonais en ont fait la dure expérience. Je tire une certaine fierté de l'avoir écrit il y a trois ans, non par divination, mais par simple connaissance de ses associés américains, par exemple... Au pays de « Dallas, ton univers impitoyable », Messier a eu les yeux plus gros que le ventre. Mais il n'a sûrement pas fini de faire parler de lui.

J'apprends avec surprise qu'à la dernière grande soirée donnée le 4 juin dans son château – soirée pour laquelle j'ai cru devoir me décommander, mue par je ne sais quel sentiment de décence : était-ce bien le moment de faire la fête ? –, étaient présentes deux remarquables personnalités protestantes : Pierre Joxe, président de la Cour des comptes, et Louis Schweitzer, P.-D. G. de Renault. Les derniers que l'on s'attendait à voir buvant, le 4 juin, le champagne de Messier à la santé de ses actionnaires...

Mercredi 10 juillet

L'orage Messier n'est rien à côté de la tempête qui souffle sur les patrons américains, que l'on découvre coupables d'une énorme arnaque dont les actionnaires, là aussi, font les frais. C'est très malin, ce qu'ils ont fait : ils ont annoncé, plusieurs années de suite, des profits mirobolants. Les analystes financiers, en conséquence, en ont conseillé l'achat. Les actionnaires se sont multipliés, le titre n'a cessé de monter. Il est au plus haut de sa cote quand les dirigeants, qui en ont un paquet sous forme de stock-options, ce salaire différé, vendent tout. Et, le lendemain, on apprend que les profits mirobolants n'ont jamais existé !

Comment ? Impossible ! Les comptes sont contrôlés chaque année, de célèbres sociétés d'audit comme Arthur Andersen apportent leur garantie. Eh bien, chez Enron, un géant, la première affaire où le scandale a éclaté, Andersen était dans le coup. Il a cautionné des chiffres truqués !

Les révélations scandaleuses se succèdent et ne sont peut-être pas finies, les Américains découvrent avec stupeur qu'il y a quelque chose de pourri au royaume de Wall Street, souvent ils sont gravement lésés car les valeurs s'effondrent en Bourse au rythme des révélations. À l'euphorie déjà ancienne de la Nouvelle économie ont succédé l'amertume et la méfiance.

Pour leur remonter le moral, Bush leur a déclaré que la peine de prison frappant les coupables serait doublée. On l'a vu à la télévision dans cet exercice. C'était pénible, chacun sachant qu'il ferait tout, au contraire, pour épargner les « grosses légumes » qui seraient compromises. Son intervention a été mal reçue. Ce ne sont pas des têtes que le public demande. C'est la grande lessive d'un système que la cupidité des plus puissants a perverti. On ne refait pas les hommes, mais on peut refaire le système.

Mercredi 24 juillet

J'atterris devant mon ordinateur après avoir cru ne jamais le revoir, ce vieux compagnon de misère.

Le 15 juillet, j'étais à Aix-en-Provence pour le Festival. Deux soirées de premier ordre. L'une dans le contemporain, avec l'opéra que *Le Balcon* de Jean Genet a inspiré à un très intéressant compositeur suédois, Lödson. Il faudrait le revoir pour en parler avec plus de pertinence. La musique moderne est toujours déconcertante, mais, ici, il se passe quelque chose où l'on trouve ce qu'elle procure rarement : du plaisir. Admirablement chanté et monté. Le lendemain, on s'est délecté avec Tchaïkovski le mal-aimé, trop populaire pour avoir les faveurs de ce qui se baptise elle-même l'élite. Irrésistible. Mais j'ai tout égaré – programme, noms des interprètes, même celui d'un baryton tout à fait exceptionnel – dans le tohu-bohu des jours qui ont suivi.

Je suis sur le trottoir, devant la maison de Cézanne, tranquille, et soudain je tombe. Sans raison apparente, sans choc. D'aimables passants veulent m'aider à me relever, mais, en posant le pied par terre, je hurle de douleur. Bref, *to make a long story short*, je me retrouve au service des urgences de l'hôpital d'Aix-en-Provence avec une fracture du col du fémur.

Hôpital parfait, chirurgien aussi, j'ai pu le vérifier par téléphone avec Paris dès que j'ai su son nom. Et je mesure ma chance : on peut tomber moins bien !

Alertée par Éliane V. qui m'accompagnait dans la rue d'Aix où je me suis cassée, Caroline, ma fille, surgit, quand je m'éveille, comme un rayon de soleil dans la chambre où je suis prisonnière, puisque je ne peux mettre un pied par terre. Je souffre beaucoup, ce qui est normal, mais mon moral remonte en flèche : Caroline est là, donc elle va tout prendre en mains, gérer cette situation imprévue, réunir les conditions d'un retour à Paris en ambulance, dès que possible, trouver les gardes dont j'aurai besoin jour et nuit...

Lorsque, une semaine plus tard, d'ambulance en avion, et d'avion en ambulance, je finis par atterrir chez moi, exténuée, je lui dis que j'ai eu l'impression de voir Eisenhower organisant le débarquement en Normandie : logistique grandiose !

Une garde majestueuse, noire, superbe, me prend dans ses bras pour m'étendre sur mon lit. Je m'effondre avec un hurlement de douleur.

Le lendemain, j'apprends de la bouche de mon médecin parisien que j'en ai au bas mot pour quarante-cinq jours avant de retrouver l'usage de mes jambes, et que, d'ici là, il faudra me soumettre à une rééducation sévère. Mon kinési est déjà prévenu.

– Quarante-cinq jours au lit ! Sur le dos ! Vous allez me rendre folle ! Je ne suis pas du tout disposée à supporter ça...

– Attendez, attendez ! On va vous asseoir sur un fauteuil à roulettes, et vous pourrez circuler quelques heures par jour dans votre appartement avec un déambulateur, travailler dans votre bureau si vous en avez le cœur...

L'horizon s'éclaircit.

– Ça va mieux ? me dit-il.

– Oui. Avec cet accident, je considère que je suis entrée en vieillesse. Jusque-là, je la frôlais, j'en sentais les atteintes, mais il me restait des pans de jeunesse. C'est fini, et je suis déterminée à traverser ce dernier bout de vie le mieux possible... Mais, pour cela, il faut que je garde la possibilité d'écrire. C'est mon oxygène. Sans ça, je mourrai très vite, je vous préviens... Vous pouvez me mettre sur un fauteuil, tout de suite ?

– Oui, celui de votre bureau ira très bien.

Avec l'aide de la garde, il m'assied le plus délicatement possible en me recommandant fermement de ne pas croiser les jambes, puis il me pousse jusque devant mon ordinateur.

– Ça va ?

– Ça va, oui.

– Vous voulez vraiment travailler, là, tout de suite ?

– Je ne suis pas maniaque, mais il se trouve que j'ai promis à Marin Karmitz, que j'aime beaucoup, un texte qui accompagnera le lancement dans ses salles du *Dictateur*, le fameux film de Chaplin. Il a racheté tous les droits de Chaplin. Il y attache beaucoup de prix. Donc, j'ai promis avec plaisir... Mais cet accident stupide m'a empêchée de respecter la date prévue pour la remise du texte. Alors, il a fait bloquer les machines et il m'attend... Vous comprenez pourquoi je suis pressée d'écrire ? Je dois remplir à la fois un devoir d'amitié et, pourquoi le nier, procéder en même temps à une petite vérification de l'état de mes neurones... Voilà, docteur. Adieu ! Demain, je vous dirai où ils en sont.

Le lendemain, après avoir déniché quelques détails utiles sur Internet, j'étais loin d'avoir terminé ce texte qui devait avoir une dizaine de pages. J'avais écrit si lentement...

Le surlendemain, je réussis à le finir. Je l'ai envoyé par fax à M.K., en Italie où il se trouvait, et j'ai senti dans sa voix une certaine réserve sur la dernière partie. Il lui manquait quelque chose qu'il a essayé de me dire. Ça m'a agacée, après tant d'efforts, mais il avait incontestablement raison. La fin était bâclée. Alors j'ai carrément repris les dernières pages et j'en ai ajouté cinq. Pas tout de suite : j'étais fatiguée, j'avais mal à la jambe... J'ai fait cela le lendemain, et cela m'a pris encore plusieurs heures. Mais M.K. a été très content, vraiment content... C'était l'objectif. La famille Chaplin aussi a aimé ce texte.

Conclusion : les neurones sont là, mais ils ont besoin d'être stimulés !

AOÛT

Mardi 6 août

Mes visiteurs se font plus rares, il n'y a plus grand monde à Paris. Les journées seraient longues si je n'arrivais à écrire environ quatre heures par jour. Formidable privilège...

Le reste du temps, je lis. Ce que j'avale en vue du Femina est phénoménal... du strict point de vue de la quantité. Tout n'est pas médiocre, rien n'est emballant.

Pour changer de ces romans, je profite de ma station couchée obligatoire pour lire le *De Gaulle* d'Éric Roussel, qui pèse au moins trois kilos ! Je l'ai fait carrément découper en trois. Il n'est pas maniable autrement... Travail énorme et passionnant, bourré de documents inédits, souvent révélateurs d'un homme insoupçonné. Son aventure personnelle est fabuleuse... Mais, à partir de la fin de la guerre d'Algérie, il apparaît que ce grand bonhomme génial est passé à côté de l'Histoire...

L'actualité est assez sinistre. Les nouvelles lois sur la justice, affligeantes. Que Raffarin et son ministre, Perben, prennent un tournant totalement répressif, on peut le comprendre s'il s'agit d'obtenir de bons sondages : l'humeur des Français est au répressif, et comment ne pas le comprendre ? Mais il y a des dispositions insupportables : par exemple, celle qui retire les allocations familiales aux parents d'enfants délinquants. Qu'est-ce que l'on compte obtenir avec ça ? Que les parents punis battent leurs enfants pour les faire obéir ? Horrible, aussi : le droit de recueillir des témoignages anonymes et d'en tenir compte. Avec le goût bien connu des Français pour la délation... Mais c'est tout l'esprit de cette loi qui laisse un véritable sentiment de malaise, tant il est malheureusement éclatant que ses dispositions resteront sans effet sur le fond du problème... L'autorité telle que nous l'avons connue n'existe plus, ni sur les adultes, ni sur les enfants. Personne ne la restaurera. La criminalité juvénile et même enfantine se développe d'ailleurs allègrement, malgré l'annonce de nouveaux châtiments...

Je crois que je vais cesser de lire les journaux, le tableau est trop noir d'un bout à l'autre quand on se sent impuissant.

Ce soir, ma jambe me fait très mal. Comme l'écrivait Henri Michaux : « Quand on a une aiguille dans l'œil, que peut bien vous faire l'avenir de la marine britannique ? »

C'est à peu près ma situation avec la loi de M. Perben.

Jeudi 15 août

Nous sommes au milieu d'août et le bleu du ciel, que j'aperçois de mon lit, a complètement disparu depuis plusieurs jours. L'ensemble de la planète Terre est en proie à des inondations catastrophiques, des malheurs en tous genres dus à des caprices météorologiques inexplicables et inexpliqués. La fonte des glaces de l'Arctique et le réchauffement de la Terre, dont on nous rebat les oreilles depuis quelques années, sont loin de fournir la clef de cet été désastreux. La météo est le reflet d'un ensemble de paramètres si complexes, jouant les uns sur les autres, que, pour finir, les dieux du ciel ne livrent jamais leurs secrets.

Résultat : les gens, ceux que je vois en tous cas, ou qui me téléphonent, ont le moral à zéro, le sentiment d'être volés de la part de soleil qu'ils avaient bien gagnée en travaillant tout l'hiver, et s'ils n'en font pas encore grief au gouvernement, c'est tout près...

Vu sur *Arte* une longue et substantielle émission sur le temps malade, ses affections : pollution, effet de serre, fonte des glaces, etc., sur ce qu'il faut en attendre, et à quelle échéance. Il y avait là la fleur des spécialistes mondiaux, le nez dans leurs calculs et leurs ordinateurs ultra-sophistiqués. Tout à coup, l'un d'eux a dit :

« Le plus grand mystère, c'est qu'en ayant les mêmes connaissances, les mêmes moyens d'investigation et d'analyse très pointus, et en nous posant les mêmes questions, nous ne sommes absolument pas d'accord sur les réponses. »

En d'autres termes, est-ce que l'humanité marche vers sa fin, programmée à cause de la folie des hommes qui précipite les blessures faites à la Terre, ou est-ce que les phénomènes déclarés précurseurs se sont déjà produits plusieurs fois dans la longue histoire de la planète, mais n'ont pas été observés, consignés, étudiés, enregistrés, seulement subis, la Terre en ayant vu d'autres ?

En attendant, le discours écologiste catastrophiste qui accompagne les images impressionnantes de Prague, Dresde ou Budapest sous l'eau, achève de gâcher l'été.

Vendredi 17 août

Radio de contrôle à l'Hôpital américain (il n'y a pas un seul service d'orthopédie ouvert dans les hôpitaux publics : « 35 heures »...)

Le radiologue est adorable. J'ai envie de l'emmener pour me faire la conversation, mais d'autres patients l'attendent. La radio est bonne. L'orthopédiste est satisfait, lui aussi. Je n'ai plus qu'à laisser passer les jours en poursuivant la rééducation de tout ce qui est encore normalement douloureux. Au bout de quarante-cinq jours, j'aurai le droit de prendre appui sur mes deux jambes pour marcher : tout sera en ordre.

Je rentre en ambulance, comme je suis venue. On me porte, on me hisse jusque chez moi ; à tout prendre, il y a quelque chose de très agréable dans l'invalidité (provisoire) : cette façon d'être prise en mains. Je ne suis pas malade, je suis cassée, donc lavée, nourrie, langée, talquée, manipulée comme un bébé, piquée ici, piquée là, choyée... C'est doux. C'est le contraire de la vie, qui est si rugueuse quelquefois. Mes amis sont attentifs, vigilants, je sens les bonnes ondes qu'ils m'envoient... Justement, voilà des fleurs.

Je suis en train de philosopher, demi-sommeillante, quand mon cher kinési entre en trombe et me dit :

– Vous avez entendu sur *France Info...* ?

– Non. Qu'est-ce qui se passe ?

– Des prothèses de la hanche, fabriquées par Saint-Gobain et mises en circulation, se sont révélées défectueuses. Leurs têtes en céramique se cassent. Il y aurait cent mille personnes concernées...

– Ne me dites pas que...

J'en ai le souffle coupé ; je n'ose pas deviner.

– Non, dit-il, ravi de son effet. J'ai téléphoné à votre chirurgien : votre prothèse est parfaite. La malfaçon est circonscrite à deux lots, chez Saint-Gobain.

Ledit chirurgien est génial : il a inventé une prothèse de la hanche percée d'une série de petits trous. Une fois qu'elle est placée, la paroi osseuse sécrète des petits os qui poussent dans les trous et la calent en quelque sorte. C'est du moins ce que j'ai compris...

Mercredi 20 août

Jean-Marie Messier prépare sa rentrée... en librairie. Il a appelé *Paris-Match*, d'où une journaliste révérencieuse est arrivée sur-le-champ, feignant de l'avoir « retrouvé » seul dans ses terres de Rambouillet, vedette désaffectée jouant avec son chien. Et cela donne quelque chose d'un peu pénible...

Messier n'est pas quelqu'un d'indifférent (surtout aux malheureux qu'il a ruinés !). Quand j'ai prédit, écrit, l'une des premières, qu'il se casserait la gueule dans sa conquête des États-Unis, que sa greffe sur les industries de l'*entertainment* ne prendrait jamais, « Mais enfin, qu'est-ce que vous lui reprochez ? » m'a dit un ministre de l'époque qui l'a puissamment soutenu.

Reproché ? Rien. Je constate. Il a un punch d'enfer, de l'imagination, mais, en termes crus, il est en train de péter plus haut que son cul... Ça pardonne rarement.

Dans l'article que lui consacre *Match*, lustré de photos bucoliques, est rejeté tout ce qui a été écrit sur les indemnités fabuleuses qu'il aurait exigées ; est affirmée sa détermination de s'incruster au Conseil d'administration d'une dizaine de sociétés, dont celles qui resteront dans le giron de Vivendi ; est annoncé un livre qui ne fera de cadeaux à personne ; est affichée enfin sa décision de vivre désormais aux États-Unis.

Bon vent, Monsieur Messier. À votre âge, rien n'est perdu, quand on entend la leçon. Envoyez-nous des cartes postales !

Vendredi 22 août

Chillida est mort. Immense sculpteur espagnol qui n'a jamais été, hélas, à la portée de ma bourse. Je l'ai un peu connu à la Fondation Maeght, dont il était l'un des artistes. Mélancolique, laconique mais affable. Son œuvre est d'une austérité impitoyable.

Posséder un Chillida doit être un grand bonheur.

Faute de pouvoir y goûter, on ne recommandera jamais assez aux amateurs d'aller voir, à l'entrée du port de San Sebastian, les deux griffes, les deux crochets plantés dans les rochers qui l'encadrent. Il leur a donné un beau nom : « Les Peignes du vent ».

SEPTEMBRE

Jeudi 12 septembre

Autrefois, on commémorait les victoires. Aujourd'hui, on commémore les défaites, c'est-à-dire l'écrasement des deux fameuses tours de New York par des avions-suicides. Chacun en tirera la conclusion qu'il voudra.

Concrètement, les cérémonies américaines ont été sobres, lourdes en émotions de la foule qui perçaient le petit écran.

Ceux qui disaient il y a un an : « C'est Pearl Harbor », avaient raison. C'était bien une déclaration de guerre à l'Occident.

En France où l'antiaméricanisme a commencé au XVIIIe siècle – des sauvages malingres, selon Buffon – mais où il refleurit depuis quelques mois, il est beaucoup plus virulent parmi ce qu'on appelle les élites que dans la population. Mais, comme ce sont ces élites qui ont majoritairement accès aux médias – presse, radio, télévision – et à l'édition, leurs membres sont aisément persuadés que dans toute la France, on pense comme dans les tribunes du *Monde*.

Une émission nocturne, sur *Europe 1*, tout à l'heure, apportait un autre son de cloche et c'était intéressant. Michel Field avançait des propositions, et des auditeurs appelaient. Souvent des femmes. S'exprimant bien, mais pas comme des professionnels du micro, et parlant longuement, assez longuement pour pouvoir être nuancés. Tout à coup, il n'y avait plus trace de cet antiaméricanisme ricanant dans lequel les gens de plume et de micro se drapent en ce moment. Ces gens avaient des critiques à formuler, des regrets à exprimer, des inquiétudes, aussi, devant l'attitude belliqueuse de George Bush. Ils n'avaient pas de hargne, ils n'avaient pas de haine. C'étaient des personnes ordinaires. Il n'est pas mauvais de les écouter quelquefois sur les sujets sensibles.

Mercredi 18 septembre

Le bras de fer entre Bush et Saddam Hussein continue. Le second, qui est bien meilleur politique que le premier, a feint d'accepter tout soudain le retour des inspecteurs de l'ONU sur son territoire. Le propos est accueilli avec scepticisme, mais rend la position de Bush difficile. Il est clair qu'il la veut, sa guerre, celle que papa Bush n'a pas cru devoir faire jusqu'au bout, au moment de l'invasion du Koweit. Mais il s'expose à la faire seul, peut-être avec l'appui des Anglais, et encore ne seront-ils pas chauds.

Le baril de pétrole atteint des prix vertigineux. Autrement dit, si cela dure, toutes les économies vont saigner cruellement. Déjà qu'elles vont mal...

Dimanche 22 septembre

Gerhard Schroeder reste chancelier d'Allemagne grâce à son alliance avec les Verts, menés par un des rares hommes politiques du moment qui ait un peu d'éclat et de talent : Joschka Fischer. J'ai dîné un soir à côté de lui : il ressemble à tout sauf à un ministre des Affaires étrangères ! On sait qu'il a été très loin, dans sa jeunesse, sur la voie du gauchisme militant. Il en est revenu non pas repentant ou désabusé, mais en disant : la méthode était mauvaise, il faut s'y prendre autrement.

Schroeder, que l'on donnait perdant, a rattrapé lui-même au collet ses électeurs par son attitude pendant les inondations qui ont ravagé le pays, et surtout en déclarant fermement que l'Allemagne ne ferait pas la guerre à l'Irak. Bush est furieux. Contre toutes les règles internationales en usage, il n'a pas félicité Schroeder de sa réélection !

86 ans est un âge que je trouve obscène. Hélas, c'est le mien aujourd'hui. Je n'ai pas envie d'y penser, mais mon amie Albina, qui est exceptionnellement à Paris, a pris sur elle d'organiser une petite réunion d'amis communs, chez moi. Alors j'ai essayé de faire bonne figure, bien que ma patte accidentée me fasse encore souffrir.

Nous avons baptisé cette soirée « Résurrection », et

c'est bien de cela qu'il s'agissait, puisqu'il y a plus de deux mois maintenant que je n'ai pas mis le pied dehors, que je vis enfermée dans ma tanière et que d'affectueux éclaireurs viennent m'apporter la rumeur du monde à domicile. Deux gardes, noires toutes les deux, se relaient nuit et jour. C'est une manière de vivre qui n'est pas sans agrément, mais qui n'est pas sans danger. Parce qu'on ne tient pas à en sortir.

J'ai dû me secouer sérieusement pour renouer avec ma chronique de l'*Obs*, et il m'a fallu trois jours pour l'écrire au lieu de cinq ou six heures. Mais c'était un test : je n'ai pas peur de mourir, je l'ai écrit cent fois, et même je m'y ferais très bien ; en revanche, j'ai une peur panique de toutes les formes de sénilité. Mais, selon toutes les apparences, ma tête marche encore convenablement.

Samedi 28 septembre

La douleur, dans ma jambe accidentée, ne me lâche pas et ne cède à aucun antalgique. Je m'y fais. On me promet un répit à la hauteur du 15 octobre. Trois mois, c'est le délai normal pour une convalescence...

Angelo Rinaldi vient souvent me voir entre deux écritures. Il peaufine son discours de réception à l'Académie. J'ai grand plaisir à le recevoir, parce qu'avec lui, nous ne tombons jamais dans le *small-talk*, le bavardage, le papotage ou la trivialité du quotidien... En fait, nous parlons souvent de tout, mais sérieusement. De la littérature qu'il connaît admirablement il a toujours quelque chose d'inattendu à dire. C'est le plus délicieux des amis, et le plus fidèle. De ce côté-là, je suis vraiment gâtée en ces semaines d'épreuve.

Lundi 30 septembre

Fini, je n'en parlerai plus ! J'ai marché dans la rue, sans canne, sans me casser la gueule, sans souffrir exagérément. La comédie est terminée. Je dois seulement éviter les escaliers, ce qui m'empêchera d'aller, comme j'en avais le projet, voir le *Bonaparte* de mon ami Alain Decaux, au Palais des Sports. Mais j'irai à l'Opéra voir *Boris Godounov* : il y a des ascenseurs ! C'est devenu mon critère, pour choisir un spectacle.

OCTOBRE

Lundi 14 octobre

Il faut vraiment avoir le cœur bien accroché pour refuser de se laisser abattre par les événements, en l'occurrence l'explosion d'une boîte de nuit de Bali, essentiellement fréquentée par des Australiens, des Allemands, quelques Français aussi : 183 morts, des centaines de blessés, et le spectre de Ben Laden, en tous cas d'Al Quayda, qui serait également responsable de l'attentat contre un pétrolier français dans le golfe du Yémen. Il n'y a aucune raison que cela s'arrête. Trois milliards d'enfants d'Allah de par le monde : n'y en aurait-il qu'un pour cent à être fanatisés, cela serait largement suffisant pour semer la mort partout...

Le temps des assassins est revenu sous le masque de la religion.

À côté de ces crimes, les disputes de marchands de tapis, entre ministres français, sur la croissance probable ou improbable en 2003, sont dérisoires. Ils n'en savent rien, personne n'en sait rien, si ce n'est qu'en ce début d'automne, le ciel est du plus beau noir.

Mardi 22 octobre

Jamais connu une pareille veille de guerre. Personne de tant soit peu informé au niveau des gouvernements ne semble plus mettre en doute que les Américains vont attaquer l'Irak, ceci dans la consternation quasi générale.

Dans un suprême effort, remarquable, la France, par la bouche de Chirac, et avec le soutien de la Russie et de la Chine, également membres du Conseil de Sécurité de l'ONU, a arraché à Bush une résolution dont le texte écarte à peu près une attaque dont le Conseil n'aurait pas été au préalable saisi.

Pour le moment, on encule encore les mouches à propos de chaque virgule du texte, tant les Américains traînent la jambe et disent en substance : si vous nous embêtez, on ira sans votre autorisation.

Pourquoi cette obstination belliqueuse ? Les versions varient. Selon un bon spécialiste, c'est le résultat de l'irruption de l'irrationnel dans les esprits des dirigeants américains depuis le 11 septembre. Jusque-là, il y avait accord pour penser qu'il fallait « garder Saddam » en Irak. Soudain, il est devenu urgent de l'expulser, malgré les mises en garde du père Bush. Mais celui-ci n'est pas écouté. Selon d'autres, c'est le pétrole qui parle. La sécurité de l'approvisionnement. Les réserves américaines sont énormes, mais pas inépuisables, et le pays se fournit largement en Arabie Saoudite dont les réserves sont supérieures. (L'Europe, elle, s'y fournit totalement). Or, tout permet de penser que Ben Laden, quoique prétendument brouillé avec sa famille, est puissant en Arabie Saoudite. Les kamikazes qui ont détruit les Tours étaient d'ailleurs pour la plupart saoudiens. Les États-Unis ne peuvent prendre le risque d'être coupés du pétrole saoudien. Donc, il faut redéployer les cartes.

C'est cette version que Serge July, avec lequel je dîne, croit juste. Et donc il y aura la guerre, sitôt jouées les élections de *« mid-term »* (à mi-mandat) aux États-Unis.

En attendant, la consommation des ménages a brusquement baissé en France. C'était le tout dernier indice économique favorable.

Mercredi 23 octobre

Lagardère l'emporte : pour 1,2 milliard d'euros, il s'achète toute l'édition européenne du groupe Vivendi Universal, dont Laffont, La Découverte, Plon-Perrin, Nathan, Larousse, Bordas, et aussi quelques éditeurs étrangers.

Les clameurs poussées contre Hachette sont assez ridicules. Il est parfaitement vrai que la vieille maison va se trouver en situation de quasi-monopole, mais elle l'est déjà pratiquement si l'on songe à sa situation de distributeur (70 % de l'édition) et aux éditeurs dont elle a déjà le contrôle : Fayard, Grasset, Stock, Calmann-Lévy et autres seigneurs de moindre importance.

Or les éditeurs d'Hachette n'ont jamais eu à subir la moindre pression pour publier ou refuser un ouvrage, quel qu'il soit. Ils sont maîtres après Dieu dans leur maison. Ils n'ont pas, comme les Américains, d'obligations de résultat livre par livre, ce qui peut être mortel en conduisant à évacuer des ouvrages réputés difficiles.

Lagardère n'est pas un saint, mais il sait travailler.

Mercredi 23 octobre

Mis le mot « fin » au roman commencé en mai dernier. Mes trois mois de réclusion n'y sont pas pour rien. J'aime bien le titre : *Les Taches du léopard*. J'en donnerai l'explication.

Dimanche 27 octobre

De mieux en mieux : un commando tchétchène a pris en otages les sept cents spectateurs d'un théâtre de Moscou et menace de les exécuter si ses revendications ne sont pas satisfaites. La première : arrêter la guerre.

Il est évidemment hors de question que Poutine cède à ce chantage. D'ailleurs, il ne cède pas... Son petit visage de rat blanc tout crispé exprime sa détermination. Il commande l'assaut contre les Tchétchènes pour délivrer les otages. Mais les choses ne se passent pas exactement comme prévu : les soldats russes qui passent à l'attaque dispersent dans le théâtre un gaz incapacitant fort efficace, qui endort et paralyse pratiquement tout le commando, parmi lequel plusieurs femmes kamikazes, avant qu'il ne puisse se servir de ses explosifs. Cinquante sont tués, tout endormis, d'une balle dans la tête. Mais le gaz ne fait pas la différence entre les bons et les méchants, il empoisonne également les otages... Certains seront seulement très incommodés, mais une centaine vont mourir quasiment asphyxiés. Cela ne fait pas très bon effet. Il semble que quelque chose ait cloché du côté russe : une insuffisante connaissance de ce gaz et de ses effets, de la maîtrise de son utilisation...

Après Bali, Moscou... Ensuite, quoi ?

Même si le rapport des Tchétchènes avec Al Quayda et Ben Laden n'est pas évident, c'est le même vent qui souffle, celui du terrorisme islamiste... Le temps des assassins est advenu. Il n'y a aucune illusion à se faire sur les massacres qui suivront.

Lundi 28 octobre

Sylviane A. vient prendre un petit thé à la maison. Nous bavardons. Puis elle se lève en disant :

– Je dois descendre... Lionel doit être devant la porte ; il vient me chercher.

Je dis :

– S'il est devant la porte, je descends l'embrasser.

– Ah non, dit-elle, si vous voulez l'embrasser, c'est lui qui va monter.

Elle l'appelle sur son portable, il dit « J'arrive ».

Il est superbe, bronzé, souriant, en pleine forme physique ; ça me fait plaisir et nous nous embrassons de bon cœur.

J'ai connu beaucoup d'hommes politiques, des numéros un, j'en ai connu de plus grande stature, mais, tout en reconnaissant sa part de responsabilité dans son échec, rien ne m'empêchera de croire que cet homme est profondément estimable. Et que ce n'est pas courant dans la profession.

NOVEMBRE

Lundi 4 novembre

Le Goncourt à Pascal Quignard... Mon libraire hurle ; il n'est pas le seul : Jorge Semprun, membre du jury, aussi. Il est vrai que, contrairement à la tradition, ce n'est pas un roman, et que, cette année, on n'offrira pas le Goncourt à Maman pour Noël.

Mais Quignard est un véritable écrivain, qui s'est englouti cette fois dans une véritable somme dont il prévoit dix ou douze volumes composés de textes très courts, ourlés de citations latines, réminiscences, explorations du plus lointain passé, métaphysique... C'cst très bien écrit.

Interrogé à la faveur du prix, il a dit sa joie dc pouvoir être tranquille pour en terminer avec son fleuve. Même s'il ne se vend pas très bien, le prestige du Goncourt doit lui assurer le nécessaire pendant un bon moment.

L'ineffable Jean-Louis Debré, président de l'Assemblée nationale, a pris le mors aux dents pour qualifier l'enthousiasme régionaliste du Premier ministre d'« intégrisme décentralisateur ».

Il est suivi par quelques parlementaires de la majorité. Chirac s'en serait ému. Bref, voilà que le bonhomme Raffarin, placé là pour faire tout avaler de la cuisine gouvernementale, fait des bulles...

Cela agite beaucoup le monde politique, parce que la décentralisation préconisée par Raffarin, et dont il a fait son cheval de bataille personnel, intéresse au premier chef les élus en tous genres. Cela n'intéresse personne dans ce qu'on appelle l'opinion. Et pourtant, c'est important...

Élections en Turquie : les « islamistes modérés » obtiennent la majorité. Mais qu'est-ce qu'un islamiste modéré ? Toute la question est là dès lors que la Turquie demande à entrer dans la Communauté européenne...

Depuis son grand homme, Mustapha Kemal, la Turquie est un pays laïque. Et l'Armée en particulier est très attachée à ce caractère. On ne peut s'empêcher de craindre que ce qu'il faut bien appeler la « mode islamique » ne contamine rapidement ces « modérés ». Mais on ne voit pas des Turcs se faire sauter avec des explosifs, comme des kamikazes, pour acheter leur droit d'entrée au Paradis et leur accès aux sept mille vierges promises aux suicidés... Ce n'est pas du tout leur genre !

Mercredi 6 novembre

Surprenant, le résultat des élections de *mid-term* aux États-Unis. Traditionnellement, elles sont mauvaises pour le parti du président en place. Victoire historique, donc, puisque, contre toute attente, le Parti républicain et George Bush lui-même sortent renforcés de cette consultation. Or, la situation économique est désastreuse, le chômage s'accroît, les soupes populaires et les distributions d'aide alimentaire dans les grandes villes ne peuvent répondre à la demande, les épargnants ont été matraqués par la succession de scandales qui ont touché la Bourse, et on pouvait se demander ce qu'il fallait de plus pour que les électeurs se rebellent massivement. Mais non ! S'ils se sentent menacés, c'est par le terrorisme, et, loin de les inquiéter, l'attitude belliqueuse de leur président les rassure. Donc, ils le soutiennent. Donc, Bush a les mains libres avec Saddam Hussein, et ce n'est pas l'ONU, on peut le craindre, qui le retiendra, malgré les efforts héroïques de la diplomatie française. Mauvaise, très mauvaise nouvelle pour tous les acteurs de ce prologue à la tragédie.

En même temps, Sharon, lâché – enfin ! – par les travaillistes, est obligé de demander des élections qui verront certainement le succès de plus Sharon que lui, ce Benjamin Nethanyaou qu'on a déjà vu à l'œuvre. Ce n'est sûrement pas cet ultra pathologique qui fera la paix...

Mais pourquoi tenir rigueur aux gouvernants ? Dans les démocraties, les peuples ont toujours l'opportunité de dire leur mot. C'est un peu facile de les exonérer de ce qui se fait en leur nom...

Mardi 12 novembre

Souligné par des bourrasques impressionnantes, un curieux climat s'installe, mélange de veillée d'armes et de train-train, parce que la vie continue.

Saddam a dit : soit, venez inspecter mes installations. C'est sa réponse à la résolution du Conseil de Sécurité. Or, on ne trouve pas deux personnes pour croire qu'il va se laisser inspecter gentiment. L'opinion qui prévaut est qu'au moindre incident irakien, Bush dégainera son revolver. En même temps, on annonce, on prévoit, on redoute des attentats terroristes un peu partout. Et comme on s'habitue à tout, on n'a même pas peur de ce Ben Laden qui tire toujours les ficelles dans son coin.

Renaud Girard, le journaliste du *Figaro*, me raconte que s'il a échappé aux Américains pendant les combats autour des fameuses grottes où il se trouvait, c'est parce que lesdits Américains avaient imprudemment « sous-traité » sa capture à un général afghan qui l'a sciemment laissé filer...

Lundi 18 novembre

La droite unie, baptisée « Union pour une Majorité populaire », fête sa naissance par l'élection de son président. Pas de surprise : c'est Alain Juppé. Il n'avait pas de concurrent sérieux, bien qu'un certain M. de Saint-Aignon, fort de 15 % des voix, fasse figure aujourd'hui de petit chef de l'opposition interne. Il se situe à droite toute. Franchement, tant mieux s'il y a vraiment de nouvelles têtes qui émergent de cette majorité obèse... Mais il est clair que se prépare un long épisode droitier, et qu'une droiture dure tente de reprendre en quelque sorte possession du pays dans tous les secteurs. Normal.

Les syndicats mijotent de grandes manifestations sous peu. Ils auront du monde.

Mardi 19 novembre

Les invitations pleuvent, j'ai l'impression qu'il n'y a jamais eu autant de festivités diverses. Comme je suis à peu près incapable de m'y rendre, je n'ai que la peine de cocher la case « N'assistera pas » sur les cartons-réponse. Quelquefois, cela m'attriste un peu. Mais, pour fêter, le 25, les quatre-vingts ans de Raymond Devos, j'irais à trottinette s'il le fallait ! Un bras amical m'assistera, celui de Sylvie P. B. Elle a une petite décapotable ravissante, mais très basse. Le problème ne va pas être de m'y asseoir, mais de m'en extraire ! Il y faut des reins de gazelle... Je ne suis pas encore vraiment sortable.

Jeudi 21 novembre

C'est la fête à Rinaldi ! Mardi, remise de l'épée et petit discours très joli de l'intéressé. Jeudi, réception officielle sous la Coupole.

Les hasards de la vie ont fait que j'ai assisté cette année à deux séries de réceptions académiques, les unes en l'honneur de Pierre Nora, les autres en l'honneur de Rinaldi, et que, tous vêtus d'habits brodés, j'ai vu une collection d'académiciens berçant les nouveaux venus, tout à fait fringants et qui me sont, pour un bon nombre, familiers. Conclusion : c'est moi qui ai beaucoup vieilli ! Il faut dire que la présence d'Hélène Carrère d'Encausse, qui materne tout ce petit monde avec maestria, et qui porte bien l'habit vert, a complètement transformé l'atmosphère du lieu. Je vais faire son siège pour un candidat que je voudrais bien voir dans le bocal...

Mardi 26 novembre

L'ampleur des inondations serre le cœur. Évacuer son domicile, partir avec sa brosse à dents et peut-être un objet stupide mais auquel on tient, grelotter dans l'humidité, coucher on ne sait où, c'est tout à fait déprimant.

DÉCEMBRE

Mardi 9 décembre

Pas le courage de me lever assez tôt pour aller siéger à la Commission des Arts et Lettres qui distribue des médailles si convoitées. J'avais proposé à la ministre de la Culture de laisser la place à un juré plus jeune, mais elle a refusé. Alors je suis repartie pour un tour.

Et voilà que ce matin, je me conduis honteusement en m'attardant au lit au lieu d'être déjà dans l'autobus. Excuse : je suis fatiguée, vraiment fatiguée. Pour toujours, peut-être. Comme si j'avais subi une violente hémorragie d'énergie que mon organisme ne peut plus reconstituer.

Je ne sors plus guère, mais, hier soir, j'ai cédé à la gourmandise : gourmandise de musique. J'avais des places pour *La Femme sans ombre*, de Richard Strauss, mise en scène par Bob Wilson. Cela ne se refuse pas. J'avais aussi un ami affectueux pour me donner le bras dans les escaliers sournois de l'Opéra Bastille... Ce furent trois heures d'enchantement.

J'avais oublié que Strauss était aussi moderne. S'il avait été plus « radical » d'un poil, la musique du siècle en aurait sans doute été changée. Il a choisi de rester sur le fil pendant que Schoenberg s'envolait. J'avais oublié la couleur de ses opéras, et qu'ils envoûtent « comme une mélodie infinie ».

De belles voix et de moins belles, un bon chef et des décors de Bob Wilson devant lesquels on se dit toujours : « Pourquoi est-ce que les autres ne savent pas faire ça ? C'est si simple, si évident ! » Dès le premier soir où il a planté sa tente à Paris avec *Le Regard du sourd*, en 1971, sauf erreur, on a su qu'un petit génie était né. Je me souviens de la première, avec Louis Aragon ébloui qui gesticulait... Une de ces circonstances, rares, où l'on voit naître un grand artiste novateur...

« Il y a dans l'admiration je ne sais quoi de fortifiant », dit Victor Hugo. Exactement ce que nous avons éprouvé devant cette *Femme sans ombre*. L'argument, compliqué, est d'Hoffmannsthal. Grâce à quoi ce qu'on lit sur le déroulant qui surplombe la scène, tiré du livret, est parfois sibyllin, mais toujours beau.

Mardi 10 décembre

Pendant que nous dégustions ces nourritures divines, Nicolas Sarkozy avait, à la télévision, « Cent minutes pour convaincre ». Grosse audience. Je l'ai vu en différé. Allait-il exploiter un accrochage avec Alain Juppé où celui-ci avait fait preuve de maladresse, d'arrogance et d'une absence de discernement fâcheuse pour un chef de parti ? Certains l'espéraient. C'était mal connaître Sarkozy qui a fait des progrès spectaculaires depuis cinq ans, parce qu'il a travaillé. Ce sont ses propres erreurs qui l'intéressent, pour en éviter le renouvellement, plus que celles des autres. Son excès d'assurance, son immodestie, il les a maîtrisés.

En revanche, il exploite à fond l'art de poser des questions auxquelles il est impossible de répondre par la négative, comme par exemple : « Mais, monsieur, pour vous, ce n'est pas un crime de violer une petite adolescente ? » Je ne sais pas si c'est une figure de rhétorique, mais c'est efficace. L'autre est décontenancé et ne sait plus s'il doit répondre oui ou non.

Ce qui l'a bien servi, c'est quelque chose qui ne se fabrique pas, ou alors il est vraiment très fort : l'explosion de sincérité. J'agis parce que je crois que ce que je fais est juste.

Il se présentait, auréolé de l'issue trouvée au problème de Sangatte, que les socialistes n'avaient pas su négocier. Ni Le Pen, archaïque, ni Élisabeth Guigou, véhémente, n'ont entamé un seul instant son calme.

Je le croise un instant sur le plateau de *Match-TV* où se donne une gigantesque réception en l'honneur de la petite chaîne qui a l'ambition de devenir grande. Il y a là au moins deux mille personnes. Je cherche le moyen de m'enfuir ; lui aussi, me semble-t-il, mais la foule est compacte. Il m'arrête avec cinq mots aimables et je lui en retourne spontanément six : « Vous avez été excellent, hier soir. »

Les remous de la foule nous séparent...

Dimanche 15 décembre

Tous les matins, en prenant les nouvelles, on se demande si on va apprendre l'invasion de l'Irak par les Américains. Mais non. C'est pour quand ? La situation est extravagante. Pendant le sommet de Copenhague, Bush a fait une pression d'enfer sur Chirac pour que l'entrée de la Turquie dans la Communauté européenne soit immédiatement accordée, et non pas remise à 2004. Il faut dire que Bush a besoin des côtes turques pour que ses troupes stationnent à la lisière de l'Irak. Chirac est resté insensible à cet argument. Cette diplomatie à ciel ouvert a quelque chose d'ahurissant.

Hier après-midi, signature de livres à la vente organisée par la mairie du XVIIe arrondissement. Des ventes de livres, il y en a partout, désormais ; le problème qu'elles posent, c'est de se dérober. Car, comme corvée, on ne fait guère mieux pour un auteur. Mais le maire du XVIIe, c'est Françoise de Panafieu. Elle me plaît, je ne sais rien lui refuser. Il y avait un monde fou ! La vente se faisait au bénéfice des sapeurs-pompiers. J'ai dédicacé au moins cent livres en me tortillant sur ma chaise, tant j'avais mal à mon fémur cassé...

Commentaire sarcastique d'un ami : vous serez toujours une femme de devoir. Pas sûre que c'était aimable...

Lundi 16 décembre

Jeanne Moreau remet la rosette de la Légion d'honneur à Jérôme Clément devant une assemblée très parisienne. Jeanne n'est plus une jeune fille. Mais elle a une telle grâce, tant d'esprit pour prononcer le discours d'accueil au nouvel officier légionnaire, qu'elle lit à peine, que c'est un plaisir de l'entendre.

Pourtant, avec les ventes de livres, la remise de Légion d'honneur est la reine des corvées, parce qu'on est toujours debout et que les discours, ça n'en finit pas. Mais quelqu'un s'est débrouillé pour me trouver une chaise... Et Jérôme Clément est bref dans son remerciement. Tout va bien. Cependant, il est clair que j'en ai trop fait, ces jours-ci, et que les muscles de ma jambe, « choqués » parce qu'on les a bousculés, étirés pour introduire une prothèse dans ma hanche, manifestent leur mécontentement.

Repos, Françoise ! Quel sens cela a-t-il de courir ainsi alors que tu n'es pas complètement réparée ?

Pardon, je ne le ferai plus.

Mercredi 25 décembre

Quelques déjeuners, tout petits, à trois, à quatre ou à deux, ont éclairé ma semaine du soleil de l'amitié. Tout le monde court en ce moment de tous côtés, mais mes amis font halte chez moi, et c'est un plaisir.

Hier soir, réveillon sans cérémonie, très gai, chez Caroline, avec grand déballage de cadeaux. Incapable de courir les magasins, je n'avais rien acheté, alors que mes garçons, trois des fils de Caroline, m'ont comblée. C'est le monde à l'envers ! Je vais m'employer à y remédier dans les semaines qui viennent !

Cette cérémonie de cadeaux entassés au pied d'un arbre illuminé fait partie du folklore familial, et nous y tenons tous.

Aujourd'hui, j'ai essayé de mettre un livre en train, mais n'ai rien fait qui vaille. Comme toujours, cet état de panne m'angoisse... J'ai beau me dire que les antalgiques dont je suis bourrée y sont pour quelque chose, j'ai peur que la lumière soit éteinte quelque part.

Vendredi 27 décembre

Les horaires de fabrication de l'*Obs* sont bousculés à cause de l'imprimerie, je suppose. La personne qui devait me prévenir a oublié, et c'est seulement ce matin qu'on me dit : « On attend votre papier pour ce soir... »

Mais je vais le faire avec quoi, ce papier ? Je n'ai rien engrangé !

Le métier, cela sert, on s'en sort toujours, et je m'en suis sortie à temps, mais avec des sueurs froides.

À peine l'ai-je fini, deux informations tombent sur *France Info* : le bébé cloné et l'attentat de Groznyï. Étant donné ce que j'ai écrit, je ne peux les escamoter. Vite, je retape douze lignes, j'en coupe autant. Fax ! Ça y est...

Quelle bénédiction, le fax, pour les articles ! Le temps n'est pas si loin où j'écrivais mes articles au stylo et où un coursier venait les chercher... Les situations sont si rares où l'on constate un vrai progrès, une vraie facilité de vie engendrée par nos innombrables machines, qu'il faut rendre grâces à celles qui, vraiment, changent la vie !

Mardi 31 décembre

Dîner agréable en perspective avec les Claude Chabrol, les Philippe Labro, les Stéphane Paoli, chez Caroline. Allons, cette antique convention que l'on nomme « réveillon » va être aussi plaisante que possible.

Voilà donc close cette année assez bizarre dont chacun craint aujourd'hui qu'elle débouche sur une guerre – et quelle guerre au juste ? Ici le pouvoir est passé à droite dans une sorte de confusion générale où l'on a vu les électeurs de gauche voter, le cœur fendu, pour Chirac parce qu'il s'agissait de couper l'herbe de l'Élysée sous le pied à Le Pen... Mais la manœuvre, si elle a réussi, a également échoué, puisque la majorité obèse recueillie par Chirac à l'élection présidentielle s'est retrouvée dominante aux élections législatives qui ont suivi. La gauche est cassée, elle n'a plus de chef. La gauche plurielle, belle invention, n'existe plus, le parti communiste est exténué, les Verts ont accumulé les erreurs...

Comment cette situation va-t-elle se traduire en 2003 ? Il n'y aurait pas lieu de trop s'inquiéter si la conjoncture économique mondiale ne s'annonçait pas incertaine partout, y compris aux États-Unis où des mesures drastiques sont sur le point d'être prises...

Mais on s'arrange de tout quand il n'y a pas de guerre. Les crises économiques sont dures, elles sont de tous les temps. Plus faciles à supporter, évidemment, quand on est amoureux et fonctionnaire plutôt que décrépit et chômeur.

J'aimerais croire que les Français sont plus intelligents que les autres. D'ailleurs, ils le sont. Il suffit d'avoir voyagé et pratiqué ailleurs des hommes et des femmes ordinaires – pas la mince couche éduquée qui existe partout – pour constater que leurs homologues français sont dix fois plus vifs, déliés, débrouillards.

Beaucoup de choses dépendront de leur comportement collectif dans les mois qui viennent. Raffarin sera prudent. Il se sait sur un siège éjectable. Mais cette réforme des retraites, qui est indispensable, constitue un véritable bouquet de grenades susceptible de faire exploser le pays, car elle concerne quasiment toute la population.

Le climat sera peut-être différent s'il y a guerre. Mais « différent bon » ou « différent mauvais » ? Une seule chose peut être prédite à coup sûr : c'est que nous entrons dans l'ère des manifestations !

2003

JANVIER

Samedi 11 janvier

Je ne sais pas si la planète se réchauffe, mais en France on gèle, une partie de la population subit des inondations gigantesques, qui deviennent habituelles, et les clochards – pudiquement baptisés SDF : sans domicile fixe – meurent de froid, la nuit, dans la rue où ils couchent emmitouflés de journaux. La plupart refusent d'aller coucher dans les abris où les policiers, avec des précautions de nourrices, essaient de les entraîner pour la nuit.

Si l'on s'intéresse à cette question : « comment devient-on clochard ? », qui contient presque toutes les autres sur la condition humaine, il faut lire le livre de Patrick Declerck, un médecin qui s'occupe d'eux depuis quinze ans.

Marie, la jeune femme adorable de Serge July, le patron de *Libération*, a organisé dans le plus grand secret une fête pour les soixante ans de son mari. Au programme : le film qu'elle a réalisé elle-même en demandant à une grosse poignée de ses amis de dire quelques mots à Serge devant la caméra. Résultat : un assez joli cadeau d'anniversaire dont il paraît à la fois ému et stupéfait quand il découvre qu'il y a chez lui une foule décidée à l'embrasser.

J'ai hésité à y aller, parce qu'après avoir glissé sur un bout de verglas et heurté une voiture, j'ai la tête d'un boxeur au sixième round d'une difficile rencontre. Ce n'est pas très poli, de promener cette tête-là. À trente ans, je ne l'aurais pas fait. Mais, aujourd'hui, nul ne se préoccupera de ma tête derrière des lunettes noires. J'y vais ? J'y vais !

Chronologie

Janvier 2000

1er Le bogue annoncé de l'an 2000 n'a pas eu lieu.
10 Fusion d'AOL (1er fournisseur mondial d'accès à Internet) avec Time Warner.
18 Impliqué dans un scandale financier, Helmut Kohl annonce sa démission de la présidence d'honneur de la CDU.

Février 2000

1er Trois mois après être devenu le deuxième parti politique autrichien, le parti de la Liberté de Jörg Haider s'allie avec le Parti populaire de Wolfgang Schüssel pour former une coalition d'extrême droite.
6 Tarja Halonen, 56 ans, devient la première présidente finlandaise.
11 Mort du cinéaste Roger Vadim.
24 En voyage officiel en Israël, Lionel Jospin fait une déclaration anti-Hezbollah qui déclenche beaucoup de remous, aussi bien en France qu'au Proche-Orient.

Mars 2000

2 Retour au Chili de Pinochet.

12 En Espagne, victoire de José Maria Aznar et de son Parti populaire : la droite politique obtient la majorité absolue au Parlement.
À Rome, le pape prononce un mea-culpa pour toutes les fautes commises par l'Église catholique au cours de son histoire.

14 Appel conjoint de Tony Blair et Bill Clinton pour que soient mis dans le domaine public les résultats du décodage du génome humain.

26 En Russie, élection comme président au premier tour de Vladimir Poutine, 47 ans, qui assurait l'intérim depuis la démission de Boris Eltsine.

27 Remaniement ministériel en France : Laurent Fabius devient ministre des Finances et Jack Lang revient à l'Éducation nationale.

31 Le taux de chômage atteint en France 10,2 % (mais il aurait reculé de 2,6 % depuis 1992).

Avril 2000

2 Mary Robinson, haut-commissaire de l'ONU, de retour de Grozny, dénonce les violations des droits de l'homme en Tchétchénie.

3 Seul chef d'État européen au 1er sommet Afrique-Europe du Caire, Jacques Chirac y annonce l'annulation par Paris de la dette des pays les plus pauvres et invite les autres pays de l'UE à suivre cet exemple.

6 En Tunisie, mort à 97 ans de Habib Bourguiba, père de l'indépendance tunisienne.

17 Trois ans après sa création, la mission Mattéoli rend son rapport sur la spoliation des Juifs de France durant la Seconde Guerre mondiale.

24 Renault rachète Samsung Motors, devenant ainsi le premier constructeur automobile étranger à pénétrer le marché de la Corée du Sud, et devient le lendemain le premier actionnaire étranger du suédois Volvo.

Mai 2000

6 En Irlande du Nord, l'IRA se déclare prête à entamer son désarmement sous le contrôle d'observateurs internationaux.

28 Au Pérou, Alberto Fujimori est élu au second tour, mais il était seul candidat.

30 France Télécom rachète le groupe britannique de téléphonie mobile Orange.

Juin 2000

14 En Allemagne, Gerhard Schröder et les patrons des grands groupes énergétiques allemands signent un accord sur l'abandon progressif du nucléaire civil entre 2002 et 2021.

21 Après avoir englobé Canal Plus, Vivendi, numéro un mondial de l'eau, rachète le canadien Seagram et devient Vivendi Universal, avec pour président Jean-Marie Messier.

26 En attendant la carte génétique complète (prévue dans les deux ans), le « Projet du génome humain » en publie une première partielle : 50 000 gènes identifiés.

Juillet 2000

1er La France va assurer la présidence de l'Union européenne pour six mois.

11 Ouverture du sommet de Camp David II sous l'égide de Bill Clinton. Les discussions achoppent sur le statut de Jérusalem-Est, et se solderont par un échec le 25, malgré les concessions israéliennes.

21 Sommet du G8 (G7 + Russie) à Okinawa – le dernier pour Bill Clinton, le premier pour Vladimir Poutine.

22 Décès à 76 ans de Claude Sautet, dont *Nelly et M. Arnaud* (1995) restera le dernier film.

24 Martine Aubry et Laurent Fabius rejettent à nouveau le plan du Medef concernant l'assurance chômage ; la CFDT et la CFTC quittent l'Unedic.

25 Premier accident d'un supersonique Concorde depuis sa mise en service en 1976.

28 L'Assemblée de Corse approuve à une large majorité le plan Jospin sur l'avenir de l'île.

31 Élection surprise de Moshé Katsav, membre du Likoud, comme huitième président d'Israël.

Aux États-Unis, George W. Bush, gouverneur du Texas, devient le candidat officiel du parti républicain.

Août 2000

7 Au Chili, suite du feuilleton Pinochet : la Cour suprême lève son immunité parlementaire.

12 Le sous-marin nucléaire russe Koursk s'échoue dans la mer de Barents par 108 m de fond avec 118 hommes à bord.

16 Autorisation par le gouvernement anglais du clonage d'embryons humains à des fins de recherche thérapeutique, qui ouvre la voie à des traitements nouveaux pour certaines maladies incurables.

29 Le ministre de l'Intérieur, Jean-Pierre Chevènement, en désaccord sur le dossier corse, démissionne et est remplacé par Daniel Vaillant.

Septembre 2000

6 En Afghanistan, la prise de Taloquan par les talibans porte un coup sévère à l'opposition du commandant Massoud.

15 Suite aux nombreux attentats commis par l'ETA depuis le début de l'année, l'opération Lopo Negro menée en Espagne aboutit à l'arrestation de 20 responsables d'EKIN, organisation supervisant les actions de guérilla urbaine au Pays basque.

Octobre 2000

3 L'Allemagne fête à Dresde le dixième anniversaire de sa réunification.

8 Nouvelle progression de l'extrême droite en Europe, avec la victoire du parti flamand Vlaams Blok aux élections municipales.

11 En France, la synagogue de Trappes est détruite par un incendie criminel, dans le cadre d'incidents antisémites qui, ayant débuté les jours précédents, continuent les jours suivants.

18 Chute de l'euro à 0,85 dollar, et troisième remaniement ministériel du gouvernement Jospin à la suite du départ de Martine Aubry.

23 Visite historique de Madeleine Albright en Corée du Nord – la première d'un haut responsable dans ce pays depuis sa fondation, il y a plus de 50 ans.

29 Première visite de Vladimir Poutine en France.

Novembre 2000

3 Un rapport établi par trente scientifiques à la demande de l'Union européenne prévoit d'importants changements climatiques d'ici à 2020, notamment dans le sud de l'Europe.

7 La polémique sur la vache folle se poursuit et donne lieu à un nouvel affrontement Chirac/Jospin au sujet de l'interdiction des farines animales.
Élection présidentielle américaine : la contestation des décomptes de voix en Floride va laisser incertaine la désignation du vainqueur pendant cinq semaines.

10 Décès de Jacques Chaban-Delmas à l'âge de 85 ans.

11 En Bosnie, élections générales (3es depuis la fin de la guerre), pour désigner les représentants aux assemblées de la République serbe et de la Fédération croato-musulmane.

16 Bill Clinton au Viêt-nam : première visite officielle d'un chef d'État américain dans ce pays depuis la fin de la guerre (1975).

28 Aux Pays-Bas, vote d'une loi légalisant l'euthanasie et le suicide médicalement assisté.

Décembre 2000

9 En Israël, démission du Premier ministre Ehoud Barak.

13 Fin du suspense électoral : George Bush Jr., 54 ans, devient le 43e président des États-Unis, et le premier (depuis 1888) élu sans avoir obtenu la majorité des votes populaires...

15 La centrale nucléaire ukrainienne de Tchernobyl cesse de fonctionner définitivement, sous les pressions internationales, 14 ans après la catastrophe du 26 avril 1986.

16 Le général Colin Powell devient le premier secrétaire d'État américain noir.

19 Les massacres se poursuivent en Algérie (80 victimes en 2 jours), et les grèves de la faim dans les prisons turques donnent lieu à un assaut des forces de sécurité qui fait 19 morts.

21 Jean-Christophe Mitterrand, fils de l'ancien président, est placé en garde à vue dans le cadre d'une affaire de trafic d'armes.

Janvier 2001

1er Entrée de la Grèce dans la zone euro. La Suède prend la présidence de l'Union européenne.

8 Le groupe français Lafarge devient le numéro un mondial du ciment.

11 Jean-Christophe Mitterrand sort de prison, sa mère ayant réuni le montant de la caution demandée par le juge Courroye.

18 À Kinshasa, Joseph Kabila succède à son père Laurent-Désiré.

20 Gloria Macapagal Arroyo (53 ans), devient présidente des Philippines à la place de Joseph Estrada.

26 Séisme en Inde : plus de 20 000 morts (le bilan atteindra 100 000 morts en février).

30 Fin des forums de Davos (en Suisse) et de Porto Alegre (au Brésil).

Février 2001

2 Alfred Sirven, ancien directeur des affaires générales d'Elf, recherché depuis 1997, est arrêté à Manille.

6 Ariel Sharon devient à 72 ans le 15e Premier ministre d'Israël.
Tandis que les hôpitaux publics font dans toute la France une grève de protestation contre le manque de moyens, Bernard Kouchner est nommé ministre délégué à la Santé.

Mars 2001

2 Suite à son apparition le 19 février, la fièvre aphteuse entraîne des abattages massifs de moutons dans toute l'Europe.
18 Élections municipales françaises : Bertrand Delanoë est élu maire de Paris et Élisabeth Guigou battue à Avignon.
22 José Bové condamné en appel à trois mois de prison pour l'affaire du McDo de Millau du 12 août 1999.

Avril 2001

1er Arrestation à 5 heures du matin de Slobodan Milosevic à Belgrade.
2 Les talibans afghans assurent à Oussama Ben Laden qu'il ne sera jamais extradé.
5 Massoud, héros de la résistance afghane, vient demander le soutien de l'Europe à Nicole Fontaine, présidente du Parlement européen.
9 American Airlines acquiert TWA et devient la première compagnie aérienne américaine.
Mort de Jérôme Lindon, directeur des Éditions de Minuit.
11 L'armée israélienne pénètre dans une zone sous contrôle exclusif de l'Autorité palestinienne.
26 Début de la diffusion de *Loft Story* sur M6.

Mai 2001

8 Élection de Robin Cook, ministre des Affaires étrangères britannique, à la tête du parti socialiste européen.
11 Le secrétaire d'État américain Colin Powell demande à Israël le gel de ses colonies de peuplement.
13 En Italie, victoire à l'Assemblée et au Sénat de la coalition de droite Forza Italia menée par Silvio Berlusconi.
20 La Palme d'or du festival de Cannes est attribuée à un film italien, *La Chambre du fils*, de Nanni Moretti.
24 Le parti démocrate devient majoritaire au Sénat américain.

Juin 2001

7 En Grande-Bretagne, victoire de Tony Blair aux élections législatives.
En France, inauguration du TGV Méditerranée.
9 En Italie, Silvio Berlusconi est nommé président du Conseil.
27 Kofi Annan est réélu secrétaire général de l'ONU.

Juillet 2001

3 Première comparution de Milosevic devant le tribunal de La Haye.
9 La cour d'appel de Santiago du Chili suspend les poursuites contre Pinochet pour raisons de santé.
21 Échec de la conférence de l'ONU sur le commerce des armes légères, en raison de l'obstruction de trois pays : États-Unis, Chine et Russie.

22 Fin du G8 de Gênes, accompagné de violentes manifestations antimondialisation : 1 mort et 600 blessés.

Août 2001

1er Statistiques de la sécurité en France pour le premier semestre : augmentation des crimes et délits de 9,58 %.

2 Le TPI de La Haye qualifie de génocide le massacre de Srebrenica en 1995.

Mandat d'arrêt international lancé au Pérou contre l'ex-président Alberto Fujimori, qui sera le 27 accusé de crimes contre l'humanité pour deux massacres commis en 1991 et 1992.

12 À Millau, coup d'envoi d'une campagne contre les OGM lancée par la Confédération paysanne de José Bové.

15-17 Des orages importants ravagent la France, notamment dans le Sud-Ouest.

18 Jean-Marie Le Pen confirme qu'il se présentera à l'élection présidentielle de 2002.

Septembre 2001

1er La campagne présidentielle débute en France : Olivier Besancenot (LCR) prononce son premier discours, François Bayrou (UDF) déclare vouloir être le « troisième homme », Lionel Jospin se pose en candidat le 2, et Jean-Pierre Chevènement (MDC) annonce le 4 sa candidature.

2 À la conférence mondiale de Durban, les ONG accusent de racisme et de génocide Israël, où les attentats se poursuivent, tandis que violences et meurtres se poursuivent en Algérie.

3 Pour s'opposer à IBM et Dell, Hewlett-Packard rachète son concurrent Compaq et annonce 15 000 suppressions d'emplois.

9 En Afghanistan, Ahmed Shah Massoud, chef de l'opposition militaire au régime taliban, est victime d'un attentat suicide.

11 Attentats suicides à New York, contre les Twin Towers du World Trade Center, et à Washington contre le Pentagone, par deux avions détournés.

16 Oussama Ben Laden dément toute implication dans les attentats du 11 septembre.

20 George Bush lance un ultimatum aux talibans pour qu'ils livrent Oussama Ben Laden.

21 Explosion à Toulouse de l'usine pétrochimique AZF, classée « risque Seveso ». Beaucoup de victimes et dégâts considérables. Des rumeurs d'attentat circulent, démenties le 24 par le procureur de la République, puis le 4 octobre par un rapport d'experts.

Octobre 2001

2 Propositions de reprise pour Moulinex-Brandt et Marks & Spencer, mais non assorties du réemploi de la totalité des effectifs antérieurs.

5-7 Post-11 septembre : psychose d'attaques bioterroristes en Floride suite à la découverte d'un deuxième cas d'anthrax ; le 6, réunion à Washington du G7 pour évaluer la situation économique mondiale et décider de mesures à l'encontre des groupes finançant le terrorisme ; le 7 : bombardements américano-britanniques de quatre villes d'Afghanistan, visant les bases supposées d'Al-Qaida.

23 En Irlande du Nord, l'IRA entama son désarmement prévu par l'accord de paix du 10 avril 1998.

29 Prix littéraires : *Rosie Carpe*, de Marie Ndiaye, Femina ; *Le Voyage en France*, Benoît Duteurtre, Médicis.

31 Après avoir annoncé le 3 la suppression de 8 000 emplois dans ses filiales spécialisées dans l'optique, Alcatel annonce un nouveau plan de suppression d'effectifs tandis que la hausse du chômage se poursuit pour le cinquième mois consécutif.

Novembre 2001

Nouvelles grèves dans le domaine de la santé. Branlebas électoral.

5 Prix Goncourt décerné à Jean-Christophe Rufin pour *Rouge Brésil*, et Renaudot à Martine Le Coz pour *Céleste* (le 13, Interallié à Stéphane Denis pour *Sisters*).

7 Mise en examen du groupe Total-Fina-Elf suite à la marée noire provoquée par le naufrage de l'*Erika* le 12 décembre 1999.

12 Crash d'un Airbus à New York : rumeurs d'attentat à nouveau démenties.

13 Chute de Kaboul.

18 Rencontre à Moscou d'émissaires russes et tchéchènes.

23 Jacques Chirac demande aux barons du RPR de se rassembler sous la bannière de l'Union en mouvement.

25 Polémique internationale suite à l'annonce par une société américaine du clonage d'embryons humains à des fins thérapeutiques.

Décembre 2001

1er-17 En France, désignation des candidats à l'élection présidentielle par les différents partis.

2 Aux États-Unis, Enron, 7e plus grand groupe énergétique du pays, en redressement judiciaire.

14 En France, mise en circulation des premiers sachets d'euros ; hausse du chômage pour le septième mois consécutif ; Vivendi Universal investit des sommes énormes aux USA dans le cinéma et la télévision.

16 Écrasement des dernières poches de résistance d'Al-Qaida à Tora Bora, mais Oussama Ben Laden reste introuvable.

16-27 Tension entre l'Inde et le Pakistan, qui aboutit le 27 à la fermeture par l'Inde de son espace aérien aux avions pakistanais et à la réduction de son personnel diplomatique à Islamabad.

20 Décès à Dakar, à 95 ans, de Léopold Sédar Senghor.

31 À minuit, l'euro fait son entrée dans la vie quotidienne des habitants des 12 pays européens.

Durant le mois, en France, 1 700 nouvelles suppressions d'emplois par Alcatel (19), 526 par Bata (24) ; en Italie, 6 000 dans le monde annoncées par Fiat.

Janvier 2002

1er L'Espagne prend la présidence de l'Union européenne au moment du lancement de l'euro dans les 12 pays qui ont adopté la monnaie unique.

Dans un entretien au quotidien *Maariv*, le Premier ministre israélien Ariel Sharon déplore ne pas avoir « liquidé » le président palestinien Yasser Arafat en 1982, lors de la guerre du Liban.

7 Le créateur de mode Yves Saint Laurent (65 ans) annonce qu'il met un terme à sa carrière et qu'il ferme la maison qu'il a créée il y a quarante ans. Le 22, il présente sa dernière collection en même temps qu'une rétrospective de son œuvre.
Jean Glavany, ministre de l'Agriculture et de la Pêche, débloque 150 millions d'euros en faveur des éleveurs touchés par la crise bovine.

9 L'Agence française de sécurité sanitaire des aliments (Afssa) émet un avis favorable à un abattage non systématique des troupeaux de bovins dans lesquels un cas d'encéphalopathie spongiforme bovine a été identifié.

10 Le président américain, George W. Bush, met en garde l'Iran, accusé de protéger les fugitifs d'Al-Qaida, contre toute tentative de gêner la politique américaine en Afghanistan et de déstabiliser les nouvelles autorités de Kaboul.

11 En déplacement à Avignon (Vaucluse), Jacques Chirac annonce sa candidature à l'élection présidentielle.

15 Décès, à l'âge de 79 ans, de Michel Poniatowski, ancien baron du giscardisme et ministre de l'Intérieur de 1974 à 1977.

16 Par la résolution 1390, le Conseil de sécurité de l'ONU vote des sanctions contre Al-Qaida, visant des personnes ou des entités et non un pays.

20 Lionel Jospin déclare sa candidature à l'élection présidentielle par une « Lettre aux Français » transmise à l'AFP depuis son domicile.

21 Dans un entretien au *Parisien*, Antoine Schuller affirme que son père, Didier Schuller, ancien conseiller général (RPR) des Hauts-de-Seine poursuivi dans l'affaire des HLM de Paris, et en fuite depuis 1995, vit *« comme un pacha »* en République dominicaine.

30 Un rapport de l'Agence française de sécurité sanitaire des aliments (Afssa) souligne les insuffisances de l'évaluation des risques liés aux organismes génétiquement modifiés (OGM).

31 Rassemblant les contestataires antimondialisation, le deuxième Forum social mondial (FSM) commence à Porto Alegre (Brésil) par une vaste « marche pour la paix » de près de 40 000 personnes.

Février 2002

1er Didier Schuller, ancien conseiller (RPR) des Hauts-de-Seine mis en cause dans l'affaire des HLM de ce département, en fuite depuis février 1995 et localisé à Saint-Domingue depuis janvier, déclare vouloir s'expliquer devant la justice française.

4 Après sept années d'enquête, les juges d'instruction chargés de l'affaire Elf referment le dossier dans lequel, outre l'ancien PDG Loïk Le Floch-Prigent et son bras droit Alfred Sirven, 42 personnes sont mises en examen.

6 La Cour de cassation confirme la condamnation à 3 mois de prison ferme prononcée le 22 mars 2001 par la cour d'appel de Montpellier (Hérault) à l'encontre de José Bové, président de la Confédération paysanne, pour le démontage du McDonald's de Millau (Aveyron), le 12 août 1999.

12 Alors que Washington juge les attaques israéliennes « contre-productives », un policier palestinien est tué au cours d'échanges de tirs avec des soldats israéliens au nord d'Hébron, en Cisjordanie.

13 Dans la bande de Gaza, 6 Palestiniens sont tués et 17 autres arrêtés lors d'une vaste opération lancée par les Israéliens, tandis que le ministre israélien des Affaires étrangères, Shimon Pérès, détaille son plan

de paix, prévoyant, pour sortir de l'impasse, la création d'un État palestinien.

14 Décès à l'âge de 81 ans de Geneviève de Gaulle-Anthonioz, nièce du général de Gaulle, résistante et déportée, ancienne présidente du mouvement ATD Quart-Monde.

17 Après plus de six siècles d'histoire, le franc est définitivement abandonné, à minuit, au profit de l'euro, la monnaie commune à 12 pays européens.

22 À l'occasion du renouvellement des administrateurs de la RAI, le groupe audiovisuel public italien, le président du Conseil, Silvio Berlusconi – qui possède trois chaînes privées –, n'obtient pas la présidence pour son candidat, mais sa famille politique contrôle les postes clés.

Mars 2002

1er Dans l'affaire des HLM des Hauts-de-Seine liée au financement occulte du parti gaulliste, Didier Schuller, ancien conseiller général (RPR) du département, est remis en liberté contre une caution, après 24 jours de détention.

La Force de stabilisation de l'OTAN en Bosnie (SFOR) échoue, pour la deuxième fois en 48 heures, à appréhender l'ancien chef politique des Serbes de Bosnie, Radovan Karadzic, recherché par le Tribunal pénal international pour l'ex-Yougoslavie (TPIY) pour génocide et pour crimes contre l'humanité durant la guerre de Bosnie.

2 Les Américains et leurs alliés afghans lancent l'opération « Anaconda » à Chah-e-Kot, région montagneuse de Gardez (est du pays), afin de déloger les milliers de combattants islamistes d'Al-Qaida qui s'y sont retranchés et qui opposent une forte résistance.

4 Dans l'affaire Elf, le procès en appel de Roland Dumas, ancien ministre socialiste des Affaires étrangères et ancien président de la Cour constitutionnelle, est renvoyé en raison de l'état de santé de l'un de ses coprévenus, Loïk Le Floch-Prigent, ex-PDG du groupe pétrolier, hospitalisé au Liban.

7-8 La Cisjordanie et Gaza connaissent la journée la plus sanglante depuis le début de l'Intifada en septembre 2000 : au moins 52 morts.

11-12 Poursuivant ses offensives militaires contre les zones autonomes palestiniennes, l'armée israélienne pénètre dans le camp de Jabaliyan, tuant 17 Palestiniens, et s'assure le contrôle d'une grande partie de la ville de Ramallah où elle prend position en face des bureaux du président palestinien.

13 Dans l'affaire Enron, Ernst and Young et Deloitte Touche Tohmatsu renoncent à reprendre Andersen, en raison des poursuites dont fait l'objet le cabinet d'audit. Le 14, ce dernier est inculpé pour obstruction à la justice, après avoir reconnu qu'il avait détruit des pièces comptables de la société Enron.

14 Les dirigeants serbes et monténégrins signent à Barcelone (Espagne), sous le parrainage de l'Union européenne (UE), un accord sur les institutions de l'État de « Serbie et Monténégro » qui remplacera la République fédérale de Yougoslavie (RFY) dès qu'il aura reçu l'aval des Parlements.

15 Alors que les États-Unis demandent un *« retrait complet »* des zones palestiniennes, l'armée israélienne amorce son retrait des villes palestiniennes de Ramallah, Kalkiliya, Tulkarem et d'une grande partie de Bethléem, en Cisjordanie, ainsi que du camp de réfugiés d'Al-Bourej, dans la bande de Gaza.

29 En représailles à l'attentat de Netanya, Israël déclare la guerre à l'Autorité palestinienne et réoccupe entièrement la ville de Ramallah, en Cisjordanie, où les forces de Tsahal investissent le QG du leader palestinien.

Avril 2002

1er Après les attaques de synagogues à Lyon, Marseille et Strasbourg, les 30 et 31 mars, le chef de l'État demande aux pouvoirs publics de mieux assurer la protection des lieux de la communauté juive.

5 Selon l'hebdomadaire britannique *New Scientist*, le gynécologue italien Severino Antinori aurait réalisé un clonage humain.

L'armée israélienne encercle Hébron, la plus grande ville palestinienne de Cisjordanie, tandis que de violents combats se poursuivent à Naplouse et à Jénine, faisant au moins 25 morts parmi les Palestiniens.

9 Plus d'un million de personnes assistent aux obsèques de la reine-mère Elizabeth, décédée le 30 mars à l'âge de 101 ans.

11 Le nouveau garde des Sceaux du gouvernement, Dominique Perben, en visite de terrain au palais de justice de Lyon (Rhône), assure que la loi d'amnistie en préparation n'inclurait pas les abus de biens sociaux, et annonce une « loi de moyens » pour la justice.

L'action du groupe de communication Vivendi Universal perd 6,32 % en Bourse, soit 20,25 % au cours des huit dernières séances et 42,20 % depuis le début de l'année, signe d'une véritable crise de confiance entre le PDG du groupe, Jean-Marie Messier, et les marchés.

16 Jean-Marie Messier démet de ses fonctions Pierre Lescure, le patron de Canal+, filiale du groupe, et nomme à la présidence du directoire du groupe Xavier Couture, transfuge de TF1, ce qui suscite une levée de boucliers.

Pierre Falcone, l'homme d'affaires mis en examen pour commerce illicite d'armes à destination de l'Angola, conteste les accusations portées contre lui et estime que la justice française n'est pas compétente pour enquêter sur des transactions qui ont lieu entre deux États souverains.

17 Le nouveau Premier ministre, Jean-Pierre Raffarin, reçoit à tour de rôle les représentants syndicaux et patronaux, afin de relancer le *« dialogue social »*, sans rien dévoiler toutefois de ses intentions.

21 À l'issue du premier tour de l'élection présidentielle, marquée par un taux d'abstention record (28,40 %), Jean-Marie Le Pen, président du Front national (FN), arrive en deuxième position (16,86 % des voix), derrière le président sortant, Jacques Chirac (RPR, droite, 19,88 %), mais devant le Premier ministre candidat socialiste Lionel Jospin (16,18 %).

Israël annonce que son armée s'est retirée de Naplouse et de la majeure partie de Ramallah, prélude à la fin de la première phase de son offensive en Cisjordanie.

23 Les partisans de Jacques Chirac annoncent la création de l'Union pour la majorité présidentielle (UMP), la grande formation du centre droit et de la droite voulue par le président-candidat. Toutefois, François Bayrou, Alain Madelin et Charles Pasqua refusent d'y adhérer.

24 Jean-Marie Messier est cependant reconduit à la tête de Vivendi Universal, mais son plan sur les stock-options n'est pas approuvé.

26 Décès à l'âge de 80 ans de Michel Jobert, ancien ministre des Affaires étrangères sous la présidence de Georges Pompidou et membre du gouvernement au début du premier septennat de François Mitterrand.

27 Plus de 210 000 personnes se mobilisent dans toute la France contre la présence de Jean-Marie Le Pen au second tour de l'élection présidentielle.

Mai 2002

2 Les chars israéliens se retirent du quartier général de Yasser Arafat à Ramallah (Cisjordanie), rendant ainsi sa liberté de mouvement au leader palestinien prisonnier depuis le 3 décembre 2001 et assiégé depuis le 29 mars. Le Premier ministre israélien, Ariel Sharon, prévient que si le chef de l'Autorité palestinienne se rendait à l'étranger, il ne serait pas autorisé à revenir.

3-6 Ibrahim Rugova, président nouvellement élu d'un Kosovo sous administration internationale, témoigne devant le Tribunal pénal international pour l'ex-Yougoslavie de La Haye (TPIY) contre l'ancien dictateur de Belgrade, Slobodan Milosevic, accusé de génocide et de crime contre l'humanité.

5 La mobilisation « citoyenne » assure la réélection de Jacques Chirac à la présidence de la République, avec 82,21 % des suffrages, face à Jean-Marie Le Pen (17,79 %), l'abstention atteignant 20,29 % (contre 28,4 % au premier tour), et les blancs ou nuls 5,38 %.

8 Yasser Arafat condamne *« tout acte terroriste contre des civils israéliens »*, tandis que le gouvernement israélien écarte l'expulsion du président de l'Autorité palestinienne.

12 Le Comité central du Likoud inflige un camouflet à Ariel Sharon en se prononçant, à l'initiative de Benyamin Nétanyahou et à l'unanimité, contre la création d'un État palestinien indépendant, alors que le Premier ministre avait envisagé en septembre 2001 la création d'un tel État, réclamé par l'ensemble de la communauté internationale.

30 L'ancien parti unique, le Front de libération nationale (FLN), remporte 199 sièges sur les 389 que compte la nouvelle chambre lors d'un vote législatif marqué par un taux d'abstention record (près de 54 %).

Juin 2002

6 L'historien et éditeur Pierre Nora entre à l'Académie française, au fauteuil de Michel Droit, décédé le 22 juin 2000.

8 Le 24, le groupe de Jean-Marie Messier enregistre un effondrement historique de 23,31 % de ses actions (à 18,75 euros). La tourmente boursière se double d'une crise de direction, le 25, avec la démission du PDG de LVMH, Bernard Arnault, du conseil d'administration du groupe de communication.

9 Le premier tour des élections législatives est marqué par une abstention massive (35,62 %), son plus haut niveau sous la Ve République, à quoi il convient d'ajouter 2,1 % de votes blancs et nuls. Un mois après la réélection de Jacques Chirac, les candidats qui se réclament du chef de l'État recueillent 43,66 % des suffrages (+ 7 points par rapport à 1997). L'Union pour la majorité présidentielle (UMP) obtient 34,23 % des voix, l'UDF de François Bayrou 4,19 % et les divers droite 5,24 %. La gauche, avec 37,47 % des voix, perd près de 5 points par rapport à 1997.

12 L'ancien Premier ministre Alain Juppé décide de prendre le commandement de l'Union pour la majorité présidentielle (UMP) et de faire l'impasse sur la présidence de l'Assemblée nationale.

17 Le Premier ministre Ali Benflis, après la victoire aux élections législatives du 30 mai du Front de libération nationale (FLN, 199 sièges sur 389), forme un gouvernement de 38 membres, largement remanié et féminisé.

28 Décès, à l'âge de 82 ans, du comédien François Périer (60 ans de carrière). Après avoir débuté sur les planches du théâtre populaire, il a tourné quelque 108 films sous la direction des plus grands metteurs en scène.

Juillet 2002

3 Le président du groupe Vivendi Universal, Jean-Marie Messier, démissionne après avoir obtenu des conditions financières et l'assurance qu'aucune poursuite pénale ne sera engagée contre lui.

4 La cour d'appel de Paris prononce un non-lieu général dans le volet non ministériel de l'affaire du sang contaminé, exonérant ainsi de toute poursuite pénale une trentaine de personnes.

17 Le garde des Sceaux, Dominique Perben, présente en conseil des ministres le projet de loi d'orientation et de programmation de la justice. Le texte instaure une « justice de proximité », réforme l'ordonnance de 1945 sur l'enfance délinquante et aménage la procédure pénale.

19-20 Lors d'un sommet informel entre Vladimir Poutine et Jacques Chirac à Sotchi, au bord de la mer Noire, le président français se rallie aux positions russes sur la Tchétchénie, estimant qu'un processus politique est engagé dans cette petite république indépendantiste, et justifie les opérations dans le cadre de la lutte globale contre le terrorisme.

22 Au terme de cinq jours de négociations à huis clos à Pretoria (Afrique du Sud), un accord de paix intervient entre le Rwanda et la République démocratique du Congo (RDC, ex-Zaïre) prévoyant notamment le regroupement et le désarmement des miliciens extrémistes hutus et le retrait des troupes rwandaises.

30 La rencontre au sommet à Schwerin entre le président Jacques Chirac et le chancelier Gerhard Schröder relance les relations franco-allemandes.

Août 2002

10 Les pluies diluviennes des dernières semaines mettent une grande partie de l'Europe centrale en état d'urgence.

16 Les États-Unis et leurs interlocuteurs (Russie, ONU et Union européenne), réunis à New York, s'opposent sur la reconnaissance de Yasser Arafat en tant que chef de l'Autorité palestinienne, et sur le droit des Palestiniens de choisir leurs dirigeants.

17 Cent trente sans-papiers de dix-neuf nationalités différentes occupent la basilique Saint-Denis en Seine-Saint-Denis.

19 Décès à l'âge de 78 ans d'Eduardo Chillida, artiste basque espagnol, un des plus grands sculpteurs de la seconde moitié du XXe siècle.

24 Réunis à Saint-Nazaire (Loire-Atlantique), d'anciens partisans du Mouvement des citoyens (MDC) de Jean-Pierre Chevènement donnent naissance à l'Association pour une gauche républicaine (AGR).

Septembre 2002

6 Le président américain s'entretient téléphoniquement avec les présidents français, russe et chinois, membres du Conseil de sécurité de l'ONU, qui conditionnent une action contre l'Irak à un mandat de l'ONU.

12 Le secrétaire général de l'ONU, Kofi Annan, appelle les États-Unis à respecter le cadre de l'institution internationale dans leurs décisions à l'encontre de Bagdad. Le même jour, devant l'Assemblée générale des Nations unies, George W. Bush somme l'Irak de désarmer *« immédiatement et sans condition »* et enjoint le Conseil de sécurité d'adopter une résolution permettant d'agir dans ce cadre.

23 Jacques Chirac renouvelle sa mise en garde à Washington et se dit opposé à tout acte *« unilatéral »*.

24 Alors que les États-Unis accélèrent leur déploiement militaire dans la région et que les raids aériens s'intensifient pour détruire les postes de commandement de l'armée de Saddam Hussein, le Premier ministre britannique, Tony Blair, rend public un dossier de *« preuves »* concernant les armes à destruction massive justifiant leur intervention contre Bagdad.

26 Le vice-président américain, Richard « Dick » Cheney, réaffirme l'objectif du « changement de régime » à Bagdad et la « doctrine de prévention », afin d'empêcher Saddam Hussein d'acquérir des armes de destruction massive.

Octobre 2002

1er Charles Dehelly est nommé directeur général du groupe d'électronique grand public Thomson Multimedia.

Rupert Murdoch, président de News Corporation, annonce le rachat de la chaîne italienne Telepiù au groupe Canal+ (Vivendi Universal).

2 Plusieurs milliers de personnes manifestent à Abidjan pour apporter leur soutien au régime du président Laurent Gbagbo, alors que la rébellion gagne du terrain dans le nord du pays.

7 Au moins dix Palestiniens sont tués par l'armée israélienne lors d'une attaque lancée dans le sud de la bande de Gaza.

Le prix Nobel de médecine est attribué aux Britanniques Sydney Brenner et John E. Sulston et à l'Américain Robert Horvitz pour leurs travaux sur la mort cellulaire.

15 L'Assemblée nationale adopte par 373 voix contre 160 le projet de loi de François Fillon, ministre des Affaires sociales, relevant de 130 à 180 le nombre annuel d'heures supplémentaires : c'est l'une des principales mesures permettant d'assouplir les lois Aubry sur les 35 heures.

22 Vivendi Universal Publishing (VUP) vend au groupe Lagardère la partie française de son pôle édition, ce qui provoque une vive inquiétude parmi les éditeurs.

28 Le prix Goncourt est attribué à Pascal Quignard pour *Les Ombres errantes* et le Renaudot à Gérard de Cortanze pour *Assam*.

Novembre 2002

3 L'ancien Premier ministre Benyamin Nétanyahou (Likoud) accepte le poste de ministre des Affaires étrangères laissé vacant par Shimon Pérès (Parti travailliste). Le 5, le Premier ministre israélien Ariel Sharon n'ayant pas réussi à former un nouveau gouvernement avec l'extrême droite, à la suite du retrait des travaillistes du gouvernement d'union nationale le 30 octobre, le président, Moshé Katsav, annonce pour le 28 janvier 2003 des élections législatives anticipées.

5 Le président George Bush sort renforcé des élections de mi-mandat par une victoire jugée « historique ». Le prix Décembre récompense Pierre Michon pour *Corps du roi* et *Abbés*, tandis que le prix Interallié est décerné à Gonzague Saint-Bris pour *Les Vieillards de Brighton*.

7 Le prix Médicis est attribué à Anne F. Garréta pour *Pas un jour*, tandis que le Médicis étranger revient à

l'Américain Philip Roth pour *La Tache*. Le même jour, le prix Femina récompense Chantal Thomas pour *Des Adieux à la reine* et le Femina étranger va à Erri de Luca pour *Montedidio*.

8 Après deux mois de négociations, le Conseil de sécurité de l'ONU vote, à l'unanimité de ses quinze membres (dont la Syrie), la résolution 1441 sur le désarmement de l'Irak et le retour des inspecteurs.

12 Dans un enregistrement audio attribué à Oussama Ben Laden et diffusé par la chaîne qatarie Al-Jazira, Al-Qaida salue les récents attentats dans le monde et promet de nouveaux actes terroristes, notamment dans plusieurs pays européens.

13 Le président irakien accepte sans condition la résolution 1441.

14 Présidée par la philosophe Blandine Kriegel, la mission sur la violence à la télévision rend son rapport au ministre de la Culture et de la Communication, Jean-Jacques Aillagon, dans lequel elle préconise l'interdiction de la diffusion de la violence à la télé entre 6 heures 30 et 22 heures 30.

19 Au procès en appel de l'affaire Elf, l'avocat général requiert des peines modérées à l'égard des prévenus. Ne retenant que l'accusation de recel d'abus de biens sociaux, il réclame contre Roland Dumas une peine d'emprisonnement avec sursis au lieu de 2 ans de prison ferme en première instance.

21 Jean-François Deniau accueille l'écrivain et critique littéraire au *Nouvel Observateur* Angelo Rinaldi, élu en juin 2001 à l'Académie française au fauteuil de José Cabanis.

21-22 Dans la nuit, l'armée israélienne réoccupe la zone autonome palestinienne de Bethléem en riposte à l'attentat de Jérusalem.

Décembre 2002

2 Nicolas Sarkozy, ministre de l'Intérieur, et son homologue britannique, David Blunkett, s'accordent sur la fermeture du centre de la Croix-Rouge de Sangatte (Pas-de-Calais) le 30 décembre, soit trois mois plus tôt que prévu.

À l'occasion de la visite en Chine du président russe Vladimir Poutine, Moscou et Pékin exhortent la Corée du Nord à renoncer à l'arme nucléaire et à normaliser ses relations avec les États-Unis.

4 Le Premier ministre israélien, Ariel Sharon, propose la création d'un État palestinien s'étendant sur les zones sous administration palestinienne (40 % de la Cisjordanie et les trois quarts de la bande de Gaza). L'Autorité palestinienne rejette ce projet.

9 Les Quinze fixent les règles de traçabilité des organismes génétiquement modifiés (OGM), ouvrant ainsi la voie à la levée du moratoire imposé en 1999.

16 Le Programme alimentaire mondial (PAM) lance une campagne internationale de mobilisation, « Alerte à la faim en Afrique », qui concerne 38 millions d'Africains.

Table

2000

2001

2002

2003

Du même auteur :

Le Tout-Paris, Gallimard, 1952.
Nouveaux Portraits, Gallimard, 1954.
La Nouvelle Vague, Gallimard, 1958.
Si je mens..., Stock, 1972 ; LGF/Le Livre de Poche, 1973.
Une poignée d'eau, Robert Laffont, 1973.
La Comédie du pouvoir, Fayard ; LGF/Le Livre de Poche, 1979.
Ce que je crois, Grasset, 1978 ; LGF/Le Livre de Poche, 1979.
Une femme honorable, Marie Curie, Fayard, 1981 ; LGF/Le Livre de Poche, 1982.
Le Bon Plaisir, Mazarine, 1983 ; LGF/Le Livre de Poche, 1984.
Christian Dior, Éditions du Regard, 1987.
Alma Mahler ou l'Art d'être aimée, Robert Laffont, 1988 ; Presses-Pocket, 1989.
Écoutez-moi (avec Günter Grass), Maren Sell, 1988 ; Presses-Pocket, 1990.
Leçons particulières, Fayard, 1990 ; LGF/Le Livre de Poche, 1992.
Jenny Marx ou la Femme du Diable, Robert Laffont, 1992 ; Feryane, 1992 ; Presses-Pocket, 1993.
Les Hommes et les Femmes (avec Bernard-Henri Lévy), Orban, 1993 ; LGF, 1994.
Le Journal d'une Parisienne, Seuil, 1994 ; coll. « Points », 1995.
Mon très cher amour..., Grasset, 1994 ; LGF, 1996.
Cosima la sublime, Fayard/Plon, 1996.
Chienne d'année : 1995, Journal d'une Parisienne (vol. 2), Seuil, 1996.
Cœur de tigre, Fayard, 1995 ; Pocket, 1997.
Gais-z-et-contents : 1996, Journal d'une Parisienne (vol. 3), Seuil, 1997.
Arthur ou le bonheur de vivre, Fayard, 1997.
Deux et deux font trois, Grasset, 1998.
Les Françaises, Fayard, 1999.

La Rumeur du monde, Journal 1997 et 1998, Fayard, 1999.
Histoires (presque) vraies, Fayard, 2000.
C'est arrivé hier, Fayard, 2000.
On ne peut pas être heureux tout le temps, Fayard, 2001.
Profession journaliste : conversations avec Martine de Rabaudy, Hachette Littératures, 2001.
Lou. Histoire d'une femme libre, Fayard, 2002.
Les Taches du léopard, Fayard, 2003.

Composition réalisée par PCA

Imprimé en France sur Presse Offset par

BRODARD & TAUPIN

GROUPE CPI

La Flèche (Sarthe).
N° d'imprimeur : 32756 – Dépôt légal Éditeur : 65697-12/2005
Édition 01
LIBRAIRIE GÉNÉRALE FRANÇAISE – 31, rue de Fleurus – 75278 Paris cedex 06.
ISBN : 2 - 253 - 10897 - 9

31/0897/4